科舉與詩藝

宋代文學與士人社會

王水照　主編

日本宋學研究六人集

高津　孝　著

圖書在版編目（CIP）數據

科舉與詩藝：宋代文學與士人社會／（日）高津孝
著；潘世聖等譯.—上海：上海古籍出版社，2013.10（2021.4重印）
（日本宋學研究六人集）
ISBN 978 - 7 - 5325 - 6936 - 6

Ⅰ.①科…　Ⅱ.①高…　②潘…　Ⅲ.①中國文學—古
典文學研究—宋代—文集②科舉制度—研究—中國—宋代
—文集　Ⅳ.①I206.2 - 53②D691.3

中國版本圖書館 CIP 數據核字（2013）第 172239 號

日本宋學研究六人集
科 舉 與 詩 藝
——宋代文學與士人社會
［日］高津孝　著
潘世聖　等譯
上海世紀出版股份有限公司
上 海 古 籍 出 版 社　出版
（上海瑞金二路272號　郵政編碼200020）
（1）網址：www.guji.com.cn
（2）E - mail：guji1@guji.com.cn
（3）易文網網址：www.ewen.co
南京展望文化發展有限公司排版
上海世紀出版股份有限公司發行中心發行經銷
蘇州市越洋印刷有限公司印刷
開本850×1156　1/32　印張7.25　插頁3　字數159,000
2013 年 10 月第 1 版　2021 年 4 月第 2 次印刷
印數：1,501—2,300
ISBN 978 - 7 - 5325 - 6936 - 6
Ⅰ·2708　定價：38.00 元
如發生質量問題,請與承印公司聯繫

前　言

王水照

　　這套《日本宋學研究六人集》由六位日本中青年學者的論文集所組成,他們是(依姓氏筆劃排列):内山精也《傳媒與真相——蘇軾及其周圍士大夫的文學》;東英壽《復古與創新——歐陽修散文與古文復興》;保苅佳昭《新興與傳統——蘇軾詞論述》;高津孝《科舉與詩藝——宋代文學與士人社會》;淺見洋二《距離與想象——中國詩學的唐宋轉型》;副島一郎《氣與士風——唐宋古文的進程與背景》。他們的論文大都從"宋學"、尤其側重于宋代文學方面展開,代表彼邦富有活力的研究力量,反映了最爲切近的學術動態,值得向我國學界同道譯介推薦。

　　"宋學"在我國經學史上原是與"漢學"相對舉的學術概念,簡言之,即是指區別于考據之學的義理之學。《四庫全書總目提要》卷一《經部總敘》云:清初經學"要其歸宿,則不過漢學、宋學兩家互爲勝負",江藩的《國朝漢學師承記》、《國朝宋學淵源記》與方東樹的《漢學商兑》,就是一場學術紛爭夾雜門户之見的有名論爭。現代學者則把此語用作中國思想史上宋代"新儒家學派"的總稱。鄧廣銘《略談宋學》一文即"把萌興于唐代後期而大盛于北宋建國以後的那個新儒家學派稱之爲宋學",而"理學"僅是宋學中衍生出來的一個支派,與"宋學"不能等同(《鄧廣銘治史叢稿》第 164—165 頁)。而陳寅恪則從中國學術文化史的角度立論,將它視作宋代學術文化的同義語。他在論述"新宋學"時指出:"吾國近年之學術,如考古歷史文藝及思想史等,以世局激蕩及外緣熏習之故,咸有顯著之變遷。將來所止之境,今固未敢斷論。惟可一言蔽之曰,宋代學術之復興,或新宋學之建立是已。"(《鄧廣銘宋史職官志考證序》,《金明館叢稿二編》第 245 頁)這裏的"新宋學"明確包括"考古歷史文藝及思想史等"各種領域,而"新宋學"之于"宋學",只是學術觀念的更迭出新,兩者的涵蓋面應是相同的,均指宋代整個學術文化。

　　"宋學"的上述三個界定,分別指向特定的對象和領域,各具學術內涵和意義,都有其存在的合理性;我們這套叢書命名中所說的"宋學",乃採用第三個界定,即指宋代整個學術文化。學術研究本來就有綜合與分析或曰宏觀與微觀的不同方法和視角,尤重在兩者內在的結合與統一,力求走向更高層次的綜合,獲得宏通的科學認識。研究宋代學術的每一個部類,總離不開對整個社會的認識與把握。因爲社會是一個有機整體,其構成中的每一個部類不能不受制於整體發展變化的狀況,各個部類之間又不能不產生無法分割的種種關聯。而說到對宋代社會的宏觀認識和整體把握,又不能不提到八十多年前蜚聲學界的"宋代近世說"的舊命題,對這個舊命題的系統檢驗和反思,對其含而未發的意蘊的探求,需要我們把這個老題目繼續做深做透。這對宋代學術研究格局的拓展和深化,似乎還沒有失去它的價值。

　　日本京都學派的主要奠基人之一內藤湖南(1866—1934)提出了著名的宋代近世說,構想了以唐宋轉型論爲核心的完整的宋史觀。根據他在大正九年(1920)于京都帝國大學的第二回講義筆記修訂而成的《中國近世史》，開宗明義就説：“中國的近世應該從什麽時候算起，自來都是按朝代來劃分時代，這種方法雖然方便，但從史學角度來看未必正確。從史學角度來看，所謂近世，不是單純地指年數上與當代相近而言，而必須要具有形成近世的内容。”他正確指出歷史分期中的“近世”不能照搬王朝序列，也不能單純按照距離當前的較“近”的年數計算，而應抓住“近世的内容”。而所謂“近世的内容”，就是其第一章“近世史的意義”所列出的八個子目：“貴族政治的衰微與君主獨裁政治的代興；君主地位的變化；君主權力的確立；人民地位的變化；官吏任用法的變化；朋黨性質的變化；經濟上的變化；文化性質的變化”，這八種變化覆蓋了政治、經濟、文化三大領域，是全社會結構性的整體變動(譯自《内藤湖南全集》第十卷，亦可參見内藤湖南著、夏應元等譯《中國史通論》上册第 315 頁，社會科學文獻出版社 2004 年，譯文有小異)。

嗣後，他又發表了著名論文《概括的唐宋時代觀》和《近代支那的文化生活》。這兩篇論文，被宫崎市定斷爲構成内藤史學中“宋代近世説”的“基礎”性作品。前文發表於《歷史與地理》第九卷第五號(1922 年 5 月)，對他的宋代觀做了一次集中而概括的表述，指出唐宋之交在社會各方面都出現了劃時代的變化：貴族勢力入宋以後趨於没落，代之以君主獨裁下的庶民實力的上升；經濟上也是貨幣經濟大爲發展而取代實物交換；文化方面也從訓詁之學而進入自由思考的時代。後文發表于《支那》(1928 年 10 月)，著重論述宋代以後的文化逐漸擺脱中世舊習的生活樣式，形成了獨創的、平民化的新風氣，達到極高的程度，因而直至清代末期中國文化維持著與歐美相比毫不遜色的水準(參見宫崎市定《自跋集——東洋史七十年》第九"五代宋初",岩波書店 1996 年)。

　　內藤氏的這一重要觀點,曾受到當時東京學派的質疑與駁難,但爭論的結果,他們也不得不承認唐宋之間存在一個"大轉折",雖然依然否定宋代近世說。然而在日本史學界中,內藤氏的觀點仍然保持著生命力,影響深巨。尤其是他的門生宮崎市定(1901—1995)的有力支持。宮崎氏原先對這一觀點也抱有懷疑,經過認真的思考和研究,轉而不遺餘力地宣傳和證成師說,從多個學術專題上展開深入而具體的論證,成爲乃師學說的"護法神"。他在 1965 年 10 月發表的《內藤湖南與支那學》一文(《中央公論》第 936 期,收入宮崎市定著《亞洲史研究》第五卷,同朋舍)指出,"(內藤)湖南留給後代的最大的影響是關於中國史的時代區分論",以往日本學者也有把宋代以後視爲"新時代"的開始的,"但是湖南則完全著眼於中國社會的全部的各種現象,尤其是社會構成和文化由唐到宋之間發生了巨大變化的這一事實",從而確認"宋代以後爲近世"的這一判斷。作爲建樹了傑出業蹟的宋史研究專家,宮崎市定明確宣稱:"我的宋代史研究是以內藤湖南先生的宋代近世說爲基礎的",他的研究正是以內藤氏的這一學說爲"基礎"而展開的。他首先注意經濟、財政、科技等問題,認爲"宋代近世說的依據在於經濟的發展,特別是古代交換經濟從迄於前代的中世性的停滯之中冒了出來,出現了令人矚目的復活"。並進而指出宋代已由"武力國家"轉變爲"財政國家",財力成爲"國家的根幹",甚至湧現出新型的"財政官僚"(均引自《自跋集——東洋史七十年》第九"五代宋初")。宮崎氏的宋史研究範圍廣泛,內涵豐富,舉凡政治史(《北宋史概說》、《南宋政治史概說》)、制度史(《以胥吏的陪備爲中心——中國官吏生活的一個側面》、《宋代州縣制度的由來及其特色》、《宋代官制序説》)、教育史(《宋代的太學生活》)、思想史(《宋學的論理》)均有涉足,成績斐然。至於他的《宋代的石碳與鐵》、《支那的鐵》兩文,澄清了"認爲中國人本來就缺乏科學才能,長期陷於落後的狀態"這一"誤解",肯定"宋代所達到的技術革新具有世界史上的重要性",突出了宋代在科技史上的重要地位。

内藤、宮崎等人的宋代近世説,以唐宋之際"轉型論"爲核心,又自然推導出"宋代文化頂峰論"和"自宋至清千年一脈論"。

内藤氏在逐一推闡唐宋之際的種種變革時,衷心肯定其歷史首創性,其内在的思想基準是東亞文明本位論,即認爲以中國文化爲中心的東亞文化發展程度"非常高",比歐美文化高出一籌,而這個中國文化主要即是自宋至清的中國近世文化。宮崎市定的觀點就更爲鮮明,態度更爲堅決了。他的《東洋的文藝復興與西洋的文藝復興》一文(原載於《史林》第二十五卷第四號 1940 年 10 月、第二十六卷第一號 1941 年 2 月。後收入《亞洲史研究》第二卷,《宮崎市定全集》十九卷),首次提出了"宋代文藝復興説";而《宋元的文化世界第一》一文(原載於大阪市立美術館編《宋元的美術》1980 年 7 月,收入《宮崎市定全集》十二卷),文章的題目已猶如黄鐘之音、警世之幟。他寫道:"宋元這個時代,在中國歷史上是稀有的偉大的時代,是民族主義極度昂揚的時代。代之以軍事上的萎靡不振,中國人民的意氣全部傾注於經濟、文化之上,并加以發揚,取得了出色的成果。"他對宋代文化的推重,從中國第一到"世界第一",真是無以復加了。

内藤氏的唐宋轉型論確認宋代進入近世,君主獨裁政治形成并趨於成熟,平民地位有所提高;還進一步確認,這一歷史趨勢的持續發展,必然走向清末以後"共和制"的道路。這就把宋代和當下(清末民初)連貫起來作歷史考察。宮崎市定繼續發揮這一"千年一脉論":"據湖南的觀點,在宋代所形成的中國的新文化,一直存續到現代。換言之,宋代人的文化生活與清朝末年的文化生活幾乎没有變化。由於宋代文化如此的發展,因而把宋代後的時期命名爲近世。……認爲宋代文化持續到現代中國,是他的時代區分論的一大特點"。這裏既指明宋代社會與清末當下社會的内在延續性,也爲"近世"説提供時間限定的根據(《内藤湖南與支那學》)。

内藤氏的宋代近世説,以唐宋轉型或曰變革爲核心内容,從横向上突出宋代文化或文明的高度成就,從縱向上追尋當下社會的歷史淵源,體現了對歷史首創性的尊重,對歷史承續性的觀察,體現了東方文化本位的思想立場,構成了完整的宋史觀。

當我們把目光從東瀛轉向本土的學術界,就會饒有興趣地發現一種桴鼓相應、異口同聲的景象。我國一大批碩儒耆宿相繼發表衆多論説,與内藤氏竟然驚人一致。他們中有的與内藤其人其書容有學術因緣,而絶大多數學者卻尚無法指證受其影響,這種一致性更加使人驚異了。

首先是"轉型論"。陳寅恪於 1954 年發表《論韓愈》一文,認爲韓愈是"唐代文化學術史上承先啓後轉舊爲新關捩點之人物",即"結束南北朝相承之舊局面","開啓趙宋以降之新局面"。他雖未涉及"上古"、"中世"、"近世"之類西方現代史學的分期名詞,但這個確認此時爲新舊轉型的大判斷,是不容他人置疑的。吕思勉的《隋唐五代史》第二十一章有言:"吾嘗言有唐中葉,爲風氣轉變之會","唐中葉後新開之文化,固與宋當畫爲一期者也。"柳詒徵《中國文化史》第十六章即題爲"唐宋間社會之變遷",認爲"自唐室中晚以降,爲吾國中世紀變化最大之時期。前此猶多古風,後則別成一種社會"。"宋代近世說"在這兩位史家筆下,已經呼之欲出。胡適作爲現代學術開風氣的人物,就直截了當用嶄新語言宣稱:從"西元一千年(北宋初期)開始,一直到現在",是"現代階段"或"中國文藝復興階段"或"中國的'革新世紀'"(《胡適口述自傳》第295頁,華文出版社1989年)。這裏的"現代階段"實與内藤氏的"近代階段"含義相通,"文藝復興階段"則與宫崎氏用語完全一致,至于"革新世紀"更是踵事增華,近乎標榜之語了。

　　視宋代文化爲中國歷史之最,這一觀點在中國史學界也成常識。表述突出、頗顯恢宏氣度的是陳寅恪爲鄧廣銘著作所作的序和鄧氏的一篇史學論文。陳寅恪作于1943年的《鄧廣銘宋史職官志考證序》云:"華夏民族之文化,歷數千載之演進,造極於趙宋之世。"而鄧廣銘在1986年寫的《談談有關宋史研究的幾個問題》中宣告:"宋代是我國封建社會發展的最高階段,兩宋期内的物質文明和精神文明所達到的高度,在中國整個封建社會歷史時期之内,可以説是空前絶後的。"陳氏還只説趙宋文化是"空前",鄧氏更加上"絶後",推崇可謂備至。比較而言,王國維顯得頗爲謹慎,他説:"天水一朝人智之活動與文化之多方面,前之漢唐,後之元明,皆所不逮也。"(《宋代之金石學》,《王國維遺書》第五册《静安文集續編》第70頁,上海書店1983年)他肯定兩宋文明前超漢唐,後勝元明,清代略而不論,當有深意存焉。胡適于1920年與諸橋轍次的筆談中,從中國思想史的角度提出:"宋代承唐代之後,其時印度思想已過'輸入'之時期,而入于'自己創造'之時期","當此之時,儒學吸收佛道二教之貢獻,以成中興之業,故開一燦爛之時代。"(見《東瀛遺墨》第154頁,上海人民出版社1999年)

　　至于研究宋代和當下社會之間的聯繫,也是中國學者關注的重點。與內藤氏有過直接交往的嚴復,面對民國初年紛爭頻仍、國勢不寧的局勢,也從歷史資源中探尋救治之道。他說:"若研究人心政俗之變,則趙宋一代歷史,最宜究心。中國所以成爲今日現象者,爲善爲惡,姑不具論,而爲宋人之所造就,什八九可斷言也。"(《致熊純如函》,《學衡雜誌》第 13 期)錢穆在致一位歷史學家的信函中,也同樣强調宋代研究對於當下現實有著特殊的意義與價值,應注重近千年來在社會、經濟、文化形態上的種種聯結點。

　　簡略梳理中日學術史上"內藤命題"的相關材料,可以看到這個命題獲得範圍深廣的回應,吸引衆多一流學者直接或間接的參與,形成一場集體的對話,豐富了命題的內涵,使之成爲一個蘊藏無數學術生長點、富有學術生命力的課題。這首先由於內藤氏"是立足於中國史的內部,從中引出對中國歷史發展動向的認識",而不是單純憑藉"從外部引入的理論"來套中國史實;同時又能"把中國史全部過程,作整體性的觀察",避免了"不能從整體上把握中國史的缺陷"(谷川道雄《致中國讀者》,見內藤湖南著、夏應元等譯《中國史通論》)。谷川氏的這一概括,準確地抓住了"內藤命題"所包含的學術方法論上的兩大精神實質。

　　其次是命題的開放性。歐美史學界把內藤氏的宋代近世說稱之爲"內藤假說"(Naito Hypothesis),就是說其真理性尚待驗證、補充,并非不可動搖的金科玉律,更不是可以照搬照套的"指導原則"。事實上,內藤氏提出此說以及中國學者的相關述說,大都是基於他們深厚中國史學功底的大判斷、大概括,還未及作出細緻的論證和具體的展開(宮崎氏是個例外)。而"上古、中世、近世"的這套西方史學分期方法如何與"歷史

決定論"或"歷史目的論"劃清界綫;宋代文化頂峰論能否成
立,是否應有限定;宋代和清末民初社會之間千年一脈的歷史
紐帶,也需作出有理有據的揭示,這些都有待後人的繼續
探討。

　　然而,我們重提"内藤命題",從某種意義上説,不僅僅爲
了求證"宋代近世説"的正確與否,其個別結論和具體分析能
否成立,而主要著眼于學科建設的推進與發展。一門成熟的
學科,既要有個案的細部描述與辨析,更需要整體性的宏觀敍
事,其中應蘊含有一種貫穿融會的學理建構,即通常所説的對
規律性的探索。由于對"以論帶史"、"以論代史"學風的厭惡,
"規律性"、"宏觀研究"的名聲不佳,甚至引起根本性的懷疑。
但不能設想,單靠一個個具體的實證研究,就能提升一門學科
的整體水平。綱舉纔能目張,"内藤命題"關心宋代社會的歷
史定位,關心其時代特質,關心社會各個領域的新質變化等
等,就爲宋代研究提供了這樣一個"綱"。

　　收入這套叢書的六個集子,並非以宋代的整個學術文化
爲論題,也不徑直宣稱以"宋代近世説"爲指導原則,但我們仍
可看出在研究思路上的傳承和嬗變,學術精神上的銜接和對
話。比如,淺見洋二的書名即標示出"中國詩學的唐宋轉型",
副島一郎在《後記》中敍説他的《唐代中期的貨幣論》一文寫作
的潛在學術淵源,即是顯例;而體現在他們各篇論證具體問題
的論文中的宋史觀,則有更多的耐人尋味之處。如果説宮崎
市定的宋學論文,論題廣泛而偏重於經濟、制度層面,並在一
定程度上影響日本史學走向的話,那麽這套六人集卻多從文
學層面落筆,而又突出"士大夫"即宋代文化的主要創造主體
而展開,這在内山精也、淺見洋二、副島一郎等人的論文中均
有著重的表現,而有的書名更明確揭示了"士大夫"或"士人社

會"是他們的論述基點。宋代以來,以進士及第者爲中心的
"士大夫"階層,取代六朝隋唐的門閥士族,而成爲政治、法律、
經濟決策和文化創造的主體,這本身就是中國社會"唐宋轉
型"的一大成果,也是認宋代爲"近世"的主要依據之一,而所
謂"自宋至清千年一脈論",在很大程度上也基于對這個特殊
階層之存在的體認。更重要的是,當"内藤命題"從經濟史、制
度史向思想史、文藝史領域延伸時,"士大夫"作爲創造主體的
地位就尤其顯著。據我所知,1999 年 3 月 21 日,日本的宋史
研究者曾在東京大學文學部召開一次專題討論會,名爲"宋史
研究者所見的中國研究之課題——士大夫、讀書人、文人或精
英",會議的主題就是呼喚以"士大夫"爲中心的研究。自此以
後,他們陸續在此課題上結集發表研究成果,如 1999 年勉誠
出版《亞細亞游學》7 號特集《宋代知識人之諸相》、2001 年勉
誠出版《知識人之諸相——以中國宋代爲基點》等。這確實可
以説反映了日本學術界的一個研究動向。

　　由于抓住了士大夫社會的特點,以及印刷技術作爲新興
的傳播媒體給這個社會帶來的巨大現代性,使内山精也從看
似平常的題目中發掘出了豐富而嶄新的意藴。他論王安石
《明妃曲》、蘇軾"烏臺詩案"和"廬山真面目"等文,吸納融會接
受美學、傳播學等理論成果,描述宋代士大夫的心態和審美趨
向,讀來既感厚重而又興味盎然。淺見洋二的《距離與想象》
一書論題集中,他立足於對中國詩學史的總體把握和對批評
術語的特有敏感,從一系列詩學的或與詩學相關的命題中,細
緻地推考和論證"中國詩學的唐宋轉型",令人頗獲啓迪。所
謂"唐宋轉型",實際上從唐中葉起就初顯徵兆,與中唐樞紐論
異名同義。副島一郎即選取自中唐至北宋這一歷史時段切入
論題,對啖助、杜佑、柳宗元至宋初古文家、易學家進行探討,

舉證充分，結論平實可據。當然，經濟、制度等選題仍然受到學者的注意，尤其是宋代以來成熟的科舉制度，對士大夫社會的作用可謂舉足輕重，高津孝就有多篇論文涉及科舉與文學的關係，並有新的創獲。保苅佳昭、東英寿兩位則專注于作家個案研究，分別以蘇軾詞和歐陽修古文爲論題，曾引起中國同道的矚目。高津孝、保苅佳昭、東英寿三人都長于史實、文獻的考辨，發揚了日本漢學長期形成的優良傳統。高津孝對于古文八大家的成立過程的系統梳理，其結論引用率甚高；保苅佳昭對蘇軾詞的意象分析和編年考證，也顯出頗深的文史功底；東英寿對歐陽修文集版本的考察，亦稱縝密細緻，尤對日本尊爲"國寶"的天理圖書館藏本作了迄今所見最爲詳盡的考評，認定其版本價值居現存歐集諸本之首，殆成定讞。

　　我和這六位作者都有直接或間接的學緣關係，有的相識已達二十年之久。早在 1990 年，一批年輕的宋代文學研究者就在早稻田大學"宋詩研究班"的基礎上，成立了"宋代詩文研究會"，自那以來，他們組織了富有成效的研究，迄今爲止，舉辦了八次專題討論會，編輯了十二期《橄欖》雜誌，完成並出版了錢鍾書先生《宋詩選注》的日譯。而這六位作者，都是"宋代詩文研究會"的活躍成員。如今，他們年富春秋，屬於日語所謂的"四十代"，學術事業正如日中天，未可限量。祝願他們精進不止，繼續貢獻學術精品；同時盼望其他的日本學人來加盟這一宋學研究的群體，共謀學術發展。

目　　録

宋初行卷考

　　衆所周知，唐代科舉考試（選拔官吏的考試）曾大興所謂"行卷"之風。行卷，指的是應舉者在考試之前，提前將自己的詩文寫成卷軸，投送給那些能够左右考試結果的大文人或是科舉考官，目的是讓他們全面瞭解自己的文學水平，加深他們對自己的印象，是一種爲達到中舉目的而進行的試前活動。在科舉考試的科目中，行卷主要集中在考詩賦的進士科。對文人來説，進士及第是他們的憧憬之所在。從中唐到晚唐，許多大名鼎鼎的文人，或是行卷的投送一方，或是接受一方。行卷附隨於科舉，形成了一種文學的"場"。確立行卷在科舉系統中的位置的，是一種名曰"公卷"（省卷）的制度。即事先將那些作爲行卷呈遞上來的詩文收納於禮部的一種制度。從史料的角度來説，行卷是一種個人行爲，很難把握，而公卷却不同，它是國家系統中的一環，其生成、存在和廢止都比較明確。具體説，是始於唐代玄宗天寶年間（742—756），終於北宋仁宗慶曆元年（1041），有近三百年的歷史。從文學史的角度來看，中唐至宋初，行卷這一文學的場附隨於科舉而存在。關於唐代的行卷與文學，前人已有詳盡的研究①，本文試圖以古文家

---

① 　例如：1. 鈴木虎雄《唐代的考試制度與詩賦》(《支那學》第二卷第一〇號，支那學會，1922 年）。鈴木虎雄（1878—1963），日本漢學（轉下頁注）

柳開爲綫索，對宋初行卷進行考察，梳理伴隨科舉制度的完
善，行卷逐步解體消失的過程。

一、行　卷

　　首先，讓我們通過宋初富有個性的文章家柳開，來看一看
太祖朝的行卷的情況。許多人一定知道那個令人顫栗的嗜食
人肉的逸聞，而柳開正是逸聞的主人公。恰恰是這個令人驚
異的人物，却可以爲我們提供許多有關行卷的系統的信息。
柳開，字仲涂，大名人①。傳說他性格剛烈，三歲時就砍掉過
企圖跳墙逃跑的盜賊的脚指。他十七歲開始讀韓愈文章，生
發欽仰韓愈、柳宗元古文之情。二十歲時，父親爲他取名肩
愈，字紹先。據《東郊野夫傳》②說，"肩愈"意爲效法韓愈、欣
賞古道，"紹先"則是崇尚先祖柳宗元的德行。因爲韓愈較柳
宗元更爲顯赫，故以之爲名。後來，他又取"能開聖道涂"一
語，以開爲名，仲涂爲字。柳開的名字爲在中央朝廷任職的文

　　（接上頁注）家，號豹軒，文學博士，京都大學名譽教授，著有《支那詩論史》
（1925）、《支那文學研究》（1925）及《賦史大要》（1936）等。2. 程千帆《唐代
進士行卷與文學》（上海古籍出版社，1980 年）。3. 村上哲見所作程著的書
評（《東洋史研究》第四一卷第二號，京都，東洋史研究會，1982 年）。村上哲
見（1930—　），日本漢學家、文學博士、東北大學名譽教授，著有《宋詞研究》
（1976）、《講講科舉》（1980）、《中國文人論》（1994）及《漢詩與日本人》（1994）
等。4. 傅璇琮《唐代科舉與文學》第十章《進士行卷與納卷》（陝西人民出版
社，1986 年）。5. 荒木敏一《宋代科舉制度研究》（京都，東洋史研究會，1969
年）。荒木敏一（1911—　），日本中國史家，文學博士，京都教育大學名譽教
授，著有《宋代科舉制度研究》等。本文執筆過程中，得 5 的教益尤多。
① 《宋史》卷四四〇（北京，中華書局校點本）。
② 《河東先生集》（1979 年，臺灣商務印書館影印《四部叢刊正編》所收）。又，適
　宜參照《全宋文》（四川大學古籍整理研究所編，巴蜀書社）。以下有關宋人
　別集同樣。

人們所知曉,是在開寶二年(969)王祐赴大名府任知府的時候。王祐(924—987),字景叔,大名人①。乾德四年(966)和六年(968)曾兩度任權知貢舉,屬於朝廷內頗有實權的文人。本傳說"(王)祐知貢舉,多拔擢寒俊",所以柳開寄希望於他。不過,朝廷派遣王祐任大名府知府的目的,是要探聽前任符彥卿的動靜,所以王祐實際在大名呆的時間極短,開寶二年八月領受辭令,翌年春便離大名而去②。在柳開的文集裏,收錄了這一時期他寫給王祐的四封信。柳開先是三次將自己的名片呈送王祐,接着送去請求面會的第一封信:

> 開竊自念,幸而不生於夷狄之中。自五歲而讀書,以至於此,凡十九年矣。當時便誦執事之文章,與夫聖人之言,雜而記之。敢望今日親逢執事於是邦哉……開頗有自知其幸也,敢請見焉。執事倘不罪而寬容之,成乎開之大幸矣。開再拜。③

王祐收到信後,爽快地答應了柳開的請求,於是柳開又寫了第二封信,表示感謝:

> 執事之心固常在於取士矣。當今取士之道獨有禮部焉。每歲秋八月,士由鄉縣而舉於州郡,由州郡而貢於有司。有司試其藝能,擇其行義。得中者後進名於天子,始得為仕也。然士之雖有賢能,由鄉縣而得聞於州郡者,由州郡而得聞於有司者,萬少其一二矣……開行修而人不

---

① 《宋史》卷二六九。
② 《北宋經撫年表·南宋制撫年表》(中華書局,1984年)。
③ 《河東先生集》卷五《上大名府王學士書》。

譽,辭成而眾不解,塊然獨處,出無與交。亦將由乎鄉縣
而舉州郡,豈敢遂望貢於有司乎? 自度取舍不識向背,材
於時而若無用,器於道而如有合,莫知其己之賢且愚也。
幸逢執事之來,故有望於執事矣。是以三投刺而一奉書,
先齋沐而後請見焉。執事果不罪而與之進退揖讓,俯仰
周旋,使得盡其儀焉。執事之若此者固無失也,蓋以接其
士而欲求其賢以致於國也。開之幸者則過矣。何也? 本
將由鄉縣州郡而貢有司,苟得貢於有司,敢遽望於有司之
知乎? 今者不由鄉縣州郡,而遽得拜見於執事,執事復加
之褒揚之賜,開未知從何而便至此也,宜何以報執事耳。
姑進其言而謝焉。開再拜。①

　　當時,地方性的科舉考試——解試的報名截止日期是八
月五日,考試在八月或九月舉行。全國性的省試於春天舉行,
所以稱春試,而地方性的解試則叫秋試。王祐八月受命到大
名赴任,他一到任,柳開便寄信給他。作爲一個古文作家,柳
開並不喜歡當時流行的那些文章,而理解他的人又很少,這使
他頗爲孤獨。王祐是一位聲望很高的文章家,後來曾得太宗
稱贊,"祐之文章清節兼著"。因此柳開將自己的希望寄於這
位新上任的知府身上。在寫了第二封信以後,柳開馬上將自
己的十七篇文章作爲行卷呈給王祐,據説得到了王祐的褒獎。
隨後,柳開又寫了第三封和第四封信。

　　　　開再拜。謹投所業書序疏箴論一十七篇,納其後進
　　進謁之禮,非爲文也。開始將見於執事之時,欲收拾有所
　　罄其鄙惡。士咸謂開傷於太古,不若擇其淺近者以獻之。

---

① 《河東先生集》卷五《上王學士第二書》。

開懼其失也,遂取舊所著文,寫以五通。暨乎得見執事,執事賜之大恩,不罪狂愚。私心復悔,遽擬易之,又慮以疏其次第之儀,時日相懸,不可也。即俟於後,以別有開。(第三封)①

……某不度鄙陋,近獻舊文五通。書以喻其道也,序以列其志也,疏以刺其事也,箴以約其行也,論以陳其義也。言疏而理簡,氣質而體卑,用於時不足爲有道之資,納於人不足爲君子之觀。妄而貢於執事者,自知其過大矣。執事苟不擯斥,而時得容進於門,而今而後,益知其幸也。開再拜。(第四封)②

柳開還替其堂兄柳閌寫信給王祐,請求推舉。信中説:"今年秋,遇執事假政是邦……近在執事之選試,今受執事之舉送。"③他在信裏説柳閌考中了解試,但未提及自己。估計他本人也是在這次考試中及第的。他們堂兄弟的及第肯定與知府王祐所起的作用有關。柳開對王祐的行卷採取了以下形式:(1) 三投刺,(2) 第一書(請見),(3) 面會,(4) 第二書,(5) 行卷,(6) 第三書、第四書。下面的資料證實,柳開的行卷順序,在宋初是常見的一般形式。王闢之《澠水燕談録》卷九説:

國初襲唐末士風,舉子見先達,先通箋刺,謂之請見。既與之見,他日再投啓事,謂之謝見。又數日再投啓事,謂之溫卷。或先達以書謝,或有稱譽,即別裁啓事,委曲叙謝,更求一見。當時舉子之於先達者,其禮如此之恭。

① 《河東先生集》卷五《上王學士第三書》。
② 《河東先生集》卷五《上王學士第四書》。
③ 《河東先生集》卷六《代長兄閌上王舍人書》。

近歲舉子不復行此禮,而亦鮮有上官延譽後進者。①

這裏,將柳開與王闢之所述作一比較:(1)三投刺,(2)第一書相當於"請見",(4)第二書即"謝見",(6)第三書第四書相當於"温卷"。柳開的例子證明,王闢之所言均存在於現實中。至於"延譽",我們將在後面探討。

從狹義上説,行卷祇是指呈遞的詩文,但在廣義上,柳開的四封信也可稱爲行卷。他的四封信篇幅都很長,無法全部引用。四封信均極力述説王祐如何富有發現人才的責任,充滿説服力,集中表現了柳開作爲古文作家的才能。在這種附隨於行卷的書簡中,我們可以看到以自薦爲主題的、一種別具一格的文學的展開。可以説,在盛行行卷的中唐至宋初,在行卷這種特別的行爲當中,自薦是許多人一貫孜孜追求的一個切實的文學主題。這便是,在書信這種形式中,力求如何讓人信服,如何讓人感動,從而順利實現現實的功利目的。在柳開的書信中,我們可以從幾個方面看到自薦這種重要的文學要素的内容結構。第一,強調接受行卷的一方,無論在人格上還是在文學上均極其出色,與此等人相見是一種幸運。第二,力陳接受行卷一方,即政府的高官,有義務發掘優秀人才。在信中,柳開展開渾身解數,使用各種各樣的表現技巧,來闡明自己的見解。作爲呈獻行卷的一方,柳開的性格中本有夸張矯飾的一面,但這些信中却很少自我宣傳,表現得格外謙虛。在文體方面,他的文章本屢屢被人指爲晦澀難解②,但這些書信

---

① 《澠水燕談録　歸田録》(中華書局,1981年)。王闢之(1031—?),字聖涂,山東臨淄人,治平四年(1067)進士。

② 例如,王運熙、顧易生主編《中國文學批評史》中册(上海古籍出版社,1986年)第四編第一章第一節《宋初的詩文批評》中有:"關於文章的表現形式,柳開也講過'非在辭澀言苦'的話,然其所作,仍有澀苦之病。"

却幾乎完全不同。也許，相對於他在文體上的主張來，他更注重自己的書信的實際效果吧。因爲無論如何，像這種書信，最重要的，還是將自己的見解和意圖準確地傳達給對方。

關於柳開與翌年即開寶三年(970)春以及開寶四年(971)春的省試等問題，由於資料匱乏，其間細委不明。或許柳開没有參加科舉也未可知。因爲在極有可能是作於開寶五年(972)的《答梁拾遺改名書》①中有："去秋八月(開寶四年，972)已來，遂有仕進之心，以干於世。"署有開寶五年閏二月五日的《上竇僖察判書》中也説：

> 開本在魏東郊著書以教門弟子，願有終焉之志。不幸邇來父兄以家貧，令求禄以養生，交朋以時亨，勉趨仕以專道。故束帶冠髮，編修簡策，欲陪士君子之下。②

可見，柳開本無意躋身仕途，打算終生在大名教育弟子們。但後來似乎由於某種家庭方面的原因，從開寶四年八月開始，他急切地要謀官進入仕途。柳開決心要在省試上過關及第，於是他找開寶四年時正任權知貢舉的盧多遜相商，説現在在考上省試的考生中，有半數是在開封舉辦的解試上合格的，自己是不是也應該去開封參加解試。在下面這封寫於開寶四年十一月的信中，柳開向盧多遜稟告，稱自己有幸得盧的指點，在鄭州的解試中，以第一名及第。

> 十一月日，鄉貢進士柳開再拜奉書於執事。……故

① 《河東先生集》卷五。
② 《河東先生集》卷七《上竇僖察判吉》。據張景《故如京使金紫光禄大夫檢校司空知滄州軍州事兵馬鈐轄兼御史大夫上柱國河東縣開國伯食邑九百户柳公行狀》(《河東先生集》卷一六)："公雖大族，然以重義好施，頗耗其家。"

夏初，求先容以登於執事之門，直以惡文干於左右。洎乎
面見執事，果執事不曰汝未可以進矣。凡近年舉進士者，
唯開封解爲盛，禮部升而中第者，十居其五。所以天下之
士羣來而求薦焉，爭先而冀上焉。開寒不忍棄之，大望其
角勝矣。乃嘗拜而有謀於執事也，執事當是時，颺言而命
開曰：“汝何必須開封解矣？去年李蔚解於鄭而成名，有
司不遺其材，斯果在於開封乎？汝但效其李蔚耳，無執於
內外解也。”……遂西入鄭郊，果獲首薦。開是知其進有
利於有司矣。……今雖司貢士執事不當於任，然望賜於
執事也，誓心不遷矣。願出於執事之門下，開實爲榮。必
有後之人言曰：柳開能有是，名有是。非柳開則執事不舉
矣，非執事則柳開不往矣。[①]

在省試合格者當中，首都開封解試的合格者竟佔一半，這
表明，在那個時代，左右科舉考試結果的，並不是考試考得如
何，而是在首都所進行的考前評判中考生會得到怎樣的評價。
就是説，在科舉前，應舉者是不是爲首都的那些握有實權的顯
貴文人們所知曉，直接關係到科舉考試能否及第合格。正因
如此，向那些有可能參與科舉考試的著名文人呈遞行卷，使他
們瞭解自己，對科舉考試能否合格至關重要。柳開沒有參加
開封的解試，但參加了位於開封西鄰的鄭州的解試，並考取了
頭名，隨後參加了開寶五年春的省試。開寶五年春的省試由
扈蒙任權知貢舉，閏二月二日放榜（合格發表）。柳開遺憾地

---

① 《河東先生集》卷八《上盧學士書》。另，《續資治通鑒長編》(1974 年，臺
　北，世界書局影印本)卷一三有：“(太祖開寶五年十一月)己巳，詔諸道
　舉人，自今並於本貫州府取解，不得更稱寄應。”自翌年開始，禁止在籍
　貫地以外參加解試。

落第,之後馬上爲參加次年的省試作準備,在放榜後的第三天,即閏二月五日,作爲行卷,他就開始向觀察判官寶儇遞呈書信。寶儇①,即建隆二年(961)任權知貢舉的寶儀的弟弟。在信中,柳開講述了科舉及第的三種途徑。

> 後二月五日,開再拜謹奉書於執事。今之所謂進士者,天下幾百人,凡所能中有司之選者,其道有三。非材非力非智即不得從其列。斯三者,能用其一,皆爲取名之良者矣。材者爲上,力者爲次,智者爲下。於三之中,苟復能參用其二者,即譽之與位,勢不失矣。有能兼是者,由來鮮哉。夫所謂材者,文章也;力者,權勢也;智者,朋黨也。……或三者之中俱無一也,見其來而私懼焉。……退而自度,其已之於時也,正在此常懼者耳。……願伏門下,以冀執事之知,進退之間,唯執事之命耳。故以是書,敢爲贊業之先容也。開再拜。②

這裏所説的"進士",也叫鄉貢進士,指的參加省試的生員。如果及第,便是"前進士"。所謂"材",是文學才能,"力"指權勢,"智"則是交友結黨。柳開稱自己在才、力、智這三方面均沒有過人之處,祇有仰仗寶儇。其實,柳開的真意是想使寶儇認識到自己的才能。十二天後,他再次寫信給寶儇:

> 後二月十七日,開再拜言於執事。……范師回、李天鈞、郭杲之、宋素臣、孫文通、李守之之輩,或文或才,皆謂衆不能及者也。……況其此數子之中,受知與恩於執事之門下者過半矣。其間宋素臣、孫文通,是故僕射公(寶

---

① 傳見《宋史》卷二六三。
② 《河東先生集》卷七《上寶儇察判書》。

儀)之門生也。范師回之文行,兄事於執事,非執事知其人,彼何肯如是哉?李守之,執事拔於孤賤之中,舉其材能,使獲科第也。若此舉材得賢之名,執事之門半天下矣。執事苟能固其誠,執其義,有所賢、抱所能者,誰不延頸而望,疊跡而來矣。[①]

在這裏,特別值得注意的是,范杲(字師回)[②]與竇偁的關係親密如兄弟。對此,本傳裏有"嘗携文謁陶穀、竇儀,咸大稱賞"[③]的記載,可見竇氏兄弟與范杲的關係非同一般。范杲與柳開同爲宋初知名的古文作家。柳開的本傳説,"范杲好古學,尤重開文,世稱爲柳范"[④]。柳開向竇偁行卷,一個重要原因是竇對古文有比較深的理解。可見,行卷這種行爲有時能够製造出一種文學圈子。在向竇偁行卷的同年四月,柳開又向大文章家梁周翰(929—1009,字元褒,管城人)呈遞了行卷。

四月十五日,鄉貢進士柳開再拜。……去秋(開寶四年,971)八月已來,遂有仕進之心,以干於世。故得今以所著文投知於門下,實爲之舉進士矣。竊冀於公者,公以言譽之,公以力振之。同於常輩而是念矣。[⑤]

關於梁周翰,本傳記曰:"五代以來,文體卑弱。周翰與高錫、柳開、范杲,習尚淳古,齊名友善。當時有高梁柳范之稱。"[⑥]他也屬於古文一派。通過柳開的這些信,可以看到當

---

① 《河東先生集》卷七《上竇偁察判第二書》。
② 傳見《宋史》卷二四九。
③ 同上注所揭。
④ 《宋史》卷四四〇。
⑤ 《河東先生集》卷五《答梁拾遺改名書》。
⑥ 《宋史》卷四三九。

時作家之間通過行卷而建立起來的聯繫。

柳開向開封那些熱衷古文的人行卷,爲科舉做好了準備。翌年即開寶六年二月,他參加了省試。當時的權知貢舉是翰林學士李昉(925—996,字明遠,深州饒陽人)①。發榜本爲三月②,但柳開在發榜之前作爲行卷向李昉呈遞了書簡。自然,在考試結束到發榜期間,向知貢舉(考試委員會委員長)行卷並不違反規定。

> 二月日,鄉貢進士柳開再拜獻書於執事。……自去年(開寶五年,972)秋,應舉在京師間,士大夫或以惡文見譽者多矣,度明公之所亦甚知也。是以小子行事之間,不復列於此書者,以開所納文中有《東郊野夫》及《補亡先生》二傳,可以觀而審之。爲人也譽之聲從來既有矣,毀之者果不能無之也。竊聽近日囂囂成風,興謗之徒,十或一二。譽開者,斯既君子;毀開者,斯必小人。度明公必不以小人之毀,而易君子之譽開也。③

看起來,當時世間對柳開有一些議論和非難,至於非難的具體内容不得而知。但在宋初,由於這種事情可能直接影響到科舉考試的結果,所以及時表明自己的態度十分重要。所以在信中,柳開繼續舉出自己先祖的例子,向李昉訴説:

> 開之大王父諱璨。唐光化中(光化二年,899),趙公諱光逢,司貢士也,寔來應舉,趙將以牓末處之。遽有移書於趙公(毀我先君者。趙公)始得一書,乃遷其名而進

---

① 《宋史》卷二六五。
② 《續資治通鑒長編》卷一四。
③ 《河東先生集》卷七《上主司李學士書》。

一等。以至於前後得謗書二十六通，趙公每得一書而必一進名。是歲也，趙下二十七人，故我先君名止於第二。苟是時書未止於二十六人之毀也，即必冠乎首矣。我先君後果作相於唐，而有力扶大難之美陷乎身。而君子到於今稱之，貴趙公特達之能如是也。開雖不敢望踵於先人，而明公豈肯使趙專美也。①

柳璨②曾協助朱全忠篡奪唐室，後被朱全忠斥爲“負國賊柳璨，死其宜矣”，遭誅殺，《新唐書》將其列入奸臣傳。我們懷疑柳開舉出這樣的先祖作例，究竟能起到什麼作用。總之這次柳開是落第了。到了開寶六年，省試中途出現了問題，於是舉行覆試，結果柳開還是落第。後來，柳開得翰林學士盧多遜推薦，被太祖賜予進士及第。對此，南宋葉夢得《石林燕語》卷八有詳細記載：

> 國朝取士，猶用唐故事，禮部放榜。柳開少學古文，有盛名，而不工爲詞賦，累舉不第。開寶六年，李文正昉知舉，被黜下第。徐士廉擊鼓自列。詔盧多遜即講武殿

① 《河東先生集》卷七《上主司李學士書》。
② 《舊唐書》卷一七九，《新唐書》卷二二三。

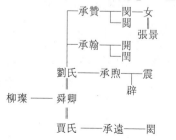

又，柳開爲晉代侍中柳景猷之子純的十八代孫，柳宗元爲柳景猷之子者的十三代孫。

覆試,於是再取宋準而下二十六人。自是遂爲故事。再試自此始。然時開復不憚。(盧)多遜爲言開英雄之士,不工篆刻,故考校不及。太祖即召對,大悅,遂特賜及第。①

柳開被賜及第,幸虧盧多遜的推薦,而這又是柳開向盧多遜行卷,得到賞識的結果。因此,柳開得以進士及第,行卷起到了極大作用。由於這次的省試出現了問題,以致不得不舉行覆試,於是從開寶八年(975)開始,科舉中正式增加了殿試。《續資治通鑒長編》有這樣的記述:

　　辛酉(三月七日),新及第進士雍邱宋準等十人、諸科二十八人詣講武殿謝。上以進士武濟川、三傳劉浚材質最陋,應對失次,黜去之。(武)濟川,翰林學士李昉鄉人也。(李)昉時權知貢舉,上頗不悅。會進士徐士廉等擊登聞鼓,訴(李)昉用情,取舍非當。上以問翰林學士盧多遜。(盧)多遜曰,頗亦聞之。上乃令貢院籍終場下第者姓名,得三百六十人。癸酉,皆召見,擇其一百九十五人,並(宋)準以下及(徐)士廉等,各賜紙札,別試詩賦,命殿中侍御史李瑩、左司員外郎侯陟等爲考官。乙亥(三月二十一日),上御講武殿親閱之,得進士二十六人。(徐)士廉預焉……自兹殿試遂爲常式。②

可見,增加殿試是爲了防止知貢舉利用職權徇私舞弊,録取本不當録取的人。那麼,殿試的確立對行卷有哪些影響呢?

---

① 《石林燕語》(中華書局,1984年)卷八。據柳開自身稱:"太祖即命禮部試所中不中舉人到於殿廷試之,得百有二十七人,賜登高第,開幸在其數。"(《河東先生集》卷八《與鄭景宗書》)
② 《續資治通鑒長編》卷一四。

殿試是宋代在確立和完善科舉制度的過程中,爲了防止和消除科舉中的營私舞弊等問題而採取的第一步措施,對行卷似乎沒有多大的影響。關於這一點,我們以太宗太平興國三年(978)進士田錫爲例作一概觀。田錫(940—1003),字表聖,嘉州洪雅人①。據本傳說,太祖乾德三年(965),後蜀降宋,由宋派遣赴任的峨眉縣令楊徽之和玉津縣令宋白慧眼識才,發現了田錫的才華。現在我們可以看到開寶七年(974)田錫向梁周翰行卷時所寫的書簡:

> 十一月日,進士田錫謹齋沐拜手,獻書於補闕執事。……錫不逮古人遠矣。自十有五志於學,逮今二十年。所吐之文,非超絕橫厲,駭人耳目,但屑屑在模範軌輟間……謹以所編鄙陋之文五十軸,贄於几閣,卜進退於明公也。②

到了翌年即開寶八年的省試,梁周翰任權同知貢舉,田錫落第,最終於太平興國三年中舉。那一年的科舉有些特別,原本應是春天舉行的科舉,臨時決定改在秋季舉行③,殿試則爲九月一日。因爲春季的省試臨時取消,田錫情緒相當低沉。四月,他向中書侍郎盧多遜行卷,并附信如下:

> 四月二十三日,鄉貢進士田錫謹以長書一通,獻於相公黃閣之下。……錫以羈旅之人,懷蕘蕘之藝,去國三千

---

① 《宋史》卷二九三。
② 《咸平集》(1976年,臺灣商務印書館景印《四庫全書珍本六集》所收本)卷三《貽梁補闕周翰書》。此外,還向楊徽之及宋白呈獻行卷。《咸平集》卷四《貽青城小著書》曰:"不然,安得弘農楊公徽之、安定梁公周翰、廣平宋公白,皆博我以雅道,勉我以大來矣。"
③ 《續資治通鑒長編》卷一六。

里,宦游二十載。……年齡在躬,三十有九。昔在於蜀同
與科場者,今皆列丹陛,升清貫,出奉帝皇之命,入居臺省
之職。而小人猶食人之食,衣人之衣,困爲旅人,辱在徒
步。……錫生平所著文約百軸,擇其自善者得二十編。
雖繕寫獻投,爲舉人事業,固不乞用爲賣名之貨,亦不足
爲希賞之資。其實邀相公之知,回相公之鑒者,在此一
書爾。①

　　再看看另一位叫王禹偁的進士。王禹偁(954—1001,字
元之,濟州鉅野人)②,太平興國八年(938)進士。他做過知制
誥和翰林學士,從文學命官的角度爲我們留下了有關太宗朝
後期的行卷的資料。他的《送丁謂序》記録了淳化二年(991)
左右接受行卷的情況。

　　　主上躬耕之歲(端拱元年,988),僕始自長洲宰被召入
見,由大理評事得右正言,分直東觀。既歲滿,入西掖掌誥
且二年矣。由是,今之舉進士者,以文相售,歲不下數百
人。朝請之餘,歷覽忘怠。然有視其命題而罷者,有讀數
句而倦者,有終一篇而止者。或詩可採,其賦則無有也。③

　　由此可知,從端拱二年(989)到淳化二年(991),有許多人
向時任知制誥(司掌詔敕的官)的王禹偁行卷。因此,可以説
殿試的舉行對行卷並沒有什麼影響。④

---

① 《咸平集》卷三《上中書相公書》。依據《宋史》卷二一一《宋宰輔年表》確
認盧多遜爲中書相公。
② 《宋史》卷二九三。
③ 《小畜集》(《四部叢刊正編》所收本)卷一九《送丁謂序》。
④ 此外,太宗朝時,張詠(946—1015)亦呈遞過行卷。《乖崖先生文集》
(1935年,上海商務印書館影印《續古逸叢書之一》)卷七《上宰相書》,應
係太平興國五年(980)進士及第時所書。

二、延　譽

　　科舉之前,考生一方要進行行卷這種考前運動,那麼接受行卷的一方在考前要做什麼呢? 史書上把這一方的活動稱作"延譽",即爲那些行卷的應舉者美言,壯其聲名。下面以錢熙(953—1000,字太雅)①爲例略作考察。錢熙本在吳越國王陳洪進的手下作掌管文學的官,所謂"辟爲巡官,專掌箋奏",太平興國三年(978)吳越降宋時,未被委以舊職,僅被推薦爲進士。於是,他向宰相李昉(925—996)行卷。本傳説:

> 雍熙初(元年,984)携文謁宰相李昉。昉深加賞重,爲延譽於朝,令子(李)宗諤與之游。明年(雍熙二年,985)登甲科,補度州觀察推官。②

　　此處所説雍熙二年的權知貢舉係翰林學士賈黃中。而李昉的延譽也確實直接或間接地影響到了科舉的及第、落第的判定。下面看幾個例子。

> (安)德裕(940—1002)性介潔,以風鑒自負。王禹偁、孫何(961—1004)皆初游詞場。(安)德裕力爲延譽。及領考試,(孫)何又其首選。③

　　這裏的"詞場"與"科場"一樣,均指科舉。王禹偁係太平興國八年(983)中書舍人宋白任權知貢舉時的省元,他的及第肯定是得力於安德裕的延譽。孫何則是淳化三年(992)翰林

---

① 《宋史》卷四四〇。
② 同上注。
③ 《宋史》卷四四〇《安德裕傳》。

學士承旨蘇易簡任權知貢舉時的省元、狀元。這一年,任殿試考官的是史館修撰梁周翰和直昭文館安德裕,殿試考的是糊名考校,孫何能中狀元證明他確有實力。

> 盧積,字叔微,杭州人。……端拱初,游京師。時徐鉉(916—991)以宿儒爲士子所宗。覽(盧)積文甚奇之,爲延譽於朝。是年(端拱元年,988)登進士之第。①

徐鉉,字鼎臣②,在南唐官至吏部尚書,開寶八年(975)與後主李煜一同降宋。在宋朝,他也被委以文學命官。從他的《進士廖生集序》可知他當時也處於接受行卷的地位。

> 端拱改元歲(988),春官庀職,俊造畢集。有廖生者,惠然及門,以文十五軸爲贄。觀之則博贍淵奧,清新相接,其名理則師荀孟之流,其文詞則得四傑之體。③

"春官"即禮部的別稱,"春官庀職"則指省試。徐鉉係端拱二年(989)權同知貢舉。

> 李建中,字得中……携文游京師,爲王祐所延譽。館於石熙載之第,熙載厚待之。太平興國八年(983)進士甲科。④

王祐,乾德四年(966)及六年(968)權知貢舉;石熙載,太平興國二年(977)省試考官。在這裏,"延譽"與進士及第呈因果關係這一點十分重要。"延譽"原本指替參加科舉的後學做做宣傳,幫他們擴大影響;而行卷却不同,它直接關係到科舉是及第還是落第。對考生來説,向人行卷非常重要,必須選擇

---

① 《宋史》卷四四一《盧積傳》。
② 《宋史》卷四四一。
③ 《徐騎省集》(《四部叢刊正編》所收本)卷二三《進士廖生集序》。
④ 《宋史》卷四四一《李建中傳》。

那些對科舉有影響力,同時肯於積極替行卷者宣傳舉薦的人。太祖朝的王著就是這樣一位人物,他因此而廣受稱贊。

> 王著,字成象……(王)著善與人交,好延譽後進。當世士大夫稱之。①

這位王著是建隆三年(962)權知貢舉。王禹偁也以延譽後學有名,他延譽孫何和丁謂之事尤其廣爲人知,而王禹偁瞭解孫何,又是因爲有宋白的延譽。

> 余自東觀移直鳳閣,同舍紫微郎廣平宋公嘗謂余曰:"子知進士孫何者耶?今之擅場而獨步者也。"余因徵其文,未獲。會有以生之編集惠余者。凡數十篇,皆師戴六經,排斥百氏,落落然真韓(愈)柳(宗元)之徒也。②

王禹偁在認識孫何以後,不斷地在朝廷爲他美言。

> 天下舉人,日以文凑吾門。其中傑出群萃者,得富春孫何、濟陽丁謂而已。吾嘗以其文夸大於宰執公卿間。有業荒而行悖者,既疾孫何、丁謂之才,又忿吾之無曲譽也,聚而造謗焉。③

就這樣,由於王禹偁對延譽後學十分熱心積極,所以考生們都願意向他行卷。他做知制誥時,每年向他行卷者多達數百人以上④。

接受行卷的一方,都是可以直接或間接影響科舉考試結果的文人和高官,諸如曾當過知貢舉者、翰林學士、知制誥等

---

① 《宋史》卷二六九《王著傳》。
② 《小畜集》卷一九《送孫何序》。
③ 《小畜集》卷一八《答鄭褒吉》。
④ 《小畜集》(《四部叢刊正編》所收本)卷一九《送丁謂序》。

詞臣們。這些文人命官的集團便是文壇。在宋初,不曾存在過獨立於官界之外的、有影響力的文人集團。

三、糊 名 法

在宋代科舉制度的建立和完善過程中,對行卷的消長影響最大的,是糊名法的實行。所謂糊名法,是將考試答卷的應舉者姓名部分糊上,不使考官知道考生姓名的一種制度。仁宗寶元元年(1038)進士范鎮(1008—1088,字景仁,成都華陽人)①的《東齋記事》卷三説:

> 初,舉人居鄉,必以文卷投贄先進。自糊名後,其禮寖衰。②

范鎮説,對行卷這種事前運動來説,糊名法具有決定性的意義。糊名法始於太宗淳化三年(992)殿試。《續資治通鑒長編》太宗淳化三年三月條記曰:

> 三月戊戌(四日)上御崇政殿,覆試合格進士。先是,胡旦、蘇易簡、王世則、梁灝、陳堯叟皆以所試先成,擢上第,由是士爭習浮華,尚敏速。或一刻數詩,或一日十賦。將作監丞莆田陳靖上疏,請糊名考校,以革其弊,上嘉納之。於是,召兩省、三館文學之士,始令糊名考校,第其優劣,以分等級。③

---

① 《宋史》卷三三七。
② 《東齋記事 春明退朝録》(中華書局,1980 年)。
③ 《續資治通鑒長編》卷三三。又,《宋史》卷四二六《陳靖傳》有:"時御試進士,多擢文先就者爲高等,士皆習浮華,尚敏速。靖請以文付考官第甲乙,俟唱名,或果知名士,即置上科。"

　　胡旦、蘇易簡、王世則、梁灝、陳堯叟，分別是太平興國三年、五年、八年、雍熙二年、端拱二年狀元。當時的風潮是誰答得快誰便可中狀元，科舉考試重速度而不重內容。爲了解決這個問題，太宗實行糊名考校。這樣一來，交卷早晚不再有什麼意義，考生可以在回答考題上下更多的功夫。關於這方面的情況，《宋會要輯稿》選舉七裏有詳細記述：

　　　　淳化三年，三月四日，帝御崇政殿試禮部奏名進士。內出卮言日出賦、射不主皮詩、儒行論題。得孫何已下三百五十三人，第爲五等，并賜及第出身。①

　　對上面所述，有雙行注如下：

　　　　時御出賦題，孫何等不知所出，相顧惶駭，閣筆不敢措詞。人教之上請，因相率叩殿檻，乞指示。帝初不爲言。既所請再三，始爲陳其大義焉。命三司使、翰林學士丞郎、兩省給舍已上、三館職事官等，糊名考校，定優劣爲五等。②

　　當時，太宗"以詞場之弊，多事輕淺，不能該貫古道，因試卮言日出賦，觀其學術"③，但由於考生們的請求，不得不坦陳實情。殿試糊名法就是在這種情形下開始實施的。不過，淳化三年的科舉之後，太宗五年沒有舉行科舉，便駕崩了。到了太宗之後的真宗那裏，糊名考校纔作爲一種制度固定下來。真宗王朝的景德四年(1077)，制定了有關殿試的《親試進士條

---

①　《宋會要輯稿》(臺北新文豐出版公司，1976 年)選舉七。
②　同上注。
③　《宋史》卷四四一《路振傳》。又，"卮言日出"係出自《莊子》寓言之語。

例》①,糊名法從此成爲慣例。關於這之前的情況,從資料來看,咸平二、三、五年和景德二年的殿試實行了糊名考校②。至於咸平元年的情況,目前尚不詳。

我們再來看看省試糊名法的確立。景德四年(1007)閏五月,龍圖閣待制陳彭年(961—1017)上書,呈請詳細製定"考校進士詩賦雜文程式"。於是,真宗任命陳彭年、戚綸、崔遵度、姜嶼等四人爲參定③。景德四年十月,陳彭年提出的"程式"被確定爲"考試進士新格"④,從翌年的科舉開始實施。這個條例的目的是爲了杜絶科舉中的不正之風,有關省試的糊名法應該也包括於其中。據説這個"新格"的提出與陳彭年的個人遭遇有關。

> 陳彭年舉進士,輕俊喜嘲謗。(宋)白惡其爲人,黜落之。彭年憾焉。後居近侍,爲貢舉條制,多所關防,蓋爲(宋)白設也。⑤

宋白(933—1009),字太素,大名人,以三次任權知貢舉有名。在宋白任權知貢舉的太平興國五年(980)、八年(983)的兩次科舉中,陳彭年均落第,後於雍熙二年(985)賈黄中任權

---

① 《宋史》卷一五五《選舉志》一。
② 《宋會要輯稿》選舉一九有"(咸平)二年正月十日,以禮部尚書温仲舒等知貢舉,刑部員外郎董龜正太常博士王陟同試舉人及封印卷首"。同選舉七有"真宗咸平三年三月十七日,帝御崇政殿試禮部奏名進士……命國子博士雷説、著作佐郎梅詢,於殿後封印卷首"。《續資治通鑒長編》卷五一"(咸平五年三月)已未,上親試禮部舉人……及是,糊名考校"。《宋會要輯稿》選舉七"景德二年三月六日,帝御崇政殿試禮部奏名進士……時命翰林學士承旨宋白等糊名考校"。
③ 《續資治通鑒長編》卷六五。
④ 《續資治通鑒長編》卷六七。
⑤ 《宋史》卷四三九《宋白傳》。

知貢舉時合格及第。由此例可見,當時的科舉在制度構成上存在不少問題,考試成績以外的因素在相當程度上影響着科舉結果。而"新格"的提出,將考查基準限定於考試成績,在一定意義上推進了科舉制度的改革。在本傳中,陳彭年談到"新格":

> 多革舊制,專務防閑。其所取者,不復揀擇文行,止較一日之藝。雖杜絕請托,然置甲等者,或非宿名之士。①

不過,改革也帶來一些問題。新制度一方面消除了一些不良行爲,另一方面有時也使一些在文學上很有實力的人失去高分及第的機會。也就是説,在糊名法出現以前,高分中舉者是那些名副其實、有一定聲望的文人,而糊名法的實行,使得科舉變成一次考試成績決定一切。這樣一來,考試以前進行自我推薦自我宣傳的行卷便不再有任何意義。

糊名法的實行對行卷是一個致命的打擊。淳化三年以後,幾乎再也見不到有關行卷的記錄資料就是證明。唯一能看到的是王禹偁在至道二年(996)正月至五月任翰林學士時的有關記載②。

> 僕直翰林時,進士錢易數以文相售。③

錢易(968—1025),字希白,吳越王錢弘俶之子④。淳化三年考中進士,後因輕浮而遭罷黜。當時正是太宗想要矯正

---

① 《宋史》卷二八七《陳彭年傳》。
② 《翰苑群書》下《學士年表》(1964年,臺北興中書局影印《知不足齋叢書》所收本)。
③ 《小畜集》卷二〇《送江翊黄序》。
④ 《宋史》卷三一七。

科舉考試重速度輕內容的風潮的時期。錢易於眞宗咸平二年（999）進士及第，至於他向王禹偁行卷時，糊名法是否已成定例則不甚明瞭。總之，眞宗景德四年（1007）省試糊名法施行以後，再無行卷的例子。在眞宗朝末年，曾有這樣的逸聞。

> 盛文肅公正剛蹇絕，無他腸，而性微狷急。時爲內相。孫抃方召試館職，以文投之。文肅大怒曰："投贄盡皆邪道，非公朝所尚。"呵責再三。孫惶恐失措而退。①

盛文肅公，即盛度（968—1041），字公量，端拱二年（989）進士②，天禧二年（1018）至四年（1020）任內相，即翰林學士③。他既有如此舉動，足見糊名法的實行對行卷的消長有着怎樣的意義。宋代的科舉制度的建立和完善始於殿試的創設（太祖開寶八年，975），經糊名法（殿試糊名法，太宗淳化三年，991；省試糊名法，眞宗景德四年，1007；解試糊名法，仁宗明道二年，1033）、謄錄法（省試謄錄法，眞宗大中祥符八年，1015；解試謄錄法，仁宗景祐四年，1037）的出臺而趨於健全。其中，糊名法的實施對行卷影響最大。

糊名法的實施帶來了科舉考試答案的匿名性，其後謄錄法進一步規定，爲了防止考官辨認考生字體，由第三者謄寫考生答案，從而進一步提高了答案的匿名性。這一制度的實施使得考生的聲望等等與科舉結果不再有任何關係，換句話說，行卷這種以擴大知名度爲目的的行爲也同樣不再有任何意義。終於，糊名法的出現使唐代以來持續了近三百年的行卷

---

① 宋吳處厚《靑箱雜記》（1985 年，中華書局）卷六。
② 《宋史》卷二九二。
③ 《翰苑群書》下《學士年表》（1964 年，臺北興中書局影印《知不足齋叢書》所收本）。

這一文學的“場”走向消亡。這意味着,對文人來説,依靠自己的知名度實現中舉的途徑從此不復存在,它宣告已往的成功傳説支配文人的時代已經結束。而伴隨行卷的書簡——一種自薦文學,也失去了自己作爲文學的“場”,與科舉密切相關的這部分文學從此迎來了一個全新的階段①。

（潘世聖譯）

---

① 關於真宗、仁宗朝的科舉與文學之關係,筆者已在《北宋文學之發展與太學體》(《鹿大史學》第 36 號,1990 年,鹿大史學會;《古典文學知識》第 35 期,1991 年,江蘇古籍出版社)一文中進行考察。謹請參照。

北宋文學之發展與太學體

北宋仁宗嘉祐二年(1057)正月,翰林學士歐陽修權知貢舉①,龍圖閣直學士梅摯、翰林學士王珪、起居舍人知諫院范鎮、知制誥韓絳等四人同知貢舉。又適逢國子監直講梅堯臣爲詳定官②。當時的流行文體被稱爲太學體。知貢舉歐陽修將以此種文體應試的士子盡數黜落③。其後,太學體逐漸失勢,歐陽修提倡的簡明達意的古文流行開來。這是北宋文學史上一個非常重要的事件。迄今爲止,有許多論者都把太學體視作以楊億、劉筠等人爲中心的西昆派文學,以其爲駢文。最近,東英寿先生發表《太學體考》④,認爲太學體是古文,其特徵爲"奇僻","險怪奇澀",並指出强烈反對西昆派文學、主張古文復興的石介、孫復等人任太學講官時,對太學體的形成起了極大作用。我對東先生這一論點表示贊同,但我想,把太學體視爲古文的觀點,還需要多少作些修正。關於嘉祐二年這次科舉,有如下一件廣爲人知的軼事:

> 嘉祐中,士人劉幾累爲國學第一人,驟爲怪險之語。

---

① 《續資治通鑒長編》卷一八五。
② 《蘇文忠公詩編注集成》編年總案卷一。
③ 《宋史》卷三一九《歐陽修傳》。
④ 《日本中國學會報》第四〇集,東京日本中國學會,1988年。

學者翕然效之，遂成風俗。歐陽公深惡之。會公主文，決
意痛懲。凡爲新文者，一切棄黜。時體爲之一變，歐陽之
功也。有一舉人論曰："天地軋，萬物茁，聖人發。"公曰：
"此必劉幾也。"戲續之曰："秀才剌，試官刷。"乃以大朱筆
橫抹之，自首至尾，謂之紅勒帛，判"大紕繆"字而榜之。
既發，果（劉）幾也。①

　　據北宋沈括《夢溪筆談》所收這則軼事所載，太學體是以
劉幾爲主導的。雖然太學體就是那種具有險怪奇澀的特徵的
古文（即散文），但在這則軼事中，從"軋"、"茁"、"發"押韵中可
以看出，劉幾被黜落第的直接原因並不是古文，而是賦。可
見，作爲韵文的賦也具備太學體的特徵。是故歐陽修把這篇
文章當作太學體主要人物劉幾的作品而黜之落第。因此不能
説太學體僅僅是指古文，至少賦也應該包括在內。《夢溪筆
談》的作者沈括（1029—1093，字存中，錢塘人）②，嘉祐二年之
再下一科即嘉祐六年（1061）進士。嘉祐二年，他29歲。作爲
同時代人，他對這件事一定很瞭解。即使這則軼事是虛構的，
至少我們可以知道當時士人們認爲太學體中也包含着賦。再
者，如慶曆六年（1046）張方平（1007—1091）《貢院請誡勵天下
舉人文章》③中，也有"今貢院考試諸進士，太學新體間復有
之。其賦至八百字以上，而每句有十六十八字者。論有一千
二百字以上，策有置所問而妄肆胸臆條陳他事者"之類的話，
太學新體中也包含有賦。試想，太學作爲科舉應試的前一階
段的教育機關，在那裏流行的文學，勢必全面影響到科舉考試

①　《夢溪筆談》卷九。
②　《宋史》卷三三一。
③　《四庫全書珍本初集》本《樂全集》卷二〇。

的各個科目。當時科舉考試的科月有詩賦、論、帖墨等。太學體不僅表現爲論中那種"險怪奇澀"的散文,在賦中,這種傾向也有充分的表現。這一看法是有道理的。至於在詩這一方面,雖然還舉不出具體的例證,但可以推測詩中同樣存在這種傾向。因爲這種超越體裁範疇的文學傾向,在太學體流行的前後已經表現得很明顯。

真宗朝出現了西昆派美學。真宗景德二年(1005)九月,敕命王欽若、楊億編纂《歷代君臣事迹》①。其時同任編纂的有錢惟演、杜鎬、刁衎、李維、戚綸、王希逸、陳彭年、姜嶼、宋貽序、陳越、陳從易、劉筠、查道、王曙、夏竦、孫奭等人。這部《歷代君臣事迹》一千卷於大中祥符六年(1013)編成,賜名《册府元龜》。在編纂過程中,楊億(964—1020)、劉筠(970—1030)、錢惟演(962—1034)三人成爲詩歌唱和的中心,他們將這些詩作編在一起,於是有了《西昆酬唱集》二卷,西昆派之名即來源於此。據王仲犖《西昆酬唱集注》前言,唱和詩指自景德二年(1005)秋至大中祥符元年(1008)秋的酬唱詩作。從楊億序"取玉山册府之名,命之曰'西昆酬唱集'云爾"云云,我們知道,"西昆"指的是古代帝王藏書之府,位處西王母居住的西方昆侖之山。《西昆酬唱集》所收詩學晚唐李商隱,修辭華麗,多用典故是其特徵。歐陽修《六一詩話》云:

> 楊(億)大年與錢(惟演)、劉(筠)數公唱和。自《西昆集》出,時人爭效之,詩體一變,而先生老輩,患其多用故事,至於語僻難曉,殊不知自是學者之弊。

歐陽修本人對楊億等西昆派詩人是善意的,他認爲其流弊是

---

① 《麟臺故事》,《説郛》卷第三四本。

在科舉應試者對這種文風的模仿中産生的。西昆體之名是在詩中形成的。那麼,在其他文體方面,西昆派詩人的活動情況又如何呢?

在無韵文裏,西昆派諸人多用駢文。楊億《西昆酬唱集序》也是用華麗的駢文連綴而成。陳師道(1053—1101)《後山詩話》云:

> 國初士大夫例能四六(駢儷文),然用散語與故事爾。楊文公(億)刀筆豪贍,體亦多變,而不脱唐末與五代之氣,又喜用古語,以切對爲工,乃進士賦體爾。

宋初文體雖然是受晚唐五代風氣影響的駢體文,但使用"散語",因此有散文化傾向。楊億將這一風氣重新樹立起來,使駢文朝散文化方向發展,但在内容上依然沒有擺脱晚唐五代的靡弱習氣。末尾所謂"進士賦體"是指産生於唐代的爲參加科舉考試所必需的律賦。律賦是一種曾被評爲"以音律諧協對偶精切爲工,而情與辭皆置弗論"(《文體明辯》),競爲音韵與對句之精妙的賦體。西昆派之無韵文(駢文)的格式與律賦的格式相似亦由此可知。此外,王銍《王公四六話》云:

> 先公(王莘)言,本朝自楊(億)、劉(筠),四六彌盛,然尚有五代衰陋氣。

亦即西昆派諸人在寫無韵文時用的是駢文(四六文)。在北宋古文運動中,這還成爲被攻擊的主要對象。

那麼,西昆派的賦又是怎麼樣的呢?不用説,科場上必須用律賦。在西昆派諸人的作品中,即使是那些脱離這一制約而創作的賦作也與律賦相近。《皇朝文鑒》卷一卷二所收楊億《君可思賦》、劉筠《大輔賦》、錢惟演《春雪賦》等西昆派詩人的賦作,歸根到底也是用駢體創作的。兹舉錢惟演《春雪賦》中的一節：

> 春陽已中，百昌俱作。彼陰冷而忽興，何飛霙之驟
> 落。始蒙蔽於陽烏，遂潛藏於天幕。冰霰雜下，溫寒相
> 搏。才衮衮而紛揉，更霏霏而交錯。因方就圓，填溪
> 滿壑。

這是一段華麗的駢體文。如果沒有押韵，稱之爲四六文亦無大礙。西昆派無論無韵文還是有韵文都用駢體，以此作爲其特徵。至於賦，則在形式上採用律賦的格式。雖然始於何時尚不明瞭，但至少在仁宗朝初期，詩賦是包括在韵文學之內的。科場中形成了重視賦的風尚。歐陽修《六一詩話》云："自科場用賦取人，進士不復留意於詩，故絶無可稱者。"接下來他引證了天聖二年(1024)省試中的宋祁的例子。可見，對賦如此重視的情況在此之前早已有了。再者，孫復(992—1057)《與范天章書》①亦謂"專以辭賦取人，故天下之士皆奔走致力於聲病對偶之間"。重視律賦與西昆派的流行，這兩者之間有沒有什麼關係呢？這是個值得思考的問題。

編録西昆派詩人自景德二年秋至大中祥符元年秋的唱和詩體的《西昆酬唱集》二卷旋即出版。翌年即大中祥符二年(1009)正月，御史中丞王嗣宗上奏，言楊億等人唱和《宣曲詩》述前代掖庭之事，詞涉浮靡。對此，真宗説："詞臣，學者之宗師也，安可不戒其流宕。"於是作出以下裁决：

> 乃下詔風勵學者："自今有屬詞浮靡不遵典式者，當
> 加嚴譴。其雕印文集，今轉運使擇部内官看詳，以可者

---

① 《孫明復集》，《四庫全書珍本八集》本。

　　録奏。"①

翰林學士及知制誥,或那些帶有侍從等高級館職的人們,在文
學上的影響力之强,由此可見一斑。然而,儘管有如此的風
勵,但正如前引《六一詩話》所説,《西昆酬唱集》甫一出版,便
大爲流行,詩風一變。而且,真宗大中祥符八年(1015),劉筠
任同知貢舉,次一科即天禧三年(1019)科舉,錢惟演爲權同知
貢舉。復次,仁宗天聖二年(1024)科,天聖五年(1027)科,劉
筠任知貢舉②。劉筠實際上三度出任知貢舉、同知貢舉,這是
一件值得特別注意的事情。正如我們從前文所舉的嘉祐二年
權知貢舉歐陽修的例子中所得知的一樣,主考官握有極大權
限。由於有這樣一些西昆派的知貢舉,那麼在科場上,西昆派
文學風靡一世也就是必然的了。再者,在宋代,自唐代開始的
科舉制度有所完備,但糊名法、謄寫法的實施仍具有特别的重
要性③。糊名法即用漿糊把試卷上的士子名字糊起來,謄寫
法則是爲了使其筆迹不被辨認出來,讓胥吏把答卷全部謄抄
一遍。這是爲盡量杜絶科舉中的舞弊徇私行爲而採取的措
施。在省試中,從真宗景德四年(1007)開始實行糊名法,真宗
大中祥符八年開始實行謄寫法,要想科舉及第,士子的聲名的
大小以及考前活動固然能起些作用,但主要還是取決於其文
學。西昆派文學誕生於科舉制度已經完備的宋代真宗朝,是
一種與科舉關係密切的流行文學。在這個意義上,它對全國
衆多參加科舉考試的人都有强有力的影響。可以説,西昆派

---

① 《續資治通鑒長編》卷七一。
② 《續資治通鑒長編》卷八四,卷九三,卷一〇二,卷一〇五。
③ 據荒木敏一《宋代科舉制度研究》第七節《糊名法及謄録法》,東洋史研
　　究會,1969 年。

美學貫穿於詩、賦、文等科舉考試科目。

　　探討西崑派在科場上如此繁盛這一問題時,有必要對南人文化的流入加以考察。北宋是繼承五代十國中的北方系統而建立起來的王朝。太祖開寶八年(975)併吞南唐,太宗太平興國二年(978)統一吳越。至於西崑派,劉筠是北京大名府人,屬北人。而楊億則是福建浦城人,祖父曾任南唐玉山令。錢惟演是吳越王錢俶之子①。他們的文化背景正是南唐吳越所代表的南人文化。唐文化經由五代十國之間在南方保有和平安定局面的南唐、吳越等國而傳到宋代的。從下面這段記載中可以看出,南唐、吳越故地——江蘇、浙江的士人們都長於詩賦,在科舉方面出類拔萃:

　　　　馮拯曰:“比來省試但以詩賦進退,不考文論。江浙士人,專業詩賦,以取科第。望令於詩賦人內兼考策論。”上然之。②

南唐、吳越收歸大宋版圖之後約三十年,人們已不能不感到南人文化向宋文化的滲透了。

　　可是,西崑派之繁盛會持續到何時呢? 仁宗天聖五年正月詔書頒下:“詔禮部貢院,比進士以詩賦定去留,學者(參加科舉考試的人)或病聲律,而不得騁其力,其以策論兼考之。”③正當西崑派美學風行於世之際,就有人從內容及形式兩方面對其展開批判。後來活躍於仁宗慶曆新政中的范仲淹(989—1052)在天聖三年四月二十日的上奏文中,把當時文風比作南朝予以批判:

------

① 《宋史》卷三〇五,卷三一七。
② 《續資治通鑒長編》卷六八真宗大中祥符元年正月。
③ 《續資治通鑒長編》卷一〇五。

　　　　臣聞:國之文章,應於風化。風化厚薄,見乎文章。
　　是故觀虞夏之書,足以明帝王之道;覽南朝之文,足以知
　　衰靡之化。……故文章之薄,則爲君子之憂,風化其壞,
　　則爲來者之資。……伏望聖慈,與大臣議文章之道,師虞
　　夏之風。況我聖朝,千載而會,惜乎不追三代之高而尚六
　　朝之細然。文章之列,何代無人?蓋時之所尚,何能獨
　　變?大君有命,孰不風從?可敦諭詞臣興復古道,更延博
　　雅之士佈於臺閣,以救斯文之薄,而厚其風化也。①

或許是這篇對當時文風提出勸諫的上奏文促成了上述天聖五
年詔的下頒。另外,歐陽修亦有《與荊南樂秀才書》和《與樂秀
才第一書》②兩信。景祐三年(1036)五月,范仲淹上呈"百官
圖",倡論政治改革,反被扣上越職言事的罪名,左遷饒州,歐
陽修爲此貽書司諫高若訥,對其阿諛失職嚴辭斥責,因而被左
遷夷陵。兩封致樂秀才的信也是左遷夷陵時寫的。在信中,
歐陽修對爲求科名而學文章的樂秀才談自己年輕時違背己
意,爲謀生而學作時文(西昆派的文體),雖然及第,但不過是
"順時"。而今,天聖中天子詔戒浮華後,流行文體一變,兩漢
士人所寫的那種文章又風行起來。因而,歐陽修勸他若要順
時,應當學現今流行的文體。天聖中天子下詔大概即指前引
天聖五詔。如果是這樣,那麼西昆派文學在科場中的流行,
大約從天聖末年就開始衰微了。景祐年間,有兩漢士人之風
的文體亦即古文已開始流行。這也和張方平慶曆六年《貢院
請誡勵天下舉人文章》③中所說的"自景祐元年(1034)有以變

---

① 《范文正公集》卷七《奏上時務書》,《四部叢刊正編》本。
② 《歐陽文忠公集》卷四七,《四部叢刊正編》本。
③ 《四庫全書珍本初集》本《樂全集》卷二〇。

體而擢高第者。後進傳效,因是以習。爾來文格日失其舊"互相對應。張方平字安道①,宋城人,他的《題楊大年集後》②是一首具有西崑派風格的詩,對古文基本持批判態度。在科場上,大中祥符元年(1008)至天聖五年(1029)之間約20年的時間,是西崑派最爲流行的時期。張方平文中"變體"一語亦見於歐陽修《蘇氏四六》文中:"往時作四六者,多用古人語,及廣引故事,以炫博學,而不思述事不暢。近時文章變體,如蘇氏父子以四六叙述,委曲精盡,不減古人。自學者變格爲文,迄今三十年,始得斯人。"這篇文章收入《試筆》,附有元豐二年(1079)正月蘇轍跋:"余家多文忠公書,然比其没,余於篋中得十數帖耳。"③

　　《試筆》是根據蘇家殘存的歐陽修信箋編集而成。"蘇氏父子"指蘇洵、蘇軾、蘇轍。從文意看來,這裏顯然是用"變體"、"變格"之語來表現從駢文向古文的流行轉變的。另外,歐陽修談到唐代古文運動時,也用了"變體"一語:"唐自太宗致治之盛,幾乎三代之隆。而惟文章獨不能革五國之弊。既久而後,韓、柳之徒出。蓋習俗難變,而文章變體又難也。"④他使用"變體"的用意是把宋代文體變革與唐代古文運動的狀況作一對比。從北宋科場流行的文學來看,真宗大中祥符年間開始流行的西崑派文學,從仁宗景祐年間開始逐漸失勢。不久,隨着慶曆四年太學的成立,稱作"太學體"的新流行文體形成了。

　　四六駢儷文有:(一)以四六字句爲基本句式,(二)多用

---

① 《宋史》卷三一八。
② 《樂全集》卷二。
③ 《歐陽文忠公集》卷一三〇《試筆·蘇氏四六》。
④ 《歐陽文忠公集》卷一四〇《集古録跋尾》卷七《唐元次山銘》。

對句,(三)諧調平仄,(四)多用典故,(五)語言華麗等特徵,如果給其中超越文體範圍而能適用於各文體者取名,稱之爲駢體的話,那麽,西昆派文學可以説文是駢體文,賦是駢體賦,詩是駢體詩。如果把没有以上特徵或這些特徵不太明顯的文體稱爲散體的話,太學體亦應屬於同一範疇,歐陽修提倡的文學也可説是散體文學。從駢體到散體這一超越文體的文學傾向,在仁宗朝迎來其交替期。那末,歐陽修提倡的文學究竟是怎樣的呢?散體文即古文。我們知道,歐陽修提倡的文學是在内容上反映儒家思想,在藝術表現上要求平明達意的文章。蘇軾在那篇有名的《六一居士集叙》中,對歐陽修的文章作了如下評論:"其言簡而明,信而通,引物連類,折之於至理,以服人心。故天下翕然師尊之。……歐陽子論大道似韓愈,論事似陸贄,記事似司馬遷,詩賦似李白。此非余言也,天下之言也。"蘇軾把歐陽修的文章與西漢司馬遷的文章相比。我認爲,歐陽修的文章,從内容上看是效法韓愈所宣揚的正統儒家,從風格上看,又是模仿兩漢士人的文章。那麽,他的賦又是怎樣的呢?陳師道《後山詩話》説:"歐陽永叔不能賦。"歐陽修以降,盛行創作新格式的散體賦。歐陽修《秋聲賦》、蘇軾前、後《赤壁賦》等即是其代表作。明徐師曾《文體明辨》把賦分成古賦、俳賦、文賦、律賦四種類型。他這樣寫道:"三國兩晉以及六朝,再變而爲俳(賦),唐人又再變而爲律(賦),宋人又再變而爲文(賦)。……文賦尚理而失於辭,故讀之者無咏歌之遺音,不可以言麗矣。"他還把這類"文賦"評爲"議論有韻之文"。可見這是以議論爲主的散文,祇是押上韻而已。科場中只限作律賦,這種散體賦不被容許,但由歐陽修開創的這種文賦在創作中仍盛行起來。賦也朝散體化的方向發展。

　　詩的情況又如何呢?歐陽修最推重的詩人是梅堯臣

(1002—1060,字聖俞)。歐陽修對作爲詩人堪稱一流而仕途
却偃蹇不達的梅堯臣曾充滿友情地説:"非詩之能窮人,殆窮
者而後工也。"①這也是一段極有名的話。梅堯臣的詩,一言
蔽之曰:平淡。"詩本道情性,不須大厥聲。方聞理平淡,昏曉
在淵明。"(《答中道小疾見寄》)"因吟適情性,稍欲到平淡。"
(《依韵和晏相公》)②他自己也用"平淡"一語來形容其詩風。
然其平易淡薄也被評爲缺乏詩味。梅堯臣是散體詩的代表詩
人,以梅堯臣的詩作爲歐陽修心目中的詩之頂峰,大約是没什
麼問題的。這樣,歐陽修提倡的文學,不論文、賦、詩,在形式
上都有散體化傾向。亦即散體化、提倡平明達意的表現手法
的主張是貫穿詩、賦、文,超越單一文體範圍的。北宋古文運
動還有另一大支柱,即在内容上以儒家思想爲旨歸,這一點就
不在此論述了,我們祇討論其形式上的特徵。

如上所述,在太學體前後流行的文學都有超越單一文體
範圍的特徵,西昆派的文、賦、詩都是騈體,而歐陽修主張的文
學,其文、賦、詩都是散體,因此,可以説太學體也具有這種超
越單一文體範圍的傾向。而且,太學是以科舉及第爲目標的
學校,產生於其中的流行文學包括了文、賦、詩等全部科舉應
試科目,一般稱爲太學體。不過,其核心乃是古文。

北宋初期,太祖、太宗二朝尚處於王朝的草創期,尚未有
充分自覺的文學成就。進入真宗朝後,隨着科舉制度的完善,
出現了流行於科場之中的真宗朝的代表文學——西昆派文
學。接着進入仁宗朝後,西昆派騈體美學的流行遇到了挫折,
科場中使用散體的傾向也在這時表出來。仁宗朝正是北宋

---

① 《歐陽文忠公集》卷四二《梅聖俞詩集序》。
② 《宛陵先生集》卷二四、卷二八,《四部叢刊正編》本。

文學由駢體向散體轉變的重大轉折點。在仁宗朝,散體文學流行而頗大。中期慶曆年間又創設太學,科舉考試重視策論,於是以"險怪奇澀"爲特徵的散體文學太學體開始流行。歐陽修同樣以散體文學爲理想,但他反對太學體文學。嘉祐二年他利用權知貢舉之機,對太學體予以痛懲,以至將以太學體應試的士子盡數黜落。這一事件在北宋文學史上具有特別重要的意義。以後,文學的流行就逐漸轉向歐陽修所主張的平明達意的散體文學。從西崑派的駢體轉向太學體的散體,然後再轉向歐陽修主張的平明達意的散體文學。北宋文學史常常是圍繞科場文學的流行而展開。科場文學的流行雖祇能反映出文學之中的某一部分傾向,但北宋文學的流行自身,一方面與科舉制度有極密切之關係,一方面又在變化之中,却合乎事實。科舉考試制度所産生出來的官僚群,以他們爲基礎的北宋文學也仍然流行於科場中,這是不能熟視無睹的。

(程章燦譯)

論唐宋八大家的成立

序　言

　　在文化史上,哪些東西獲得被選擇的權利,在歷史中留有一席地位,最終成爲傳統的一部分,這不僅是一個文化問題,更是一個政治性的問題。這個問題的意義在於,它充分顯示了形成文化傳統的社會條件和文化條件的具體形態。被稱作唐宋八大家的八位散文作家的權威化、神聖化過程,即證明了這一點。這八位作家是怎樣從衆多的文人中遴選出來的,又是怎樣在文化史中佔據了重要地位? 這一問題對於我們從文化的角度考察宋代以後的中國社會具有很大的意義。不僅如此,唐宋八大家的權威化過程,還決定了整個東亞的某種文學標準,對日本亦產生了不容忽略的影響。比如,從江户時代到明治時代,衆多唐宋八家文的文本、注本的出現,就證明了這一點。

　　宋代的八大家成立前史可以分爲四個階段。不過這四個階段並非依照時間上的先後順序來區分的。第一個階段,在唐代古文家中,韓愈與柳宗元被特權化。第二個階段,在北宋古文家裏,歐陽修、王安石和蘇軾被遴選而出。第三個階段,北宋的曾鞏受到南宋朱熹的高度評價。第四個階段,蘇洵、蘇軾、蘇轍父子三人被譽爲三蘇,受到高度評價。總的來看,這四個階段分別與宋代學術界的潮流密切相關。説到宋代社會,它是由宋代士大夫(這一階層構成了宋代社會的骨架)、即由科舉這一選拔機制造就的科舉官僚階層而構成的。所謂八大家的成立,首先與這一社會的特質相關聯。換言之,它不僅是文學問題,而是與包括哲學史在内的整個學術史的動向以及宋代社會的結構緊緊聯繫在一起的。

以下,本文將對明代社會作一概觀,繼而概略考察以宋代爲中心的、第二階段之後的唐宋八大家的析出過程。

一

在中國古典文學中,最具有代表性的散文家當首推唐宋八大家。在唐宋爲數衆多的散文作家中,號稱唐宋八大家的八人被特別地遴選出來,可以直接追溯到明代茅坤(1512—1601)《唐宋八大家文鈔》的編輯和出版。《唐宋八大家文鈔》百四十四卷,以萬曆七年(1579)的茅一桂刊本最古[1]。書中有茅坤自身於萬曆七年所作的序文,關於該書的編纂,序文有如下記載:[2]

> 我明弘治(1488—1505)、正德(1506—1521)間,李夢陽崛起北地,豪隽輻輳,已振詩聲,復揭文軌,而曰吾左吾史與漢矣,已而又曰吾黄初建安矣。以予觀之,特所謂詞林之雄耳,其於古六藝之遺,豈不湛淫滌濫,而互相剽裂

[1]　《中國古籍善本書目·集部》(上海古籍出版社,1998年)卷二十八總集部:"《唐宋八大家文鈔》百四十四卷,明茅坤編,明萬曆七年茅一桂刻本。"

[2]　據《唐宋八大家文鈔校注集評》(三秦出版社,1998年)。

已乎？

　　予於是手撥韓公愈，柳公宗元，歐陽公修，蘇公洵、軾、轍，曾公鞏，王公安石之文，而稍爲批評之，以爲操觚者之券，題之曰《八大家文鈔》。

明代中期，前七子李夢陽、何景明等人與後七子李攀龍、王世貞諸文人所倡導的文學復古主義運動曾風靡一世，他們提出"文主秦漢，詩規唐宋"①的口號，來表明自己的文學主張。與此相對，則出現了以王慎中、唐順之、歸有光和茅坤等爲代表的唐宋派。他們以唐宋文人們的古文爲典範，《唐宋八大家文鈔》就是他們不滿於前七子的文學觀而編纂的。

當時，茅坤所編纂的這個選集影響很大。雖然《四庫提要》將之定位爲科舉考試的參考書②，評價並不算高，但同時又特意記述到此書作爲初學入門書曾廣爲流佈，所謂"集中評語雖所見未深，亦足爲初學之門徑。一二百年以來，家弦戶誦，固亦有由矣"。

《四庫提要》舉出了《唐宋八大家文鈔》是茅坤竊用明代唐順之的稿本冒爲己作的説法③，同時又指出，茅坤本人在《唐宋八大家文鈔》例言中，説明自己引用了唐順之和王慎之的提法，並未隱瞞其來龍去脉，因而剽竊之説不能成立。據《千頃

---

① 《明史》(中華書局校點本)卷二百八十五文苑一："李攀龍、王世貞輩，文主秦漢，詩規盛唐。王、李之持論，大率與(李)東陽、(何)景明相倡和也。"

② 《四庫全書總目》(中華書局，1965年)卷百八十九集部總集類四《唐宋八大家文鈔》百四十六卷："今觀是集，大抵亦爲舉業而設。"

③ 《四庫全書總目》曰："説者謂其書本出唐順之，坤據其藁本，刊版以行，攘爲己作，如郭象之於向秀。然坤所作序例，明言以順之及王慎中評語標入，實未諱所自來。則稱爲盜襲者誣矣。"

堂書目》①所載,唐順之纂有古文總集《六家文略》十二卷,刊行於萬曆三十(1602)年,但要比茅坤的《唐宋八大家文鈔》晚二十三年。另外,《中國古籍善本書目·集部》卷二十八總集部裏記載:"《六家文略》十二卷《六家始末》一卷,明唐順之、蔡瀛輯,明萬曆三十年蔡望卿刻本。"②又據明代顧憲成的《六大家文略序》③稱,該書是唐順之因反對當時風靡一世的七子的模擬秦漢之風潮,作爲"諷世"之作而編纂的。後授予門人蔡瀛,又由蔡瀛兒子蔡望卿刊行。據《六大家文略序》稱,所謂六大家是指韓愈、柳宗元、歐陽修、蘇氏父子、王安石和曾鞏。由此可見,在這個階段,唐宋八大家已經成立。此外,唐順之還著有《文編》六十四卷④,對周代至宋代的文章進行了分類。其中所收的唐宋兩代的文章如下:唐代韓愈 143 篇,柳宗元 67 篇,駱賓王、白居易、李翱各 1 篇;宋代歐陽修 206 篇,蘇軾 199 篇,蘇轍 57 篇,王安石 52 篇,蘇洵 33 篇,曾鞏 25 篇,李定 1 篇。書中雖無唐宋八大家這樣的提法,但實際上此時唐宋八大家已經形成。據《四庫提要》⑤所言,陳元素在序中稱《文編》是以南宋真德秀的《文章正宗》爲稿本的。不過,兩書的編纂目的各不相同,所以此說未必一定屬實。可以說,在予以八大家特權化、神聖化的優遇這一點上,《文章正宗》、《續文

---

① 《千頃堂書目》卷三十一總集《六大家文略》。

② 《中國古籍善本書目·集部》卷二十八總集部。又,王重民《中國善本書提要》(上海古籍出版社,1983 年)亦著錄《六大家分略》十二卷附《六家始末》一卷,收錄以下序文。嘉靖四十二(1563)年蔡瀛序曰:"先師唐荆川,獨取韓、歐諸名家所作,纂爲六大家文,復襲其略,使人因略以致詳。瀛既得其纂次題目,退而割裂諸文,依次輯之。"

③ 《明文海》(中華書局,1987 年)卷二百四十一。

④ 《四庫全書》原文電子版(武漢大學出版社,1998 年)。

⑤ 《四庫全書總目》卷百八十九集部總集類《文編》六十四卷。

章正宗》被唐順之所接受，但二者在所選作品的數量、評價序列上有所不同。

《四庫提要》曾舉出明初朱右的匯集唐宋八位散文作家文章的《八先生文集》①，提出其先於茅坤的《唐宋八大家文鈔》。不過，朱右的《八先生文集》現已失傳，其詳情不得而知。但朱右的文集《白雲稿》②卷五中，收有《新編六先生文集序》，察其內容可知該文集十六卷的構成，計：韓愈三卷61篇，柳宗元二卷43篇，歐陽修二卷55篇，曾鞏三卷64篇，王安石三卷40篇，三蘇三卷57篇。文集雖命曰《六先生文集》，實際上是八家文。在這一意義上，它明顯地早於茅坤以及唐順之的選集。該序文中，還分別對每位作家進行了評論。

> 有能振起斯道而奮乎百世之下者，獨韓文公上接孟氏之緒，而又翼之以柳子厚。至宋慶曆，且二百五十年，歐陽子出，始表章韓氏而繼響之，若曾子固、王介甫及蘇氏父子，皆一時師友，淵源功偲資益，其所成就，實有出於千百世之上。故唐稱韓柳，宋稱歐曾王蘇，六先生之文，斷斷乎足爲世準繩而不可尚矣。

此外，同一時代的貝瓊（？—1379）其人，在其文集《清江文集》③卷二十八中都藥中，錄有洪武九年（1376）爲朱右的《唐宋六家文衡》所作的序文，其中講到：

> 《唐宋文衡》總三百三十篇，天臺朱伯賢氏之所選也。……伯賢工文三十餘年，實倍於余。其定《六家文

---

① 《四庫全書總目》卷百八十九集部總集類《唐宋八大家文鈔》。

② 《四庫全書》原文電子版。

③ 同上注。

衡》，因損益東萊呂氏之選，將刻之梓使子弟讀之，而曾曲阜所作四篇則採前人所遺以附南豐之後，其用心可謂勤矣。

《唐宋六家文衡》的内容及篇數與《六先生文集》基本相同，集名大概在編纂的過程發生了變化。文中所説的於“東萊呂氏之選”有所損益，指的是南宋呂祖謙的《古文關鍵》二卷。《古文關鍵》①是一部僅有二卷的古文選集，收有韓愈 13 篇，柳宗元 8 篇，歐陽修 11 篇，蘇洵 6 篇，蘇軾 16 篇，蘇轍 2 篇，曾鞏 4 篇，張耒 2 篇，計 62 篇。所收作家中，除了以張耒取代了王安石之外，八大家的另外七人均得入選。卷頭總論裏説，“學文須熟看韓柳歐蘇”，特別褒揚了韓愈、柳宗元、歐陽修和蘇軾四位散文作家，略述了他們各自作品的樣式的淵源及傾向。另一方面，對於其他散文作家，則以諸家的形式進行概論，分別對曾文、子由文、王文、李文、秦文、張文、晁文作了分析。根據《四庫提要》②的提示，諸家是指曾鞏、蘇軾、王安石、李廌、秦觀、張耒、晁補之。不過，唐宋八大家的確立并不是由《古文關鍵》來完成的。因爲嚴格地説，《古文關鍵》本身並非呂祖謙的正式著書，而是供門人子弟學習用的簡便古文入門書。以下，我們將通過對宋代的考察，來追溯明代唐宋八大家權威化的淵源。

二

關於第一階段中的韓愈、柳宗元評價問題。在宋代的古

---

① 《叢書集成初編》(中華書局，1985 年新一版)所收。

② 《四庫全書總目》卷百八十九集部總集類二《古文關鍵》二卷。

文評價的歷史上,唐代的韓愈無論是作爲先覺者,還是從儒教道統的觀點上,都受到絕對重視。與韓愈相比,對柳宗元的評價,無論是在政治意義上,還是在古文作家的角度上,都顯得比較複雜。不過,從宋初古文家柳開起,作爲古文作家的韓愈和柳宗元開始得到其他唐代文人無法比擬的高度評價①。

至於第二個階段,以呂祖謙的《皇朝文鑒》最爲重要。

南宋吳子良說②:"自元祐(1086—1093)後,談理者祖程,論文者宗蘇,而理與文分爲二。呂公(祖謙)病其然,思融會之,故呂公之文,早葩而晚實。"也就是說,呂祖謙一改理文分離的弊病,將道學和詞章融爲一體。

關於呂祖謙的《古文關鍵》一書,剛才已作了簡單的介紹。要瞭解呂祖謙對宋代文章家們的評價,不可不看他的《皇朝文鑒》百五十卷。《皇朝文鑒》已成爲瞭解南宋初期對北宋文學家的綜合評價的一個基準。該書是呂祖謙編纂的北宋時期文學作品的總集。卷頭附有呂祖謙的侄兒呂喬年所作的《太史成公編皇朝文鑒始末》③。據該文稱,淳熙四年(1177),孝宗皇帝欲令人校訂出版由民間刊行的江鈿的《聖宋文海》,翰林學士周必大向皇帝上奏:"此書乃近時江佃類編,殊無倫理,書坊刊行可耳。今降旨校正刻板,事體則重,恐難傳後,莫若委館閣別加詮次,以成一代之書。"於是決定選擇合適人選,再次進行編纂。孝宗與參知政事王淮和李彥穎相商的結果,最終決定委任呂祖謙承擔編纂的重任。孝宗命"專取有益治道者"。呂祖謙各處訪求宮中藏書及自己記憶中的書籍,搜集了約八百人的文

---

① 參見副島一郎《宋人所見之柳宗元》(《中國文學報》第四十七册,京都大學中國文學會,1993 年)。

② 《昀窗集續集序》(《昀窗集》卷首,《四庫全書》原文電子版)。

③ 《宋文鑒》(中華書局,1992 年)所收。

集,開始進行編纂。第二年,即淳熙五年(1178)十月,編纂完畢,賜名《皇朝文鑒》,周必大作序,由國子館刊行。

　　《皇朝文鑒》即將完成的時候,呂祖謙不幸染病,孝宗擔心他的病情,曾向王淮詢問。言語之間,孝宗説到:"朕欲見諸臣奏議,庶有益於治道。"可知皇帝是很注意奏議的。朱熹也説:"其所載奏議,皆係一代政治之大節,祖宗二百年規模,與後來中變之意思,盡在其間。"從這裏足見奏議在宋代朝廷中的重要性。總而言之,宋代以後,作爲通過科舉選拔出來的科舉官僚們活躍的場,在朝廷這一話語空間裏,奏議占有極其重要的地位。

　　《皇朝文鑒》百五十卷,從卷三十到卷一百五十,收録的是無韻文。作家人數超過二百,作品數量超過一千四百篇。根據對點校本索引的統計,被收録作品達二十篇以上的作家有:1. 蘇軾 163 篇,2. 歐陽修 134 篇,3. 王安石 109 篇,4. 劉敞 66 篇,5. 王珪 59 篇,6. 宋祁 46 篇,7. 曾鞏 41 篇,8. 蘇轍 40 篇,9. 司馬光 35 篇,10. 曾肇 35 篇,11. 元絳 28 篇,12. 程頤 20 篇。這之中,尤屬蘇軾、歐陽修、王安石三人最爲突出。可以説,在南宋初期,作爲北宋時期的散文作家,此三人的社會地位和文化地位已經確立起來。那麼爲何要討論這三個人呢? 第一,這三人中,一個是北宋古文運動的先導者,另外兩個人則是其傑出弟子。第二,在北宋王朝裏,這三人一直享有很高的官職和地位。當文體變革之後,在朝廷文書行政的所有領域裏,他們都留下了堪稱典範的作品。

　　《皇朝文鑒》是被作爲代表整個北宋文學的總集而編纂的,這件事本身反映出了北宋文學中的王朝的整體影像,也可以説是北宋文學的一幅肖像。換言之,《皇朝文鑒》以文學的方式濃縮了科舉官僚們的生活的公私兩面的整體形象。歐陽修、王安石和蘇軾三位科舉官僚特權化地入選其中，是在向人們昭示：此三人是北宋士大夫在文學領域中的理想人物。

呂祖謙的門生樓昉編有古文選本《崇古文訣》三十五卷。《四庫提要》稱該選本"此書篇目較備，繁簡得中，尤有裨於學者"，"因其師説，推闡加密"。① 該書蘇軾 18 篇，蘇轍 6 篇，程頤 3 篇，曾鞏 6 篇，李清臣 5 篇，張耒 11 篇，黄庭堅 2 篇，秦觀 1 篇，陳師道 7 篇，李覯 1 篇，鄧潤甫 2 篇，錢公輔 1 篇，王震 1 篇，劉敞 1 篇，唐庚 5 篇，李格非 1 篇，何去非 1 篇，胡寅 4 篇，胡詮 1 篇，胡宏 1 篇，趙霈 1 篇。② 總的來看，在宋代，歐陽修、蘇軾、蘇洵、張耒、王安石諸家的文章入選最多，其次是陳師道、蘇轍、曾鞏、司馬光諸人。值得注意的是，與呂祖謙的《古文關鍵》相同，樓昉的《崇古文訣》對張耒的評價也很高。

此外，《四庫提要》③裏還講到："宋人多講古文，而當時選本存於今者不過三四家。真德秀《文章正宗》以理爲主，……持論不爲不正，而其説不能行於天下。世所傳誦，惟呂祖謙《古文關鍵》、謝枋得《文章軌範》及昉此書而已。"其中，真德秀的《文章正宗》容後再述。謝枋得（1226—1289）的《文章軌範》④七卷共收録晉代至宋代的文章 69 篇。其中，韓愈 31 篇，蘇軾 12 篇，柳宗元、歐陽修各 5 篇，蘇洵 4 篇，諸葛亮、杜牧、范仲淹、王安石、李覯、李格非、辛棄疾各 1 篇。

以上列舉的宋代所編纂的古文入門書，多具科舉考試參

① 《四庫全書總目》卷百八十七集部總集類二《崇古文訣》三十五卷。
② 《四庫文學總集選刊·崇古文訣》（上海古籍出版社，1993 年）。
③ 《四庫全書總目》卷百八十七集部總集類二《崇古文訣》三十五卷。
④ 《文章軌範》（京都，朋友書店，1985 年）。

考書的性質①,在這個意義上,它們作爲基礎教養的一部分,從根柢上影響着宋代以後的社會。在這些書中,比起唐代其他的文人們來,韓愈和柳宗元已經進入了權威化的過程。不過,在宋代,後世所謂唐宋八大家的另外六人的權威化迹象尚未看到。

三

朱熹的高度評價,使得曾鞏的散文倍受注目。正如元劉壎(1240—1319)所説②:"朱文公評文,專以南豐爲法者,蓋以其於周程之先,首明理學也。"在《跋曾南豐帖》中,朱熹説:

> 熹未冠而讀南豐先生之文,愛其詞嚴而理正。居常誦習,以爲人之爲言,必當如此,乃爲非苟作者。而於王子發舍人所謂自比劉向,不知視韓愈如何者,竊有感焉。③

在《朱子語類》裏,又稱:

> 問:南豐文如何?曰:南豐文却近質。他初亦祇是學爲文,却因學文漸見些子道理,故文字依傍道理做,不爲空言。祇是關鍵緊要處,也説得寬緩不分明。緣他見處不徹,本無根本工夫,所以如此。但比之東坡,則較質而

---

① 高津孝《宋元評點考》(鹿兒島大學法文學部紀要《人文學科論集》31,1990 年)。

② 《隱居通議》(收入《叢書集成初編》,中華書局,1985 年北京新一版)卷十四《南豐先生學問》。

③ 《朱文公文集》(1979 年,臺灣商務印書館影印《四部叢刊正編》所收)卷八十三。

近理,東坡則華艷處多。

　　人要會作文章,須取一本西漢文與韓文、歐陽文、南
豐文。①

還有一種說法,認爲朱熹文章本身就模仿了曾鞏的文章:

　　今觀朱子之文,波瀾矩度似亦從南豐來。②

　　曾鞏散文的聲價自北宋時期開始大增,但可以説,他被選
入唐宋八大家,被權威化的直接契機還是南宋朱熹的高度評
價。作爲宋學的集大成者,朱熹對後世的影響極大。南宋的
真德秀被認爲是朱熹學説的繼承人,他編有古文選集《文章正
宗》二十卷③。全集分爲辭令、議論、叙事、詩歌四個部分,集
録了從《左傳》《國語》到唐末的作品。另外還編纂了續編《續
文章正宗》二十卷④。真德秀的原本現已無存,但其門人梁椅
曾抄寫過真德秀的手澤本的内容,後來倪澄和鄭瑞卿二人又
對梁椅的手抄本加以補正而後刊行。現在能看到的,即是此
版本。《續文章正宗》分爲論理(卷一之二)、叙事(卷三之十
六)和論事(卷十七之二十)三部分。内收宋代十四人的 273
篇作品。計:歐陽修 77 篇,曾鞏 58 篇,蘇軾 56 篇,王安石 46
篇,蘇轍 15 篇,張耒 5 篇,秦觀 5 篇,晁無咎 3 篇,李覯 2 篇,
蘇洵 2 篇,黃庭堅、張景、劉塘、范仲淹各 1 篇。受朱熹的影
響,該集對曾鞏評價極高。對歐陽修、蘇軾、王安石的評價則

---

① 《朱子語類》(中華書局,1986 年)卷百四十《論文》上。
② 張伯行重訂《唐宋八大家文鈔》(收入《叢書集成初編》,中華書局,1985
　　年北京新一版)卷頭《曾文引》)。
③ 《四庫全書總目》卷百八十七集部總集類二《文章正宗》二十卷《續集》二
　　十卷。
④ 《四庫全書》原文電子版。

大體相同。另外，真德秀還在《跋彭忠肅文集》①中，將歐陽修、王安石、曾鞏、蘇軾四人並論，説：

> 漢西都文章最盛，至有唐爲尤盛，然其發揮義理，有補世教者，董仲舒氏、韓愈氏而止爾。國朝文治猬興，歐、王、曾、蘇以大手筆追還古作，高處不減二子。

四

陸游的《老學庵筆記》②卷八中，有如下很有名的一段話。

> 國初尚《文選》，當時文人專意此書，故草必稱"王孫"，梅必稱"驛使"，月必稱"望舒"，山水必稱"清暉"。至慶曆後，惡其陳腐，諸作者始一洗之。方其盛時，士子至爲之語曰："《文選》爛，秀才半。"建炎以來，尚蘇氏文章，學者翕然從之，而蜀士尤盛。亦有語曰："蘇文熟，吃羊肉；蘇文生，吃菜羹。"

這段文章描述了科舉考試之流行。它顯示着，南宋初期以後，蘇軾文章的顯貴和流行的原因在於科舉這一官吏登用制度的存在。同時，也與南宋初期高宗、孝宗兩皇帝對蘇軾文學的高度評價有關。例如，建炎二年(1128)五月二十日，高宗在詔中稱："蘇軾立朝履歷最爲顯著，特先次追復舊官，仍與合得致仕遺表恩澤。"③

---

① 《西山先生真文忠公文集》(1979年，臺灣商務印書館影印《四部叢刊正編》所收)卷三十六。
② 《老學庵筆記》(中華書局，1979年)。
③ 《宋會要輯稿》(臺北新文豐出版公司，1976年)第一百四册職官七六之六三。

　　建炎四年(1130)六月十日,高宗與張守有如下對話。張
守曰:"臣昨聞聖訓,欲就蘇遲宣取蘇軾書。遲近將到數軸,未
敢投進。"高宗曰:"可令進來。軾書無非正論,言皆有益,朕不
獨取其字畫之工而已。"①

　　孝宗也於乾道九年(1173)閏正月望日,爲蘇軾的文集作
序,給予極高的評價②,而皇帝的這種嗜好顯而易見又會對科
舉動向產生影響,足見南宋時代蘇軾的聲望確實顯赫至極。
此外,將蘇洵、蘇軾、蘇轍父子三人並稱之舉,常見於冠以"三
蘇"之名出版的書物。查《北京圖書館古籍善本書目》③,可見
如下四種:

　　　《三蘇先生文粹》七十卷　宋蘇洵,蘇軾,蘇轍撰　宋
婺州王宅桂堂刻本
　　　《三蘇先生文粹》七十卷　宋蘇洵,蘇軾,蘇轍撰　宋
婺州吳宅桂堂刻本
　　　《標題三蘇文粹》六十二卷　宋蘇洵,蘇軾,蘇轍撰
宋刻本
　　　《東萊標注三蘇文集》　宋蘇洵,蘇軾,蘇轍撰　呂祖
謙輯　宋刻本

《四庫提要》④著録有《三蘇文粹》七十卷,謂之"所録皆議論之
文,蓋備場屋策論之用者也"。即把此書視爲科舉考試的參考

---

① 《宋會要輯稿》第五五册崇儒四之二十。"軾書無非正論"作"試書無非
　正論",今正。
② 《經進東坡文集事略》(1979年,臺灣商務印書館影印《四部叢刊正編》所
　收)卷頭《御制文集序》。
③ 《北京圖書館古籍善本書目》(1989年,漢城法仁文化社影印本)。
④ 《四庫全書總目》卷百九十二集部總集類存目四《三蘇文粹》七十卷。

書。《藏園訂補郘亭知見傳本書目》①裏載有：

> 《呂氏家塾增注三蘇文選》二十七卷，宋蘇洵，蘇軾，蘇轍撰。

注曰："宋刊本……卷首題呂祖謙遴選，建安蔡文子行之增注。全書多選書策，史論，供士子帖括之用。前嘉定乙亥(八年，1215)武夷吏隱序，蓋當時麻沙坊估所爲，托名伯恭以取重也。"指出該文本亦爲科舉考試之參考書。總之，在評價三蘇文章的背景中，科舉制度這一官僚選拔機制也是一個重要的因素。

五

　　進入清代以後，儲欣在唐宋八大家中又加上了韓愈的兩位門人，即唐代的李翱、孫樵，編纂了《唐宋十大家全集録》五十一卷②。後又受乾隆皇帝之命，對儲欣《唐宋十大家全集録》在文章選擇及評論上的不足加以改訂，於乾隆三年(1738)編纂了《御選唐宋文醇》③。結果這十家并未能得到普及，而八家自身倒獲得了朝廷的公認。唐宋八大家在宋代開始被個別地加以權威化；至明代，八大家的形式在民間得到確立；進入清代，則獲得了王朝官方的承認。

　　關於茅坤的《唐宋八大家文鈔》，儲欣説"茅所評論以窺其

---

① 清莫友芝撰，傅增湘訂補，傅熹年整理《藏園訂補郘亭知見傳本書目》(中華書局，1993 年)卷十六上集部八總集類。

② 《四庫全書總目》卷百九十四集部總集類存目四《唐宋十大家全集録》五十一卷。

③ 《四庫全書總目》卷百九十集部總集類五《御選唐宋文醇》五十八卷。

所用心,大抵爲經義計耳"①,認爲它不過是科擧考試的參考書而已。在《四庫提要》②中的《御選唐宋文醇》一項下,也説"八家之所論著,其不爲程試計可知也"。對於茅坤和儲欣,則指出"茅坤所録,大抵以八比法説之。儲欣雖以便於擧業譏坤,而核其所論,亦相去不能分寸"。提出茅坤和儲欣在評論唐宋八大家時,存在着用八股文的方法評論古文的缺欠。也就是説,上述的文選文集都没有擺脱科擧考試參考書的性質。換言之,這與作爲社會性存在的唐宋八家文自身的性質是一致的。

從中唐到北宋間的這八位散文作家,在南宋時期,無論是在社會意義上還是在文化意義上,都漸漸地、個别地被遴選出來,加以權威化;到了明代,唐宋八家文終於正式確立起來。不可否認,以歐陽修爲中心的北宋古文運動也與科擧制度有着密切的關係,北宋以後的中國社會基本上是以科擧制度爲基盤而成立和運作的,其中,作爲文學活動一部分,散文亦成爲一種社會存在。此種中國社會自身所析出的散文作家的典型,就是本文論述的唐宋八大家。

（潘世聖譯）

---

① 《四庫全書總目》卷百九十四集部總集類存目四《唐宋十大家全集録》五十一卷。
② 《四庫全書總目》卷百九十集部總集類五《御選唐宋文醇》五十八卷。

蘇軾的藝術論與"場"

一、序　言

　　最近,在中國史研究這一領域中,美國學者運用法國社會學家布狄厄的社會學方法,探討了中國明清時代的科舉制度與當時社會的關係,其研究成果已引起人們的注意。不過,可以説,與歷史相比,布狄厄的社會學理論對文學具有更大的意義。這是因爲,正像副標題"判斷力的社會批判"所顯示的那樣,布狄厄的主要著作《卓越的特徵》其實是立足於社會學的角度,對現代法國社會中的趣味判斷與階級之關係所做的綜合分析,也是對存在於社會性的場中的趣味所做的普遍性論述。本文試圖從本質主義批判(現代思想的新動向之一)以及布狄厄的有關美的社會學視點出發,重新審視北宋時代以蘇東坡爲中心的"場"。

二、布狄厄的社會學視點

　　按照布狄厄的觀點,在現代思想的領域中,美學研究大體分爲以下三類。即始於康德(Immanuel Kant)的近代美學,海德格爾(Martin Heidegger)和加達默爾(Hans-Georg Ga-damer)的存在主義美學,以及始於維特根斯坦(Ludwig Wittgenstein)的游戲理論。對於前兩者,布狄厄引用熱戀中的男子的那句話——"是由於自己愛她,她才美麗呢?還是因爲她美麗,自己才愛她?"批評他們陷入了主觀主義和現實主義的二者擇一或是相互循環的困境,并公開宣稱自己站在游戲理論一邊。關於藝術作品的意義與價值,布狄厄這樣指出:

> 藝術作品所以能被人們賦予意義和價值,是同一歷史性制度的兩個側面,即互爲基礎的自然化的歷史與藝術場相一致的結果。藝術作品暗中要求鑒賞者具備一定的美學傾向和審美能力,鑒賞者具備這些傾向和能力而鑒賞藝術作品,藝術作品纔被認定爲"藝術作品",也就是作爲被賦予意義和價值的象徵性對象物而存在。那麼認定其爲"藝術作品"的,正是審美家的眼睛。不過,必須指出的是,祇有當這審美家自身是漫長的集團的歷史所孕育出來的"行家",並且在個人歷史中,又與藝術作品長期接觸的場合,他纔能做到這一點。這種循環式的因果關係、信仰與信仰對象的因果關係,就是下述的所有制度的特徵:若不在被社會性游戲的客觀規則制度化的同時,被參加和關心游戲的意欲制度化的話,這制度便無法發揮其功能。……經驗豐富的游戲參加者,是制度通過游戲而形成,因之具有游戲感覺,並進行游戲,使游戲存在下去,所以游戲通過這個過程使游戲參加者產生投身游戲的更大熱情。(《藝術的規則》第三部第一章)

關於布狄厄的理論裝置,英國的馬克思主義文學批評家特里·依格爾頓認爲,與阿爾丘塞爾的繁複的思考方法相比較,布狄厄的理論基本上是作爲意識形態的細微構造來記述日常生活的。即在某種意義上,布狄厄的理論具有明顯的決定論色彩。

　　法國社會學家布狄厄所關心的是,在日常生活中檢驗具有強大力量的意識形態的結構。在研究這個問題的過程中,布狄厄的貢獻在於他提出了"自然化的歷史"(habitus)這一概念。布狄厄想試圖通過這個概念告訴人們:一系列的長期持續的行動傾向產生了單個的習慣實踐,影響並塑造着人。處於社會中的個人,都依據這樣的結構(文化無意識)來行動,縱使個人有意識地想要違背社會的諸規則,但客觀上個人的行動將被調整被規則化。……按照布狄厄的看法,像這樣,主觀和客觀相一致,換言之,我們的自發的行動與我們所處的社會狀況對我們的要求相一致,通過這些,權力的支配性纔得以實現。……布狄厄説,所謂正當性的認知,其實不過是"咨意性的誤認"而已。……任何社會生活領域都是通過一系列的規則而構築起來的,這規則確定了該領域中的有價值的東西是什麼,怎樣纔能被確認爲有價值等等。而且,這些規則以"象徵暴力"的方式發揮機能。由於象徵暴力是正當的東西,所以一般不被認爲是暴力。……例如,在教育領域中,象徵暴力是通過教師而發揮作用的,但這教師並不是專向學生講授意識形態的教師,而是具有一定量的"文化資本"(學生自身也想獲得這樣的文化資本)的教師。因此,教育系統不是用所教育的內容,而是通過規則化的象徵資本分配,爲社會秩序的再生產做出貢獻。……同樣的象徵暴力的形式也作用於整個文化領域,沒有一個"正當的"嗜好的人,將被從文化的領域排除出去,祇剩下恥辱和沉默。(《何謂意識形態》第五章)

　　不過,布狄厄却劃清了自己的理論與結構主義的決定論界綫,提煉出了"自然化的歷史"這一概念。在亞里斯特德以來的概念中,自然化的歷史被賦予下述含義,"(它)屬於能被教育影響的心理傾向,但不是無意識的、意志行爲不能到達的東西,也不是單純被社會決定的,當然更不是祇由在社會結構中所處的位置所規定,顯然,這樣的性質傾向也不能機械地決定主體的表象與行爲。其實毋寧説,無論難與易,對主體而言,'自然化的歷史'首先是克服上述局限的一種結構或者指針"。(《拉魯斯社會學辭典》)

布狄厄對文化的分析受到人們的批判,諸如世界觀的決定論圖式、過於單純的還元性思考以及歷史觀點的缺乏等等。這是由於他的社會學方法論祇是共時性地考察某一場,切斷了歷史性的聯繫的緣故。但是,關於美學分析,布狄厄是非常清楚地把它作爲歷史的產物加以考察的。

法國哲學家克里斯張·德根的下述見解充分表明了本論文的立場:"布狄厄的工作的整體……並不是單純的決定論,他是要竭力正視一個對自身也是很難的問題——我們怎樣被連自己也不知道的決定因素影響着。"(《法國現代哲學的最前綫》)

三、東坡的繪畫論

蘇軾(1036—1101),字子瞻,號東坡居士,生於四川眉山,嘉祐二年(1057)考中進士。他是北宋時期代表性的文學家,也是政治家。作爲政治家,他在新舊法黨的爭鬥中屢經沉浮,曾被流放到海南島。作爲詩人、散文家和書法家,他的名聲很大。作爲宋代以後富有教養的文人官僚的典型,蘇軾給予後代非常大的影響,以至於在金朝,南宋朱子學傳來之前,闡釋蘇軾學問的蘇學曾風靡一世。

唐末五代,出現了一批新的畫家,他們借鑒唐代後半期產生的"潑墨"這一繪畫技巧(把墨散潑在畫紙上,以得到的偶然的形象爲表現主軸),嘗試完成描寫水、火這種沒有確定形態的不定形對象的穩定技巧(《日本美術指南》)。對於這一始於由唐末五代的中國繪畫史上的新潮流——不定形主題表現的變革,蘇軾有下列論述。

> 古今畫水,多作平遠細皺,其善者不過能爲波頭起伏,使人至以手捫之,謂有窪隆,以爲至妙矣。然其品格,特與印板水紙爭工拙於毫厘間耳。唐廣明中,處士孫位始出新意,畫奔湍鉅浪,與山石曲折,隨物賦形,畫水之變,號稱神逸。其後蜀人黃筌、孫知微,皆得其筆法。始,知微欲於大慈寺壽寧院壁作湖灘水石四堵,營度經歲,終不肯下筆。一日,倉皇入寺,索筆墨甚急,奮袂如風,須臾而成。作輪瀉跳蹙之勢,洶洶欲崩屋也。知微既死,筆法中絕五十餘年。近歲成都人蒲永升,嗜酒放浪,性與畫會,始作活水,得二孫本意。(《蘇軾文集》卷十五《畫水記》)

元豐三年(1080),即蘇軾以誹謗朝政罪流放黄州的時期,他談到不定形主題表現的出現和傳承問題。同一時期,他還這樣論到:

> 余嘗論畫,以爲人禽宮室器用皆有常形。至於山石竹木、水波烟雲,雖無常形,而有常理。常形之失,人皆知之;常理之不當,雖曉畫者有不知。故凡可以欺世而取名者,必托於無常形者也。雖然,常形之失,止於所失,而不能病其全,若常理之不當,則舉廢之矣。以其形之無常,是以其理不可不謹也。世之工人,或能曲盡其形,而至於其理,非高人逸才不能辦。(《蘇軾文集》卷十一《净因院

畫記》)

這些論述是以不定形主題表現技巧的出現與傳播爲前提的。蘇東坡舉出文同(字與可)的描寫竹、石、枯木的繪畫,説明他們確實得到了理。關於文同的畫,他説:

> 各當其處,合於天造,厭於人意,蓋達士之所寓也歟。
> (《蘇軾文集》卷十一《净因院畫記》)

並稱"必有明於理而深觀之者,然後知余言之不妄"。總之,繪畫的常理最重要,常理不是單單工於技巧的匠人,而必須是"高人、逸才、達士"纔能表現出來的。鑒賞也同樣如此。

五代到北宋,是中國繪畫史上重大的變革期,首先是表現不定形主題的變革,隨後,爲了實現在二維畫面上創造出闊大空間的夢想,山水畫舍棄了色彩的真實性,而獲得了色調的真實性(《日本美術指南》)。蘇東坡的繪畫論正是上承這一鉅大的變革而出現的。蘇東坡的繪畫論并非是否定技術,而是主張在技術之上存在着常理,常理又若非"高人、逸才、達士"所不能表現。布狄厄認爲,"藝術作品祇對這樣的人——藝術作品被符號化時的符號所有者——纔有意義,祇有這樣的人纔能被喚起對藝術作品的興味",並且,"感情的融通和移入——熱愛藝術的喜悦——實際上也以認知行爲、解明、解讀作業爲前提,而且在這個過程裏既有作爲遺産繼承下來認識方法,也有主體文化能力的充分運用。"(《卓越的特徵》)那麼,對蘇軾的繪畫論而言,符號的所有者是些怎樣的人呢?

布狄厄社會學的特徵之一便是資本這一概念的擴張。説到資本,一般都是指經濟而言,但布狄厄却提出了文化資本的概念,具體包括(一) 身體化的資本——知識、教養、趣味、感性;(二) 客體化的文化資本——書籍、繪畫;(三) 制度化的文化資本——學歷資格等。在東坡的繪畫論中，"高人、逸才、達士"這些具有身體化文化資本的人，首先被作爲符號的所有者，但時常也包括繪畫——客體化文化資本——的所有者。（《卓越的特徵》）

追求常形就是追求"形似"，而另一方面，追求不定形主題則是要追求"形似"（常形）之上的東西。中國繪畫在經歷了表現不定形主題的變革以後，十分看重如何超越"形似"的問題。蘇軾的繪畫論即以輕形似而聞名。

> 論畫以形似，見與兒童鄰。（《蘇文忠公詩合注》卷二十九《書鄢陵王主簿所畫折枝》二首其一）

這是對六朝隋唐以形似爲主的繪畫論的逆反。比如，中唐的白居易（772—846）在貞元十九年（803）三十二歲時寫的《記畫》一文中，就極力推崇形似。白居易的這種以"形似"見真的看法，令人想起布狄厄的話——"庶民階級的人們期待所有形象都能明確地發揮一種機能——縱使是作爲符號的機能，並在判斷中不斷清楚地表明他們對道德和快樂規範的參照"。（《卓越的特徵》）

作爲一個重要人物，文同對東坡繪畫論的影響很大。文同，字與可（1015—1079），四川梓州人。皇祐元年（1049）考中進士。曾作過邛州、漢州、晉州、陵州、湖州的通判、知事。以墨竹、山水畫聞名。文同歿後不久的元豐二年七月七日，蘇東坡曾作文論及文同的墨竹，稱文同完美地把握了竹子的生命力，在他的筆下誕生了非凡的墨竹，同時，否定了文同以外的畫家以形似爲主的畫竹方法。

> 竹之始生，一寸之萌耳，而節葉具焉。自蜩腹蛇蚹以至於劍拔十尋者，生而有之也。今畫者乃節節而爲之，葉

葉而累之,豈復有竹乎?故畫竹必先得成竹於胸中,執筆熟視,乃見其所欲畫者,急起從之,振筆直遂,以追其所見,如兔起鶻落,少縱則逝矣。與可之教予如此,予不能然也。(《蘇軾文集》卷十一《文與可畫篔簹谷偃竹記》)

即使是在《畫水記》這樣的文章中,蘇東坡也決沒有否定技巧。可是,正像他的下述文章所説,士人的畫首先是"意氣"的表現。

觀士人畫,如閱天下馬,取其意氣所到。乃若畫工,往往祇取鞭策、皮毛、槽櫪、芻秣,無一點俊發,看數尺許便倦。漢傑真士人畫也。(《蘇軾文集》卷七十《又跋漢傑畫山》二首其二)

在這裏,所謂"士人"已被特權化,士人與庶民相對,指文化人,其中心是科舉中舉者,也包括具有同等文化水準的人。像宋子房(字漢傑)自身是不是中過舉,已無法確認,但他的叔父是舉人,又是畫家,祇能通過這些推測他的文化背景。

關於文同,蘇東坡在《文與可畫墨竹屏風贊》(《蘇軾文集》卷二十一)中這樣論説:

與可之文,其德之糟粕。與可之詩,其文之毫末。詩不能盡,溢而爲書,變而爲畫,皆詩之餘。其詩與文,好者益寡。有好其德如好其畫者乎?悲夫。

顯然,蘇東坡是説,比起繪畫來,文同的詩文德行評價不高,可是即使詩文與書法繪畫有所差異,其背後仍有一脉相通的東西。也就是,作爲藝術,詩文書畫是一體性的,蘇東坡的美學就是在這裏形成的。

蘇軾自身並非出身於名家名門,據説他的家族祇能數到上五代,他的祖父也不識字。蘇軾一生學問的開始,是和村裏的孩子一道在道士張簡易的私塾學習。所以,蘇軾的中舉,在取得制度化文化資本這一點上有着極大的意義,必然地影響到他的文學。另一位與蘇軾有相同嗜好的黃庭堅也是如此。當然,在身體化文化資本、客體化文化資本這些方面,蘇軾没有任何優勢。特別是繪畫,在蘇軾周圍有不少有着身體化文化資本和客體化文化資本的名家子弟,因此蘇軾有可能比他們更注意這些文化資本。

在東坡的友人中,有一位著名的畫界人物——李公麟(1049—1106)。此人字伯時,號龍眠山人,出身并州。據施注稱,李公麟係南唐先主的後代,熙寧三年(1070)或元豐三年(1088)考中進士。作爲畫家,有人稱他"身爲北宋末年道釋人物畫家、畫馬大家,可稱北宋白描的集大成者……是北宋末元祐、紹聖時期出現的士大夫畫家之一。針對當時不少士大夫畫家以游戲的態度創作墨竹和山水畫,李公麟熱心致力於自己作爲職業畫家所擅長的白描,以專業畫家的暢達的綫條描繪馬的形象。也就是説,他把本來屬於畫匠畫師的描寫形式變成了士大夫文人的東西,這樣,後世才能將這些描寫形式作爲職業畫家和文人畫家皆應採用的畫技來處理"(《中國繪畫史上》)。李公麟的父親李虚一是位書畫收藏家,李公麟自幼就喜愛書畫,漸漸領悟了古人的用筆。在當時,出色的繪畫具有極高極罕見的價值,遠遠超出我們今天的想像。所以,那時有資格談論繪畫的人,除了富裕和地位以外,還必須有接觸繪畫的環境,並進入繪畫收藏家的網絡中。與繪畫相比,書法方面有拓本的技術,至於詩文,書籍已進入製版印刷的全盛期。繪畫的原物模寫的特權性格特別明顯。換言之,作爲客體化文化資本的繪畫,如果人們不屬於某一繪畫收藏家的網絡,就

無法被人欣賞。李公麟和東坡的交流集中於元豐三年
(1088),即蘇軾身爲翰林學士的時期。四年後的元豐七年
(1092)二月左右的詩《步吳傳正枯木歌韵》(《蘇文忠公詩合
注》卷三十六)云:

> 古來畫師非俗士,妙想實與詩同出。
> 龍眠居士本詩人,能使龍池飛霹靂。

上面的詩句是説,龍眠居士李公麟身爲畫家的同時又是
詩人,詩人是與俗士對立的存在,畫家也同樣如此,詩與畫的
妙想實本同出一源,這與當時畫家的社會地位不高有關。如
人所知,唐代著名畫家閻立本曾告戒兒子:"吾少好讀書屬詞,
今獨以丹青見知。躬斯役之務,辱莫大焉。爾宜深戒、勿習此
藝。"(《歷代名畫記》卷九,《增補津逮秘書》所收)宋代也一樣,
宋初畫家李成對某人招他作畫憤憤不平:"吾本儒生,雖游心
藝事,然適意而已。"(《宣和畫譜》卷十一,《增補津逮秘書》所
收)他的子孫做了高官以後,竭力收買李成的畫,以致世間很
難再見到他的畫。至於對李公麟的評價,《宋史》李公麟傳引
黄庭堅的話:"其風流不減古人,然因畫爲累,故世但以藝傳
云。"可見與士大夫相比,當時畫家的社會地位還是低一層次
的。因此,可以認爲,蘇軾的這首詩是爲了提高士大夫的畫業
的社會地位而展開的戰略言説。作爲自我抒寫的詩在士大夫
間確立起其地位,是後漢建安年間,書法在東晋王羲之時代,
而繪畫則在北宋蘇東坡時代。

四、東坡的書法論

熙寧七年(1074)正月,三十九歲的東坡在潤州做詩,其中

有云:

> 退筆如山未足珍,讀書萬卷始通神。
>
> 君家自有元和脚,莫厭家鷄更問人。(《蘇文忠公詩合注》卷十一《柳氏二外甥求筆跡》二首其一)

蘇軾表姊妹的兩個孩子柳閎、柳辟向他索字,於是蘇軾便寫了上面的詩。因爲是寫給自己的後輩,不免帶有教育後人的意味,總歸是强調學問比技術更重要。在論説秦觀的書法時,蘇軾説:

> 少游近日草書,便有東晉風味,作詩增奇麗。乃知此人不可使閑,遂兼百技矣。技進而道不進則不可,少游乃技道兩進也。(《蘇軾文集》卷六十九《跋秦少游書》)

"道"這一表現有些抽象,但可以説是學問主義和道德主義的統一吧。

將蘇東坡的書法論推進一步的,是黄庭堅。黄庭堅這樣評論蘇軾的書法:

> 東坡書,隨大小真行,皆有嫵媚可喜處。今俗子喜譏評東坡,彼蓋用翰林侍書之繩墨尺度。是豈知法之意哉?余謂東坡書,學問文章之氣,郁郁芊芊,發於筆墨之間。此所以他人終莫能及爾。(《山谷題跋》卷五《跋東坡書遠景樓賦》)

無論蘇軾還是黄庭堅都不否定技術,但比較起來他們更重視學問,更重視通過學問纔能獲得的道義。對於機能主義在技術上唯王羲之是尊的做法,他們斥之以"俗"。對蘇軾而言,繪畫上的形似、書法上唯王羲之的技巧而從,都是同一層次的問題。

五、東坡的文學論

在《宋詩選注》"王安石"一條裏,作者錢鍾書列舉了古人對中國詩的缺點的批評,並稱六朝以來這些缺點一直受到人們的批判。其實,除了王安石以外,包括蘇軾在內的許多宋代詩人也都存在着這些缺點,即炫耀學識的學問主義傾向,蘇軾也不例外。早在宋代便有人詮釋蘇軾等人的詩的出典,刊行注釋書,這無疑是最好的證明。

前面已經指出,在這個時代,東坡網絡中,出現了詩畫一致論。以創作翰林院的大畫面春山圖屏風而聞名的神宗朝第一畫家郭熙曾説:

> 更如前人言詩是無形畫,畫是有形詩,哲人多談此言,吾人所師。(《林泉高致》畫意,《美術叢書》所收)

當然,這種見解並没能超出前人,元豐二年,蘇軾還是翰林學士的時候,便這樣論説郭熙的畫:

> 目盡孤鴻落照邊,遥知風雨不同川。
>
> 此間有句無人識,送與襄陽孟浩然。(《蘇文忠公詩合注》卷二十九《郭熙秋山平遠》二首其一)

這令人想起蘇軾的名文《書摩詰藍田烟雨圖》(《蘇軾文集》卷七十):

> 味摩詰之詩,詩中有畫。觀摩詰之畫,畫中有詩。詩曰:藍溪白石出,玉川紅葉稀。山路元無雨,空翠濕人衣。此摩詰之詩,或曰非也。好事者以補摩詰之遺。

蘇軾的審美價值判斷是以學問爲前提的,祇有通向於精神主義的畫家纔會得到蘇軾的高度評價,所以,對他來説,人稱學識淵博的郭熙正是一個合適的對象。即對畫給予高度評價的前提,是精神主義,是學問,是與道相關的東西。當這一點内在化、詩與畫的目標相一致時,就産生了詩畫一致論。詩畫一致論又與對形似的輕視聯繫着。

> 論畫以形似,見與兒童鄰。賦詩必此詩,定非知詩人。詩畫本一律,天工與清新。邊鸞雀寫生,趙昌花傳神。何如此兩幅,疏淡含精匀。誰言一點紅,解寄無邊春。(《蘇文忠公詩合注》卷二十九《書鄢陵王主簿所畫折枝》二首其一)

詩説的是,邊鸞、趙昌這些寫生名家的作品,追求形似,目標十分明確,相比之下,倒是王主簿的"疏淡"的繪畫更好一些,就好比詩裏面的題咏詩本不是真正的詩一樣。蘇軾的意見是否定那些祇要磨練技巧就能創作出來的、機能明確的詩畫。

蘇軾美學的本質首先在於遠離機能主義。所謂機能主義,是這樣一種主張,即期待一切形象都能發揮某一明確的機能。關於書法,蘇軾批評單純追求一定典型的技術爲俗,強調克服學習王羲之過程中的片面性;關於畫,他重視多表現不定形主題的山水畫中的常理;並進一步向詩畫一致論傾斜,一幅詩畫也許並不是什麽都好,但看其詩是山水詩,畫是山水畫,也就意味着擺脱了某種過分確定的意義。存在於這種看法背後的,是精神主義,亦即"道"。

像從《日喻》(《蘇軾文集》卷六十四)所示,東坡的"道",比起儒教思想來,更接近老莊思想,由此又進一步趨向詩禪一致論。熙寧四年(1071),王安石進行改革,將詩賦從科舉考試科日中取消,蘇軾反對這一舉措,寫了《日喻》一文。文章説,以比喻向盲人説明太陽是很困難的,但説明抽象的"道"困難更大。那麼如何纔能到達"道"呢?蘇軾的答案是:"道可致而不可求。"《論語》中不也有"君子學以致道"的麼?

> 昔者以聲律取士,士雜學而不志道。今者以經術取士,士求道而不務學。

蘇軾的"道"不是一個祇要努力就能到達的明確目標。可是,它的前提是學問這一點不能否定,祇要有了深厚的教養,致力於學問,"道"就會來臨,"道"就在否定機能主義的彼岸。

六、結　語

衆所周知,在中國繪畫史上,自唐末五代開始,在表現不定形主題方面發生了重大的變革。蘇軾正是在此基礎上,提出了下述見解,即:有常形者,其價值基準爲形似,但對不定形主題而言,形似便不再具有價值基準的意義,反之,常理將變得十分重要,常理又若非高人、逸才、達士所不能表現。這一見解否定了那種期待形象發揮明確機能的所謂機能主義,主張不應將藝術的價值基準定位於具有明確指標的"技術"方面,藝術的價值祇有那些具有高水準文化資本的高人、逸士、士人纔能表現並享受。這種理解繪畫的思想構造,在蘇軾的書法和文學論中也同樣存在,有名的詩畫一致論就是這一見解的延長。即:對詩來説,不能簡單地將其本質當成政治性意圖和儒教倫理,對繪畫和書法而言,也不能將其本質輕易地歸結爲形似或明確的典型,這是東坡美學的要諦。支撐東坡美學的集團是讀書人,是擁有"制度化"文化資本的科舉合格者以及擁有"身體化"文化資本的名家子弟。在蘇軾周圍已構成網絡的同人、詩友是蘇軾藝術論的重要背景。從東坡美學來看,王安石的科舉改革將詩賦從科舉考試中取消,把科舉考試變成一種與政治、倫理直接聯接的制度,這是應該否定的。同時,東坡美學與洛黨(這一派把一切都同儒教倫理聯繫起來)也是對立的。正是在這種對立中,蘇軾展開了其"言説戰略"。正像從《日喻》中看到的那樣,東坡的所謂"道",並不是某種明確的、應該到達的目標,而是通過廣泛深入地積累學問,自然而然産生出來的;"道"不單是儒教性的,老莊思想的因素也很强。

蘇軾的詩畫一致論把地位不高的繪畫作爲讀書人的東西來看待,並在這個過程中提出了否定機能主義的繪畫論,即標傍輕視形似,聲稱祇有具有文化資本的人纔能表現、理解繪畫。這種對機能主義的否定,與山水詩同樣,都以"道"爲前提,並在這當中産生了詩畫一致論。

(潘世聖譯)

參考文獻

1. 鈴木敬(1981)《中國繪畫史上》,吉川弘文館。鈴木敬(1920—　),日本美術史家、東京大學名譽教授,著有《中國繪畫史研究·浙派》(1968)、《中國繪畫史》(1981—1995)及《中國繪畫綜合圖録》(1982—2001)等。

2. 錢鍾書(1958)《宋詩選注》,人民文學出版社(1979 年北京第三次印刷)。

3. 户田禎佑(1997)《日本美術指南》,角川書店。户田禎佑(1934—　),日本美術史家、東京大學名譽教授,著有《梁楷・困陀羅》(1975)、《牧溪・玉澗》(1978)和《水墨畫與中世繪卷》(1992)等。

4. Pierre Bourdieu, LA DISTINCTION Critique Sociale du Jugement, 1979. 日譯：皮埃爾・布狄厄《卓越的特徵》，石井洋二郎譯，藤原書店(1990)。

5. Pierre Bourdieu, LES REGLES DE LART Genese et structure du champ litteraire, 1992. 日譯：皮埃爾・布狄厄《藝術的規則》，石井洋二郎譯，藤原書店(1996)。

6. Terry Eagleton, IDEORLOGY An Introduction, 1991. 日譯：特里・依格爾頓《何謂意識形態》，大橋洋一譯，平凡社(1996)。

7. Christian Descamps 克里斯張・德根《法國現代哲學的最前綫》，廣瀬浩司譯，講談社(1995)。

8. R. Boudon P. Besnard M. Cherkaoui B-P. Lecuyer, Dictionaire de la sociologie, 1993. 日譯：R・布登他《拉魯斯社會學辭典》，宮島喬他譯，弘文堂(1997)。

9. Benjamin A. Elman, Political, Social, and Cultural Reproduction via Civil Servise Examination in Late Imperial China, 1991. 日譯：本傑明・A・埃爾門(1991)《作爲再生產裝置的明清科舉》(《思想》八一〇號，岩波書店)。

10. 清王文誥《蘇文忠公詩編注集成》(1979年，臺北，學生書局)。

11. 黃賓虹、鄧實編《美術叢書》(1986年，揚州，江蘇古籍出版社)。

12. 朱金城箋校《白居易集箋校》(1988年，上海古籍出版社)。

13. 宋蘇軾《蘇軾文集》(孔凡禮點校，1986年，北京，中華書局)。

14. 元脫脫等《宋史》(1977 年,北京,中華書局)。

15. 清馮應榴《蘇文忠公詩合注》(1979 年,京都,中文出版社)。

16. 明毛晋《增補津逮秘書》(1979 年,京都,中文出版社)。

宋元評點考

一

在明代出版的書籍中,有的書標題很長,引人矚目。比如説到《三國志演義》,名古屋市蓬左文庫藏有《新刻校正古本大字音釋三國志傳通俗演義》十二卷[①]。書名的實質部分自然是《三國志傳通俗演義》,"新刻""校正""古本""大字""音釋"都不過是雕飾至極的廣告性詞句,旨在聲揚文本優秀可靠、價值多樣,集中體現了書肆竭盡全力推銷"商品"的心情和姿態。

"批評""圈點"也是書肆常用的廣告宣傳性文句。同樣以《三國志演義》的文本來看,英國不列顛博物院藏有《新刻按鑒全像批評三國志傳》二十卷;商務印書館藏有《新鐫校正京本大字音釋圈點三國志演義》十二卷[②]。這裏所謂的"批評"係指對本文加以簡短的評論。根據其在書頁上的位置,分爲眉批、夾批、旁批、總批,也稱眉評、夾評、旁評、總評。"圈點"則是給本文中特別精彩的字句描寫加上旁點、旁圈、旁綫等。其形式各種各樣,常用的是圈(或圈點)、點(或旁點)、抹。圈即在字的旁邊加上小圓圈,點是在字的旁邊加上小圓點,抹則是

① 《名古屋市蓬左文庫漢籍分類目録》(1975 年,名古屋市蓬左文庫)。
② 孫楷第《中國通俗小説書目》(1982 年,北京,人民文學出版社)。

指綫。這些符號統稱"圈點"。因爲"批評"和"圈點"都是一種對正文進行批評的行爲,所以統稱"評點"或者"批點"。有時候,書名上衹標"批評"而實際上却包含了圈點。從白話小説的標題來看,批評圈點有諸種不同的稱呼,如:批、評、批評、批閱、評閱、評定、評訂、增評、評注、加評、評林、批點、評點、評釋圈點、圈點等等。

以下,我們來考察一下評點——這種本文附加要素——的歷史。

二

關於專門論及評點的著作,可以舉出海保元備的《漁村文話續》①以及葉德輝的《書林清話》②兩書。此外,拙文還參考了阿部隆一的《中國訪書志》(該書係對臺灣公藏宋元版書籍進行綜合調查的成果)③、《四庫全書總目提要》④以及各圖書館的善本書目。

《書林清話》認爲"刻本書之有圈點,始於宋中葉以後",並舉出《相臺書塾刊正三傳九經沿革例》爲例,這是不確的。第一,《相臺書塾刊正三傳九經沿革例》是元代以後的著作⑤,雖

① 海保元備《漁村文話 漁村文話續》(1977 年,京都,朋友書店影印)。海保元備(1798—1866),號漁村,日本江户時代的漢學家,諳熟經世學、考證學,德川幕府醫學館直舍儒學教授,著有《文章軌範補注》等。
② 葉德輝《書林清話》(1987 年,北京,中華書局據古籍出版社 1957 年版影印)。
③ 阿部隆一《增訂中國訪書志》(1983 年,東京,汲古書院)。
④ 《四庫全書總目》(1981 年,北京,中華書局影印)。
⑤ 汪紹楹《相臺岳氏刊九經三傳考》(《文史》第二八輯,1987 年,北京,中華書局)。

然《相臺書塾刊正三傳九經沿革例》的序文稱"偏旁必辨,圈點必校,不使有毫厘訛錯",① 可是這裏所説的"圈點"大約是指句讀點或者圈發,因爲相臺岳氏本有句讀點而無圈點。該書句讀一項云:"仿館閣校書式,從旁加圈點,開卷瞭然。"可是,臺灣"國立中央圖書館"藏有嘉定五年(1212)序刊《圈點龍川水心二先生文粹》前集二十卷後集二十一卷②,足見"圈點"一詞確是始於南宋。

如《漁村文話續》所指出的那樣,現在能够確認的最早的評點文本,是南宋吕祖謙的《古文關鍵》。吕祖謙(1137—1181),字伯恭,婺州金華人,謚號成,世稱東萊先生③。隆興元年(1163)進士及第,並考中博學宏詞科。官至秘閣著作郎國史院編修。吕祖謙與朱熹、張栻齊名,人稱東南三賢。其著作有《古周易》一卷、《書説》三十五卷、《春秋左氏傳説》二十卷、《春秋左氏傳續説》十二卷、《東萊左氏博議》二十五卷、《大事記》十二卷、《吕氏家塾讀詩記》三十二卷及《十七史詳節》二百七十五卷等。他與朱熹合編的《近思録》十四卷頗爲有名。另外,還曾受孝宗敕命,匯選北宋詩文,編纂了《皇朝文鑒》一百五十卷。吕祖謙編纂的批點文本則有《古文關鍵》二卷和《東萊標注老泉先生文集》十二卷。

《古文關鍵》二卷匯選韓愈、柳宗元、歐陽修、蘇洵、蘇軾、蘇轍、曾鞏、張耒八人的文章六十餘篇。卷首有總論,每篇文章均附有旁評和抹。現在在日本比較容易看到的文本,是文化元年(1804)江户昌平坂學問所刊本(官版)。不過,《直齋書

---

① 《知不足齋叢書》第十三集所收(1964 年,臺北,興中書局)。
② 阿部隆一《增訂中國訪書志》。
③ 《宋史》卷四三四(北京,中華書局校點本)。

録解題》①卷十五古文關鍵二卷説："吕祖謙所取韓柳歐蘇曾
諸家文標抹注釋,以教初學。"由此可知宋代出版的文本也有
評點。關於"標抹",王重民根據北京圖書館所藏宋刊《吕大著
點校標抹增節備注資治通鑒》殘本説:"按書題所謂點校標抹,
點抹在行内,標指眉上標題。"②又,根據官版的凡例③所記,
官版文本是根據兩種宋版重刻的,一種是無注本《古文關鍵》,
一種是宋蔡文子注《古文關鍵》④。這兩種文本的評語與抹完
全相同,但在圈點方面略有差異,前者有點無圈,後者則有較
多圈點。關於蔡文子其人,情況不詳,但據王重民《中國善本
書提要》⑤稱,北京圖書館所藏《增修陸狀元集百家注資治通
鑒詳節》殘本題有"會稽陸唐老集注,建安蔡文子校正",又,陸
心源《儀顧堂續跋》卷六也著録着該書慶元間蔡氏家塾刊本。

　　如《直齋書録解題》所説,《古文關鍵》二卷是一種内容充
實的小型選本,是供初學者學做文章的課本。該書不但匯集
了著名文章家的文章,而且附有對精彩部分的短評,稱得上是
名副其實的科舉考試參考書。這類書籍匯選名家文章,並加
以批點,適應了科舉考生們的需要,以後得以陸續出版。現在
能够看到的著名評點古文選集,有吕祖謙弟子樓昉《崇古文
訣》、真德秀《文章正宗》和謝枋得《文章軌範》等。關於這類評
點本,明葉盛指出:

---

① 1984 年,京都,中文出版社影印本。

② 王重民《中國善本書提要》(1983 年,上海古籍出版社)。

③ 官版是覆刻康熙間昆山徐樹屏刊本的文本。金華叢書本亦據徐氏刊本
　刊印。

④ 《北京圖書館古籍善本書目》集部總集類,著有宋版蔡文子注《增注東萊
　吕成公古文關鍵》二十卷。傅增湘《藏園群書經眼録》卷一七也有著録,
　題爲"東萊吕祖謙伯恭撰,建安蔡文子行之注"。

⑤ 王重民《中國善本書提要》(1983 年,上海古籍出版社)。

> 宋儒批選文章,今可見者,前有呂東萊,次則樓迂齋、周應龍,又其次則謝疊山。朱子嘗以"拘於腔子"議東萊矣。要之批選議論,不爲無益,亦講學之一端耳。①

這裏所説的"呂東萊"即呂祖謙《古文關鍵》二卷,"樓迂齋"指樓昉《崇古文訣》三十五卷,"周應龍"指周應龍《文髓》九卷②,"謝疊山"即謝枋得《文章軌範》七卷。朱子對呂祖謙的批判大概是針對《古文關鍵》的,他批評呂祖謙衹講究文章構成和表現技法的批評態度是"拘於腔子"。葉盛所引用的大約是《朱子語類》卷一百三十九的有關部分:

> 因説伯恭所批文,曰文章流轉,變化無窮,豈可限以如此。某因説,陸教授謂伯恭有個文字腔子,才作文字時,便將來入個腔子做,文字氣脉不長。先生曰,他便是眼高,見得破。③

顯然,評點這種批評行爲衹講究文章表現技法而不重視理學内容,與朱子重視義理的立場是互不相容的。《古文關鍵》的卷首有"總論看文字法",簡單説明了應當把握哪些要點來欣賞韓愈、柳宗元、歐陽修、蘇軾諸家的文章,最後説,"以上評韓、柳、歐、蘇等文字,説齋先生唐仲友亦常以此説誨人"。唐仲友(1136—1188),字與政,號説齋,婺州金華人④。紹興二十一年(1151)進士。紹興三十年(1160)中弘詞科。孝宗時,曾上萬言書論述時政。任江西提刑時,遭朱熹彈劾辭職,此後

---

① 《水東日記》卷九宋儒批選文章(1980 年,北京,中華書局排印)。
② 清倪燦《宋史藝文志補》:"周應龍《文髓》九卷。紹定進士。標注韓柳歐蘇五家文。"《叢書集成初編》(1985 年,北京,中華書局新一版)所收本。
③ 1979 年,京都,中文出版社影印本。
④ 《宋史翼》卷一三(1980 年,臺北,文海出版社)。

刻苦致力於經制之學。著有《帝王經世圖譜》十六卷、《詩解鈔》一卷、《九經發題》一卷和《愚書》一卷等。

呂祖謙的另一個評點文本《東萊標注老泉先生文集》十二卷,評點北宋蘇洵之文章,其宋版收藏於北京圖書館①。據《藏園群書經眼錄》一書稱,目錄後有南宋紹熙四年(1193)從事郎桂陽軍軍學教授吳炎所作的刊記:

> 頃在上庠得呂東萊手抄凡五百餘篇,皆可誦習爲矜式者,因與同舍校勘訛謬,析爲三集,逐篇指摘關鍵,標題以發明主意。②

可知吳炎是在呂祖謙殁後得到手抄本而刊刻的。傅增湘説自己持有同一版卷四卷五。又,《增訂四庫簡明目錄標注》③"嘉祐集十六卷續錄"云:"宋刊東萊標注老泉先生文集,十四行二十五字,注小字同,篇中有評點,存四、五兩卷。"可見這本書也是評點文本。

關於評點文本,呂祖謙與朱熹的看法相互對立。這種對立使得爲文本施加附加要素時,分別向兩個不同的方向展開,即形成了評點本流派與標點本流派。評點是對文章進行批評的一種行爲形態,它重視文章的表現技法。與此相對,標點則以輔助讀者讀解文本内容爲目的,其對象主要是四書。標點一派始於朱子高徒黄幹,繼有何基、王柏④。標點以句讀施點以及爲文中重要之處施抹爲重點,我們現在所使用的標點法

---

① 《北京圖書館古籍善本書目》集部宋別集類(1989 年,漢城,法仁文化社影印本)。

② 傅增湘《藏園群書經眼録》卷一三(1983 年,北京,中華書局)。

③ 1979 年,上海古籍出版社重印本。

④ 參考高津孝《説文解字注六篇上的成立》(1988 年鹿兒島大學法文學部紀要《人文學科論集》第二八號)。

即淵源於此。與評點不同，它並不印刷出來，而主要是使用朱、墨、黃等色筆。元代朱子學者程端禮《程氏家塾讀書分年日程》卷二中詳述了標點法的發達形式，很有參考價值。不過，到明代之後，朱子學的標點法便趨失傳。所以對清人來說，朱子學標點法是彌足珍貴的。魏禧就把汲古閣所藏元人標點五經稱作"天下之神物"①。

　　樓昉，字暘叔，號迂齋，明州鄞縣人②。曾師事呂祖謙，紹熙四年(1193)進士。文名很高，有弟子數百人。著有《東漢詔令》十一卷和《崇古文訣》二十卷。《崇古文訣》二十卷匯選秦漢至宋朝的古文一百六十八篇。陳振孫《直齋書錄解題》③卷十五迂齋古文標注五卷一條曰："大略如呂氏《關鍵》，而所取自史漢而下至於本朝。篇目增多，發明尤精當。學者便之。"雖然《四庫提要》④對這所謂"五卷"有所懷疑，但有人認爲北京圖書館收藏的宋刻本《迂齋標注諸家文集》五卷⑤，很可能是《崇古文訣》的原形。清陸心源《皕宋樓藏書志》⑥卷一百十四錄有宋刊《迂齋先生標注崇古文訣》二十卷。該文本附有寶慶二年(1226)陳振孫序(有部分殘闕)、寶慶三年(1227)陳森跋及姚珵跋。陳振孫序云："得一百六十有八篇，爲之標注，以

---

① 《魏叔子文集》卷一六《汲古閣元人標點五經記》(道光二十五年謝庭綏重刊《寧都三魏全集》所收本)。

② 《宋元學案》卷七三(上海，中華書局校刊《四部備要》所收《增補宋元學案》)。

③ 1984 年，京都，中文出版社影印本。

④ 《四庫全書總目》。《四庫全書》本爲三十五卷本，依據余嘉錫《四庫提要辨證》(1980 年，北京，中華書局)卷二四《崇古文訣》二十五卷，三十五卷本始於元版。文章數較二十卷本多出二十六篇。

⑤ 《北京圖書館古籍善本書目》。

⑥ 《書目續編》(1982 年，臺北，廣文書局影印)所收本。

謐學者。"這既與劉克莊《後村先生大全集》①卷九十六迂齋標
注古文所説的"迂齋標注者,一百六十有八篇"一致,也知劉克
莊的序是爲二十卷本所作。又,陳森與二十卷本的出版直接
有關,他在跋中説:

> 迂齋先生深於古文,嘗掇取菁華以惠四明學者。迨
> 分教金華,橫經璧水,傳授浸廣,天下始知所宗師。森曩
> 偕先生季弟爲館下生。就得繕本,玩味不釋,恨未鋟梓。
> 適先生守莆,幸備冷官,因間叩請,盡得所藏。自先秦迄
> 於我宋,上下千餘年間,其穎出者,網羅遺無軼。②

姚珤序也云:

> 四明樓公,假守莆邦,積其平時苦學之力,紬繹古作,
> 抽其關鍵以惠後學。廣文陳君鋟諸梓以傳之。③

就是説,樓昉赴興化軍任知事時,陳森從樓昉那裏得到原稿並
加以刊刻。劉克莊序則云:

> 本朝文治雖盛,諸老先生率崇性理,卑藝文。朱主程
> 而抑蘇。呂氏文鑒,去取多朱氏意。水心葉氏又謂,洛學
> 興而文學壞。二論相反,後學殆不知適從矣。至迂齋則
> 逐章逐句,原其意脉,發其秘藏,與天下後世共之。惟其
> 學之博心之平,故所採掇尊先秦而不陋漢唐,尚歐曾而並
> 取伊洛,矯諸儒相反之論。

劉克莊對樓昉《崇古文訣》的評價很高,認爲這本書填充了北
宋以來理學與文學之間的鴻溝。《崇古文訣》繼呂祖謙《古文

---

① 《四部叢刊正編》(1979 年,臺灣,商務印書館影印)所收本。
② 據《書目續編》引用。
③ 同上注。

關鍵》之後,將編選對象的時代擴大到先秦,内容更充實,並致力於謀求性理之學與文學的均衡。在批點方面,完全承襲吕祖謙,着重在文章表現以及結構方法上啓發學習者。

稍晚於《崇古文訣》,真德秀編纂了《文章正宗》二十四卷,它和一般的評點文本略有不同。因爲真德秀身爲朱子學者,其《文章正宗》自然也屬於朱子學的系列。該書除了評點以外,還標點了句讀點。真德秀(1178—1235),字希元、景元、景希,號西山,建州浦城人①。慶元五年(1199)進士,官至翰林學士、參知政事。謚文忠。他以朱子學爲宗,著有《四書集編》二十六卷、《大學衍義》四十三卷、《讀書記》六十一卷、《心經》一卷、《西山文集》五十五卷及《文章正宗》二十四卷。《文章正宗》二十四卷分爲辭令、議論、叙事、詩歌四個部分,收録了《左傳》《國語》至唐代的詩文。該書綱目(標附紹定五年[1232]年號)云:

> 正宗云者,以後世文辭之多變,欲學者識其源流之正也。自昔集録文章者衆矣,若杜預、摯虞諸家,往往堙没弗傳。今行於世者,惟梁昭明《文選》、姚鉉《文粹》而已。縣今視之,二書所録,果皆得源流之正乎? 夫士之於學,所以窮理而致用也,文雖學之一事,要亦不外乎此。故今所輯,以明義理、切世用爲主。其體本乎古、其指近乎經者,然後取焉。否則辭雖工亦不録。②

就是説,真德秀仿照《文選》,不僅收古文,也收古詩。作爲朱子學的繼承者,他重視並嚴格遵守義理。因此《四庫提

---

① 《宋史》卷四三七。
② 京都大學文學部所藏同治三年新鐫《文章正宗復刻》三十卷。

要》説："德秀雖號名儒,其説亦卓然成理,而四五百年以來,自講學家以外,未有尊而用之者。豈非不近人情之事,終不能强行於天下歟。"①

臺灣"中央圖書館"所藏的宋末元初建安刊《西山先生真文忠公文章正宗》②係由首目與卷十五、十九、二十、二十一上、二十一下、二十二上、二十二下、二十四構成的殘本,其中卷二十二上下還是以元末明初刻本配補的。宋末元初刊部分有句讀點、聲點,也有圈點、抹,各卷末均刻有"國學正奏名蔡公亮校正"。蔡公亮,建州崇安人,寶祐元年(1253)進士③。該文本的重要之處在於卷首的"用丹鉛法"。通過"用丹鉛法"我們可以清楚地瞭解宋代的圈點用法。即:整體上分爲丹法、鉛法兩個部分。丹法又分爲點、抹、撇、截四種。點有三種,"句讀小點●,語絶爲句,句心爲讀","菁華旁點、,謂其言之藻麗者字之新奇者","字眼圈點○,謂以一二字爲綱領"。抹即長旁綫,"主意,要語";撇是短旁綫,"轉換";截是橫綫,"節段"。鉛法,"以上四者皆用丹,正誤則用鉛"。另外,《程氏家塾讀書分年日程》④卷二有朱子女婿黃幹對四書的批點法,其中有關點抹的例子如下:"紅中抹,綱,凡例。紅旁抹,警語,要語。紅點,字義,字眼。黑抹,考訂,制度。黑點,補不足。"與真德秀《文章正宗》的圈點法差異很大。評點派與標點派在圈點用法也有不同。在明代評點文本的凡例中,有與宋代以來的評點派圈點法大體一樣的評點。比如,明王錫爵等編、沈一

① 《四庫全書總目》卷一八七。
② 阿部隆一《增訂中國訪書志》著録。以下記述係據慶應義塾大學斯道文庫所藏微縮膠卷。
③ 《宋詩紀事》卷六五(1983年,上海古籍出版社)。
④ 《叢書集成初編》所收本。

貫參訂、萬曆十八年(1590)金陵周曰校萬卷樓刊《增定國朝館課經世宏辭》十五卷①凡例中，就規定："圈點如○者精華，、者文采，◎者眼目照應，▐▌者關鍵主意，●者點掇，△者字法，━者一篇小截，┗者一大截也。各有深意，觀者毋忽。"通過凡例中對圈點法的説明，我們可以把握同時代的其他文獻中的圈點意圖之所在。

臺灣"中央圖書館"所藏宋咸淳二年(1266)倪澄序刊《真文忠公續文章正宗》二十卷②也有圈點旁評。倪澄序云"右國朝文章正宗，西山真文忠公晚歲所續也"，是説真德秀晚年的未定稿是由倪澄和鄭瑞卿兩人整理出版的。

作爲科舉科目論策的參考書，古文選本始於南宋吕祖謙的《古文關鍵》，經弟子樓昉的《崇古文訣》，再經略有異色的真德秀的《文章正宗》，到了宋末，合衆爲一，終於匯集爲一個非常易於使用的形式出版了，這就是宋王霆震編《新刻諸儒批點古文集成前集》七十八卷。《四庫提要》説："凡吕祖謙之《古文關鍵》，真德秀之《文章正宗》，樓昉之《迂齋古文標注》，一圈一點，無不具載。"③該書將三個古文選本匯編爲一書，收録文章五百二十二篇，其中八成爲宋代作品，現由北京圖書館收藏④。《藏園群書經眼録》卷十七也著録了該書。同種文本有宋劉震孫編、附南宋咸淳九年(1273)序的《新編諸儒批點古今文章正印》前集十八卷後集十八卷續集二十卷別集二十卷⑤，係南宋末建安刊本，《天禄琳琅書目續編》卷七有收録。與《新

---

① 名古屋市蓬左文庫所藏本。
② 阿部隆一《增訂中國訪書志》著録。
③ 《四庫全書總目》卷一八七。
④ 《北京圖書館古籍善本書目》集部總集類。
⑤ 阿部隆一《增訂中國訪書志》著録。臺灣故宮博物院所藏。

刻諸儒批點古文集成前集》一樣,本書也匯集了衆家評語。據臺灣《故宮博物院藏沈氏研易樓善本圖録》①介紹,計有樓昉、真德秀、唐庚、陳師道、張子韶、韓醇、樊汝霖、孫汝聰、謝相山、潘子真等人的評語。除此書之外,還有元代刊本、宋湯漢輯《東澗先生妙絕今古文選》四卷②,現藏北京圖書館,傅增湘説:"卷中間有圈點評注。評注有取西山(真德秀)者。"③該文選匯集了《左傳》《戰國策》到宋代的文章;據《四庫提要》④稱,其自序是淳祐元年(1241)所作。

　　興起於南宋並與朱子學相對立的永嘉學派和評點文本有着密切的關係。宋饒輝編《圈點龍川水心二先生文粹》前集二十卷後集二十一卷⑤,刊於南宋建安年間,有嘉定五年(1212)饒輝序,其木記云:"篇加圈點,辭意明粲。"龍川即陳亮(1143—1195),字同甫,號龍川,婺州永康人⑥。紹熙四年(1193)進士,謚文毅。著有《三國紀年》一卷、《龍川文集》三十卷和《龍川詞》一卷。水心即葉適(1100—1223),字正則,溫州永嘉人⑦。謚忠定,世稱水心先生。淳熙五年(1178)進士,官至寶文閣待制兼江淮制置使。著有《習學記言》五十卷和《水心文集》二十九卷。葉適是永嘉學派中有代表性的人物,陳亮也和永嘉學派有關。永嘉學派是以溫州永嘉縣出身者爲中心的學派,成員有薛季宣、陳傅良、葉適等,他們繼承了北宋二程之學,又與朱熹、陸象山等性理之學立場不同,他們關心現實,

---

①　1986年,臺灣故宮博物院。

②　《北京圖書館古籍善本書目》集部總集類著録。

③　傅增湘《藏園群書經眼録》卷一七《東澗先生絕妙古今文選四卷》。

④　《四庫全書總目》附録《四庫未收書目提要》。

⑤　阿部隆一《增訂中國訪書志》著録。臺灣"中央圖書館"所藏。

⑥　《宋史》卷四三六。

⑦　《宋史》卷四三四。

屬於有實學傾向的經世之學。《四庫提要》説:"永嘉之學,倡自呂祖謙,和以葉適及陳傅良,遂於南宋諸儒别爲一派。"①陳傅良自身的文集中也有評點。陳傅良(1137—1203),字君舉,號止齋,温州瑞安人②,屬於永嘉學派。乾道八年(1172)進士,官至中書舍人,寶謨閣待制。謚文節。著有《春秋後傳》十二卷、《歷代兵制》八卷和《止齋文集》五十一卷。宋末元初人方逢辰曾爲陳傅良《止齋論祖》二卷附加評點。

　　方逢辰(1221—1291),初名夢魁,字君錫,一聖錫,嚴州淳安人③。淳祐十年(1250)廷對第一,理宗皇帝賜名"逢辰"。人稱蛟峰先生。著有《蛟峰文集》八卷外集四卷,另有宋陳傅良撰、方逢辰批《止齋論祖》二卷④,但能够看到的最早的文本祇限於明版。《四庫提要》稱"蓋即爲應舉而作也"⑤。如前所述,永嘉學派同科舉考試參考書關聯密切。開慶元年(1259)方逢辰序、李誠夫編《批點分類誠齋先生文膾》前集十二卷後集十二卷係評點文本⑥。該書從楊萬里(字廷秀,號誠齋)的文集中選出可供科舉考試參考的文章加以評點。方逢辰序⑦中説:"建安李誠父取先生片言隻字之有助於舉子者,門分條析爲前後集。前集爲綱者四十三,後集爲綱者三十二,名曰

---

① 《四庫全書總目》卷一三五《永嘉八面峰》一三卷。
② 《宋史》卷四三四。
③ 《宋史翼》卷一七。
④ 《改訂内閣文庫漢籍分類目録》(1971年,東京,内閣文庫)集二別集類:"《新刊蛟峰批點止齋論祖》二卷,宋陳傅良撰,方逢辰批,明嘉靖一九刊。"
⑤ 《四庫全書總目》卷一七四。
⑥ 阿部隆一《增訂中國訪書志》著録。臺灣"中央圖書館"藏有元末明初間建安刊本。
⑦ 《蛟峰文集》卷四誠齋文膾集序(《四庫全書珍本》四集,1973年,臺灣商務印書館影印)。

文膾。"

　　真正顯示自呂祖謙開始的評點本古文選集實爲科舉考試參考書的,是元代出版的謝枋得《文章軌範》七卷。謝枋得(1226—1289),字君直,號叠山,信州弋陽人①。寶祐四年(1256)進士。德祐初年以江東提刑任信州知事,元軍攻陷信州後,逃入山中隱居。後在建陽賣卜,元至元二十六年(1289)福建參政魏天祐逼其北上,在大都絕食而死。今天,在日本最容易看到的謝枋得《文章軌範》的文本,是嘉永六年(1853)由江戶幕布昌平坂學問所根據元刊本覆刻的官版,書名《叠山先生批點文章軌範》,書中各文均有詳細的批評圈點。全書共七卷,卷一到卷七各有別名:侯字集、王字集、將字集、相字集、有字集、種字集、乎字集,係來自《史記》陳涉世家的"王侯將相寧有種乎"一句②。意思是告訴讀者,無論出身如何,衹要中舉,就能成爲三侯府相。書中收錄的文章分爲兩種,卷一、二是放膽文,卷三至七是小心文。共收錄文章六十九篇,作家十三人,其中韓愈三十一篇,蘇軾十二篇,柳宗元和歐陽修各五篇,蘇洵四篇,諸葛亮、陶潛、元結、杜牧、范仲淹、李覯、王安石、胡銓、李格非和辛棄疾各一篇。目錄後有謝枋得門人王淵濟的跋,裏面寫道:"右此集,惟《送孟東野序》、《前赤壁賦》係先生親筆批點。其他篇僅有圈點而無批注。若夫《歸去來辭》則與種字集《出師表》一同,並圈點亦無之。蓋漢丞相晉處士之大義清節乃先生之所深致意者也。今不敢妄自增益,姑闕之,以俟來者。"旨在説明本文中的批評圈點均出自謝枋得之手,毫無改動。王淵濟字道可,元至元二十六年(1289)謝枋得被帶

①　《宋史》卷四二五。
②　《史記》卷四八(北京,中華書局校點本)。

往北方時,他曾賦詩送別①。

《文章軌範》的性質是科舉考試參考書,這從各卷所附的謝枋得總序裏便可以看得出來。比如,卷二王字集序云:"初學熟此,必雄於文。千萬人場屋中,有司亦當刮目。"這裏的場屋是指科舉考場。卷三將字集序又説:"場屋程文論,當用此樣文法。"所謂程文是指標準化的考試答案。卷五有字集序曰:"此集皆謹嚴簡潔之文。場屋中日晷有限,巧遲者不如拙速。論策結尾略用此法度,主司亦必以異人待之。"主司即科舉考試的主考官。總之,編者在努力地指導讀者怎樣纔能寫出合格的文章來。同時,通過批評圈點的方式,詳細説明寫文章時需要注意的具體問題。該書應該是宋朝滅亡以前謝枋得所編寫的未定稿,在他去世之後,由其門人出版。作爲科舉考試參考書,《文章軌範》的出版不太可能是在元初停止科舉考試時期,而應該是元延祐二年(1315)重開科舉考試以後的事②。

以上,我們考察了南宋到元初期間,以呂祖謙的《古文關鍵》爲始的古文選集與評點的大致情況。這些選集都匯集了已往文章名家的文章並加以評點,以供科舉考試參考之用。此外,還有一些直接收錄科舉考試答案並施以評點的書。如宋魏天應編、林子長注《論學繩尺》十卷③。魏天應,號梅野,建安人。謝枋得的門生。在謝枋得北上時,他也和謝枋得詩

---

① 《疊山集》(《四部叢刊續編》本,1976 年,臺灣商務印書館影印)卷二有門人王濟淵道可《送疊山先生北行》詩一首。

② 謝枋得此外有批點《陸宣公奏議》。唐陸贄撰,宋郎曄注,謝枋得批點《注陸宣公奏議》一五卷。元末至正十四年(1354)建安翠岩精舍刊本。

③ 名古屋市蓬左文庫所藏明嘉靖二年書林劉氏安正書堂刊《校正重刊單篇批點論舉繩尺》十卷。參考《名古屋市蓬左文庫漢籍分類目録》。

韵做詩送別①。《四庫提要》②曰:"天應,號梅墅,自稱鄉貢進
士。子長,號筆峰,官京學教諭。皆閩人也。是編輯當時場屋
應試之論,冠以《論訣》一卷。所録之文,分爲十卷。凡甲集十
二首,乙集至癸集俱十六首。每兩首立爲一格,共七十八格。
每題先標出處,次舉立説大意,而綴以評語。又略以典故分注
本文之下。蓋建陽書肆所刊。"像這種類型的書,在八股文這
一格式化的文體得到確立的明代,更是源源不斷地得以出版。

三

在南宋,評點的對象是古文,到了元代,則擴大到詩歌,開
始給詩集施加評點。方回與劉辰翁兩人就是元代有代表性的
評點者。《書林清話》裏説:

> 劉辰翁,字會孟,一生評點之書甚多。同時方虛谷回
> 亦好評點唐宋人説部詩集。坊估刻以射利,士林靡然
> 向風。③

方回(1227—1307),字萬里,號虛谷,徽州歙縣人④。南
宋景定三年(1262)進士。嚴州知府任上投降元兵,當了建德
路總管。晚年居於錢唐,賣文爲生。著有《續古今考》三十七
卷、《桐江集》八卷、《桐江續集》三十七卷、《文選顏鮑謝詩評》
四卷及《瀛奎律髓》四十九卷。從《瀛奎律髓匯評》⑤所收的寫

---

① 《叠山集》卷二收有次韵謝枋得《初到建寧賦詩》一首的門人建安梅墅魏
　天應和韵二首。
② 《四庫全書總目》卷一八七。
③ 葉德輝《書林清話》卷二刻二有圈點之始。
④ 《元書》卷八九。
⑤ 李慶甲集評校點《瀛奎律髓匯評》(1986年,上海古籍出版社)。

真畫像來看,根據抄本刊刻的明成化三年(一四六七)紫陽書院刊《瀛奎律髓》是附有評點的①。可是元至正二十年(1283)刊巾箱本②却有評而無圈點。方回爲卷　杜甫《登岳陽樓》所加的評中説,"凡圈處是句中眼",可見原本是有有圈點的。或許在元代,有圈點的完整的《瀛奎律髓》祇有抄本,而刊行的文本却反而是不完整的。《瀛奎律髓》按照四十九個主題匯選唐宋兩代的詩,再加以評點。方回的總序説:

> 瀛者何,十八學士登瀛州也③。奎者何,五星聚奎也④。律者何,五七言之近體也。髓者何,非得皮得骨之謂也。斯登也,斯聚也,而後八代五季之文弊革也。文之精者爲詩,詩之精者爲律。所選,詩格也。所注,詩話也。學者求之,髓由是可得也。方回者誰,家於歙,嘗守睦,其字萬里也。至元癸未(1283)良月旦日。

詩話作爲對詩進行文學批評的一種形式,自北宋歐陽修的《六一詩話》以後開始繁榮起來。可是,到了元代,人們開始使用評點批評這一新的文學批評形式。詩話有典故,有詩論,也有詩人逸事,基本上祇是缺少系統性的詩歌評語的集成。而評點文本主要是給詩歌總集或個人詩集的每一首詩加批、加圈點,凸現那些精彩的詩句。在這個意義上,評點文本將詩話轉換爲以詩爲中心。

---

① 傅增湘《藏園群書經眼録》著録。

② 北京首都圖書館所藏。

③ 唐太宗在宮城西建文學館,任命杜如晦、房玄齡、陸德明、孔穎達、虞世南等十八人爲學士(當時稱爲"登瀛州")。《舊唐書·褚亮傳》。

④ 《宋史·竇儼傳》:"(竇儼)尤善推步星曆,逆知吉凶。盧多遜、楊徽之同任諫官,儼嘗謂之曰,丁卯歲五星聚奎,自此天下太平。二拾遺見之,儼不與也。"丁卯歲是宋太祖乾德五年(967)。似言宋朝的創業。

　　元至元二十六年(1289),蔡正孫出版了《詩林廣記》十卷。
它以詩爲中心,摘録了有關的詩話①,其體例介於詩話與評點
文本之間。蔡正孫在自序②中寫道:

　　　　正孫自變亂焦灼之後,棄去舉子習,因得以肆意於諸
　　家之詩。暇日採晋宋以來數大名家及其餘膾炙人口者,
　　凡幾百篇,抄之以課兒侄,並集前賢評話及有所援據模擬
　　者,冥搜旁引,而麗於各篇之次。

　　蔡正孫字粹然,號蒙齋,建安人③。與王淵濟、魏天應一
樣,同爲謝枋得的門生④。和於濟一同編有評點本《精選唐宋
千家聯珠詩格》二十卷。該書附有大德元年(1297)於濟序、三
年(1299)王淵濟序以及四年(1300)蔡正孫序。蔡序云:

　　　　正孫自《詩林廣記》、《陶蘇詩話》二編殺青之後,湖海
　　吟社諸公,辱不鄙而下問者益衆。不虞之譽,吾方懼焉。
　　一日,番易于默齋遞所選《聯珠詩格》之卷來書抵予曰:
　　"此爲童習者設也。使其機栝既通,無往不可,亦學詩之
　　活法歟。盍爲我傳之。"擇其尤者凡三百類千有餘篇,附
　　以評釋,增爲二十卷。

　　該書係蔡正孫在于濟原本基礎上有所增減並附加評點後
出版的文本。但未見元刊本,最早者爲明弘治十五年(1502)

---

① 　阿部隆一《增訂中國訪書志》著録有臺北歷史語言研究所所藏元初建安
　　刊本,説"附刻圈點墨綫等批點"。
② 　1982年,北京,中華書局排印《詩林廣記》。
③ 　《宋元學案》卷八四。
④ 　《叠山集》卷二收有次韵謝枋得《初到建寧賦詩》一首的門人蒙齋蔡正孫
　　和韵一首。

跋朝鮮刊本①。

劉辰翁(1232—1297)，字會孟，號須溪，吉州廬陵人②。景定三年(1262)進士，不仕宦途，宋末爲濂澤書院山長。江萬里曾向史館推薦他，但固辭不受。著有《須溪集》百卷，但已散逸。現有從《永樂大典》中抄出的十卷本流通。另有《須溪四景詩集》四卷。他是元代有代表性的評點家。明代出版的《劉須溪評點九種書》③，匯集了劉辰翁的諸評點本，計有：《老子道德經》二卷、《莊子南華真經》三卷、《列子冲虛真經》二卷、《班馬異同》三十五卷、《世說新語》三卷、《王摩詰詩集》六卷、《杜子美詩集》二十卷、《李長吉歌詩》四卷外一卷、《蘇東坡詩集》二十五卷和《劉須溪先生記抄》八卷。此外還有批點本《孟浩然詩集》三卷、批校本《韋蘇州集》一卷、評點本《王荆文公詩箋注》五十卷、《須溪先生評點簡齋詩集》十五卷和《須溪精選陸放翁詩集》八卷④。以下，讓我們考察一下元代出版的劉辰翁的評點本。劉辰翁最早出版的評點本可能是《興觀集》，該書匯選了唐宋諸家的詩並附加了評語。《題劉玉田選杜詩》⑤說：

余評唐宋諸家，類反覆作者深意，跋涉何限。吾兒獨取其間或一二句可舉者，錄爲《興觀集》。

"吾兒"大約是指劉辰翁的兒子劉將孫(字尚友)。據《集千家

①　阿部隆一《增訂中國訪書志》著録。
②　《宋史翼》卷三五。
③　《改訂內閣文庫漢籍分類目錄》著録。
④　《和刻本漢詩集成》所收《孟浩然詩集》《唐王右丞詩集》《唐李長吉歌詩》《韋蘇州詩集》《增刊校正王狀元集注分類東坡先生詩》《簡齋詩集》《陸放翁詩選》有劉辰翁評點。
⑤　《劉辰翁集》卷六(1987年，南昌，江西人民出版社排印)。

注批點杜工部詩集》大德七年(1303)劉將孫序①稱,"平生婁
(屢)看杜集,既選爲《興觀》";《須溪批點選注杜工部詩》元貞
元元年(1295)羅履泰序也有"今《興觀集》行"。因此,《興觀
集》的刊行當在此前。不過該書已散逸,具體内容不詳。所
以,從最早的劉辰翁評點本的内容來説,就是評點本杜詩。劉
辰翁評點本杜詩有兩種。一是元貞元元年(1295)羅履泰序、
彭鏡溪集注《須溪批點選注杜工部詩》二十二卷;一是元大德
七年(1303)刊、高崇蘭編集《集千家注批點杜工部詩集》二十
卷。據羅履泰序可知,前者是羅履泰族孫羅祥翁以其得到的
劉辰翁批點本杜詩稿爲底本,銓摘其岳父彭鏡溪的舊注出版
的文本;後者是八年後由高崇蘭字楚芳附加劉辰翁之子劉將
孫序出版的文本。劉將孫序曰:

> 先君子須溪先生每浩嘆,學詩者各自爲宗,無能讀杜
> 詩者,類尊丘垤而惡睹昆侖。平生屢看杜集,既選爲《興
> 觀》,他評泊尚多,批點皆各有意,非但謂其佳而已。高楚
> 芳類萃刻之,後删舊注無稽者、泛濫者,特存精確必不可
> 無者,求爲序以傳。……楚芳於是注,用力勤,去取當,校
> 正審,賢他本草草藉吾家名以欺者甚遠。

就是説,高崇蘭本是得到劉辰翁兒子認定的真正的劉辰翁評
點本,與冒用劉辰翁名的彭鏡溪本完全不同。由於這個原因,
此後出版的劉辰翁評點杜詩大都以高崇蘭本爲藍本。至於彭
鏡溪本的元刻本藏於何處,《杜集書録》中没有記載,現在祇能
看到明刻本。又,高崇蘭本的元刻本現收藏於北京圖書館。

---

① 　周采泉《杜集書録》(1986 年,上海古籍出版社)。以下,關於杜詩的引用
均依據該書。

北京圖書館藏有劉辰翁評點《王荆文公詩箋注》五十卷元大德五年(1301)王常刻本①,該刻本附有元大德五年劉將孫序②,云:

> 先君子須溪先生,於詩喜荆公,嘗點評李注本,删其繁,以付門生兒子。安成王士吉(王常),往以少俊及門,有聞,日以書來訂,請曰,刻荆公詩,以評點附句下,以雁湖注意與事確者類篇次,願序之。

從這篇序來看,劉辰翁的衆多評點本都是爲在他的私塾裏學習的孩子和其他弟子編寫的,所以没有考慮出版。除了《興觀集》與未得到劉家承認的彭鏡溪集注《須溪批點選注杜工部詩》以外,劉辰翁評點本都是在劉辰翁殁後出版的。

官版《唐李長吉歌詩》四卷外集一卷是吳西子箋注、劉辰翁評點本③,目録後記裏説到:"李長吉詩,……箋注則得之臨川吳正泉,批點則得之須溪先生。……至元丁丑二月朔日,復古堂識。""至元丁丑"即後至元三年(1337)。對李長吉詩的評點最早見於劉辰翁評點中,劉將孫《養吾齋集》卷九刻長吉詩序④云:"先君子須溪先生,於評諸家詩,最先長吉。蓋乙亥避地山中,無以紓思寄懷,始有留眼目開,後來自長吉而後及於諸家。""乙亥"即宋德祐元年(1275),也就是元至元十二年。在元軍侵入南宋後的混亂中,他逃入山中避難,無聊中開始進行評點⑤,並持續下去,爲多種文本施加了評點。後來,當社

---

①　《北京圖書館古籍善本書目》集部宋別集類著録。

②　《箋注王荆文公詩》(1971年,臺北,廣文書局影印)。

③　《和刻本漢詩集成》所收本。

④　《四庫全書珍本初集》(1935年,上海,商務印書館影印)所收本。

⑤　《劉辰翁集》卷六收有《評李長吉詩》。

會的混亂狀態結束後,這些評點文本在私塾裏作爲課本使用。劉辰翁殁後,由其弟子門生出版,因此,劉辰翁的許多評點文本一致流傳到現在。

另外,北京圖書館還藏有《須溪先生校本唐王右丞集》六卷元刊本、劉辰翁評點《王狀元集百家注分類東坡先生詩》二十五卷,元建安熊氏刻本①。又,《須溪精選陸放翁詩集後集》八卷元刊本也爲《藏園群書經眼録》卷十四著録。該書原與《澗谷精選陸故翁詩集》十卷同屬一套,有可能是同時出版的。後者附有大德五年(1301)羅憼序。澗谷即羅椅(1214—?),字子遠,號澗谷,又碅谷,吉州廬陵人②。寶祐四年(1256)進士,官至提轄權貨院。根據序稱,他於大德五年以前去世。

那麼,後世對劉辰翁評點的評價如何呢? 前七子之一的明李東陽説:

> 劉會孟,名能評詩。自杜子美下至王摩詰李長吉諸家,皆有評。語簡意切,別是一機軸。諸人評詩者皆不及。③

可見,李東陽所以高度評價劉辰翁評點,是由於在尊崇李白、杜甫等盛唐詩人這一點上,他與劉辰翁完全一致。另外,明楊慎也説:

> 世以劉須溪爲能賞音,爲其於《選》詩、李杜諸家皆有評點。予以爲須溪元不知詩。其批《選》詩,首云:"詩至

---

①　《北京圖書館古籍善本書目》。

②　《宋元學案》卷八三。

③　《麓堂詩話》(1983 年,北京,中華書局排印《歷代詩話續編》所收)。

《文選》爲一厄,五言盛於建安,而勃窣爲甚。"此言大本已
誤矣。須溪徒知尊李杜,而不知《選》詩又李杜之所
自出。①

對《文選》詩的批點大概就是《興觀集》中所收的。作爲清
代人的代表,四庫館臣有這樣的意見:

> 辰翁人品頗高潔,而文章多涉僻澀。其點論古書,尤
> 好爲纖詭新穎之詞,實於數百年前預開明末竟陵之派。②
> 辰翁論詩,以幽雋爲宗,逗後來竟陵弊體。所評杜
> 詩,每舍其大而求其細。王士禎顧極稱之。好惡之偏,殆
> 不可解。惟評(李)賀詩,其宗派見解,乃頗相近。故所
> 得較多。③

這種意見認爲劉辰翁的評點類似於明末鍾惺、譚元春等
人的竟陵派,其中除了對李賀詩的評點以外,均評價不高。

除方回、蔡正孫、劉辰翁以外,在元代出版評點文本的還
有范梈。范梈(1272—1330),字亨父,又字德機,施州清江
人④。他有評點李白、杜甫詩的《李翰林詩范德機批選》四卷
和《杜工部詩范德機批選》六卷⑤。臺灣"中央圖書館"藏有明
前期建安刊本。此外,在元代評點本中,還有元周權撰、陳旅
校選、歐陽玄批點《此山先生詩集》十卷(元至正刊),元楊維禎
撰、吳復編、章琬編(卷十一—十六)《鐵崖先生古樂府》十六卷
(吳復編係元至正八年刊,章琬編爲元末明初刊),元釋壽寧

---

① 《升庵詩話》卷一二"劉須溪"(《歷代詩話續編》所收)。
② 《四庫全書總目》卷四六《班馬異同評三十五卷》。
③ 《四庫全書總目》卷一五〇《箋注評點李長吉歌詩四卷外集一卷》。
④ 《元史》卷一八一(北京中華書局校點本)。
⑤ 阿部隆一《增訂中國訪書志》著錄。

編、楊維禎批點《清安八咏詩集》一卷(元末明初刊),現都收藏在臺灣"中央圖書館"①。

評點是伴隨南宋時代的古文選本——科舉考試參考書——發展起來的,到了元代,則出現了詩集評點本。那麼,這種評點對象的擴大的原因是什麼呢?與古文選集的評點一樣,詩集的評點也在另外的意義上與科舉動向有關。劉辰翁《程楚翁詩序》②曰:"科舉廢,士無一人不爲詩。於是廢科舉十二年矣,而詩愈昌。前之亡,後之昌也,士無不爲詩矣。"南宋最後一次科舉是咸淳十年(1274)。故知這序作於元至元二十三年(1286)。流行做詩體現了作爲宋代遺民的士大夫的内在的民族主義情緒。元代評點文本中有宋吳渭編《月泉吟社詩》一卷③。吳渭,字清翁,號潛齋,婺州浦江人。至元朝,隱居吳溪,創辦月泉吟社。元至元二十三年(1287)十月,徵集五七言律體春日田園雜興詩,到翌年上元共徵集到二千七百三十五首。從中選出二百八十人,仿照科舉發榜形式,於三月三日發榜。至明代,刊刻了詩集的節録本,對六十人的詩作進行評點。詩社的活動似乎也與評點有關。《四庫提要》説:"其人大抵宋之遺老,故多寓遁世之意。"④可見,在元初的混亂狀態中,詩歌成爲流行,這或許促進了評點本這一新的文學批評形式的出現。

---

① 阿部隆一《增訂中國訪書志》著録。
② 《劉辰翁集》卷六。元歐陽玄《圭齋文集》卷八《羅舜美詩序》説:"宋末,須溪劉會孟出於廬陵,適科目廢,士子專意學詩。會孟點校諸家甚精,而自作多奇崛,衆翕然宗之。於是詩又一變矣。"(《四部叢刊》所收本)
③ 《叢書集成初編》收有影印《粵雅堂叢書》所收本。
④ 《四庫全書總目》卷一八七《月泉吟社詩》一卷。

四

顧炎武《日知録》①卷十六"程文"説:

> 文章無定格。立一格而後爲文,其文不足言矣。唐
> 之取士以賦,而賦之末流,最爲冗濫。宋之取士以論策,
> 而論策之弊,亦復如之。明之取士以經義,而經義之不成
> 文,又有甚於前代者。皆以程文格式爲之,故日趨而下。

顧炎武認爲各王朝的科舉重點科目的程文格式化,導致
其日趨衰落。宋代科舉以論策爲中心,應試者必須學好古文,
他們需要那些好的古文選本,所以就有了吕祖謙的《古文關
鍵》二卷。可是,朱熹認爲這樣的評點文本是"拘腔子"的形式
主義的産物,而持否定態度。於是,自朱子高徒黄幹起,開啓
了以輔助符號和標點幫助人們準確讀解四書五經的傳統,形
成了評點派與標點派的對立。另一方面,像《古文關鍵》這樣
的評點本,在整個南宋時期陸續出版。如樓昉的《崇古文訣》
三十五卷、真德秀《文章正宗》二十四卷和《續文章正宗》二十
卷、王霆震《新刊諸儒評點古文集成前集》七十八卷、劉震孫
《新編諸儒批點古今文章正印》前集十八卷後集十八卷續集二
十卷別集二十卷。在元代,則有謝枋得的《文章軌範》七卷。
這些評點文本與永嘉學派關係密切。永嘉學派繼承北宋二程
之學,屬於對形而下問題感興趣的實學派,與具有形而上學傾
向的朱子學不同,他們關心國家的理財經世,重視議論文的論
和策,並編纂出評點文本。到了明代,評點本古文選集終於讓

---

①　1978 年,京都,中文出版社。

位於其他類型的書。如顧炎武所説,明代科擧重視經義,出版界出現了新的變化,許多小而精的注解四書的書得到出版。另一方面,在元代,評點的對象從已往的古文擴大到詩集,出現了方回與劉辰翁等有代表性的評點家,宋代的以詩話爲中心的文學批評被賦予了新的形式,特別是進入明代後,詩集評點更加繁榮,甚至出現了多色套印文本。至此,始於南宋的評點,變得更加多姿多彩。

（潘世聖譯）

科舉制度與中國文化

——對文化多樣性的規制

以下將從兩個側面——第一,考試制度自身價值的固定化;第二,考試制度對文化多樣性的規制——對中國的科舉制度問題進行探討,論及範圍爲唐代初期至南宋的約五百年間的科舉考試。因爲,在長達一千多年的科舉歷史中,這兩個朝代將韵文納入科舉考試,成爲一個富有特徵的歷史時代。那麼,從文化的角度上看,持續了五百年之久的韵文考試,究竟給予中國社會以怎樣的影響呢?爲了解答這個問題,我們將就下面兩點進行考察:一、包括押韵規範在內的詩學規範;二、文學是如何把握現實的。

一、考試制度本身所具有的特性

作爲我們所生活的現代社會的一部分,考試制度一直發揮着多種多樣的機能。這一點,任何人都無法回避和否認。通過大範圍和大規模的實施運作,考試制度有可能在核心的層面上規制我們的社會。一旦社會要求考試必須符合公平公正的原理時,它就必須要去選擇某種特定的價值基準,確定某種特定的文化價值和參照體系。這樣,當一定的價值基準被選擇並且持續下去時,就會在社會上形成某種特定的有關教養的基本範型。這顯示了一種文化選擇的志向,同時又會走向對文化多樣性的某種排斥和消解。延續了一千多年的中國科舉制度,便存在着這樣一個側面。

在研究過往的社會和文化時,一旦失去面向現代的視野,研究本身就往往容易淪爲研究者的自我陶醉。中國文學研究也不例外。這裏,我們以科舉這種考試制度爲探討對象,便是將考試制度已成爲整個社會有機體的一部分的現代社會納入視野,嘗試探討考試制度的文化史意義。尤其是,當考試制度面向社會廣泛實施時,它所具有的某種對文化的規制這樣一個側面。單純地説,這一側面由以下三個階段所構成:(1) 文化價值的固定化;(2) 對社會性的教養範型形成的規制;(3) 對文化多樣性的排斥。

二、韵書(發音辭書、有關押韵規範的書)

在中國的六朝末期即梁陳時代,有關中國語音聲的研究得到發展,所有漢字的發音都按照其音聲劃分爲四類,人們開始把漢字音的組合而產生的優美音調運用到作詩上。到了唐代,又將四聲歸成平仄兩類,隨着以平仄組合爲基礎的韵律論的出現,一種新形式的詩——近體詩終於形成。另外,在隋朝,出現了韵書,它依據當時的標準音,將所有漢字音按押韵類編纂,使用反切表記發音。當科舉考試把韵文(近體詩、賦)列入考試科目時,就是以隋朝編纂的《切韵》一類的韵書作爲標準,這一類書因此成爲科舉考生的必備書。

那麼,韵文是從何時開始被列入考試科目中的呢? 根據傅璇琮的《唐代科舉與文學》①第十四章介紹,垂拱元年(685),科舉考試首次考賦,開元十二年(724)第一次考詩,天寶十年(751)以後,詩賦各考一首的形式被確定下來,此後成爲慣例。唐代之後的五代承襲了前代的制度,宋代除了新法黨掌握朝廷實權的個別時期以外,科舉基本上都考詩賦,這種狀態一直持續到南宋。關於宋代的具體情況可參閱何忠禮的《宋史選舉志補正》②。南宋滅亡後,元明兩代的科舉均不再考詩賦,直到清乾隆二十二年(1757),詩列入科舉科目中,一直持續到清末。因此,科舉考韵文的時代,分別是唐代中期到南宋末年的大約 520 年和清朝中期到清末的 140 年。

北宋中期,王安石進行科舉改革,朝廷曾專門議論過在科舉考試中增加詩賦的問題。這裏,我們根據近藤一成的研究③,將王安石科舉改革(熙寧四年,1073)的内容概括爲以下三點:(一) 將進士科考試改爲以經義爲中心;(二) 逐步廢止諸科;(三) 西北五路對策。其中第一點的目的是中止進士科考詩賦,而轉而考經義。不過,提倡科舉應向重視經義的方向變革的意見,在王安石以前就已存在。熙寧二年(1069),神宗皇帝就科舉改革徵求下臣的意見,大臣們的意見可以大致分爲三種:(一) 廢止詩賦和採用經義(司馬光、吕公著、韓維);(二) 承認科舉的弊害,但認爲那不過是運用層面上的問題

---

①　參考傅璇琮《唐代科舉與文學》(陝西人民出版社,1986 年)第十四章。

②　參考何忠禮《宋史選舉志補正》附録三 "宋代進士科省試試藝内容變遷表"(浙江古籍出版社,1992 年)。

③　近藤一成《關於王安石的科舉改革》(《東洋史研究》46—3,1987 年)。近藤一成(1946—　),日本中國史家、早稻田大學教授、日本歷史學協會會長,主要研究宋代史,著有《宋元時代史的基本問題》(1996)等。王安石《臨川先生文集》(中華書局,1971 年)卷四二 "乞改科條制札子" 中有 "宜先除去聲病對偶之文,使學者得以專意經義"。

（蘇頌）；（三）否定改革（劉攽、蘇軾）。在否定改革的意見中，蘇軾的見解最有力①。他認爲，在選拔人才時，筆試原本是不够完善的一種方式。可是，取而代之的推薦制存在諸如徇私舞弊等更大的弊害，因此祇能在雖不完善的筆試的範圍中，採用難度相對比較少的制度。與詩賦相比，論策離政治相對比較近，但在現實的政治中，兩者又都是無用的東西。既然如此，就應該採用利於客觀判定成績的詩賦。建朝以來一百多年來，優秀的士大夫幾乎都是通過考察詩賦而選拔出來的人才。至於經義，蘇軾也以同樣的觀點而加以否定。這樣，在北宋後期，每當新法黨職掌朝政時，科舉的詩賦考試便被廢止，而舊法黨一當朝，就會重開詩賦考試。

在蒙古帝國 1234 年滅金之後，在太宗窩闊臺治下，1238年舉行了以北中國的士大夫爲對象的科舉（戊戌選試）②。前一年窩闊臺的詔敕有“以論及經義、詩賦分爲三科”，可知當時考了詩賦。據説那時有合格者四千零三十人。其後，科舉再未舉行，直到元朝仁宗延祐元年(1314)方又重開。前一年，即皇慶二年(1313)中書省的上奏中有：“夫取士之法，經學實修己治人之道，詩賦乃擒章繪句之學。自隋唐以來，取人專尚詞賦，故士習浮華。今臣等所擬將律賦省題詩小義皆不用，專立德行明經科，以此取士，庶可得人。”此後科舉考試不再考詩及律賦。但漢人、南人會試的第二場考古賦，可見測考基本文章技能的考試是存在的。

---

① 蘇軾《經進東坡文集事略》(《四部叢刊》所收)卷二九《議學校貢舉狀》。

② 《元史》(1976 年，中華書局)選舉志一：“太宗始取中原，中書令耶律楚材請用儒術選士，從之。九年秋八月，下詔命斷事官术忽觶與山西東路課稅所長官劉中，歷諸路考試。以論及經義、詩賦分爲三科”，“至仁宗皇慶二年十月，中書省臣奏科舉事……”

在明朝,太祖洪武三年(1370)的詔敕稱"漢唐及宋,取士各有定制。然但貴文學而不求德藝之全",批判以詩賦爲科舉科目,所謂"科目者……專取四子書及《易》、《書》、《詩》、《春秋》、《禮記》五經命題試士"①。整個明代,没有考過詩賦。

到了清朝,乾隆二十二年(1757),科舉會試考詩重開②。原因是乾隆二十一年(1756)的上諭提出,雖然在鄉試階段没有以考察文學才能爲目的的作文,但到了會試的階段,由於將來要成爲高級官僚,要爲朝廷撰寫各類文章,需要通曉文學的才能,因此有必要考技巧性的作文能力。故從翌年春的會試開始,在第二次考試的第二場增加表文寫作。然而,由於表文篇幅很長,在有限的考試時間内很難寫出完美的東西來,判卷的考官們十分爲難。再加上出題範圍大致都是固定的,所以有些人或是事先準備好文章,或是請人代寫,然後將之熟記在心,考試時把它寫在答卷上。由於這些原因,五言八韻的試帖詩被科舉採用,乾隆二十二年以後,會試第二天考試帖詩成爲定例。從二十四年開始,鄉試第二場也加上了試帖詩的考試。

科舉是由幾個科構成的。比如明經科,主要是考查考生是不是把儒教古典熟記在心。不過在唐代,隨着考詩賦的進士科的社會地位逐漸提高,韻書也變得越來越重要。因爲,一旦在押韻方面出現差錯,科舉能否合格也就很難説了。由於押韻錯誤而導致科舉落第的例子有不少,下面這個例子便是不少人都知曉的。

　　《唐國史補》下:宋濟老於文場,舉止可笑。嘗試賦,

---

① 《明史·選舉志》(1974年,北京,中華書局)二。

② 參照《欽定大清會典事例》卷三百三十一《禮部·貢舉》(1976年,臺北,新文豐出版公司)。

誤失官韵,乃撫膺曰:"宋五又坦率矣。"由是大著名。後
禮部上甲乙名,德宗(779—804)先問曰:"宋五免坦
率否?"①

正如所知,嚴格的韵律規則,促進了韵書的需求,而唐代
恰逢出版文化蓬勃發展,新興的印刷技術首先被應用於韵書
的印刷上,韵書成爲早期的印刷物。比如,865 年由大唐回到
日本的宗睿的《新書寫請來法門等目録》②中有:"西川印唐韵
一部五卷、同印子玉篇一部三十卷。"記載了與漢字字書一併
印刷的韵書。在唐代,佛教的陀羅尼等宗教實用書、醫學書、
日曆等日常實用書大量印刷,韵書也包括在早期印刷物中,可
見當時韵書的需求量也是很大的。

　　隋朝統一了南北朝,以陸法言爲首的南方和北方的八位
學者聚集到一起,研究中國語的押韵問題,結果將所有的漢字
音劃分爲 193 群,於隋仁壽元年(601)編出了《切韵》一書。書
中的漢字音基本上採用的是以洛陽爲中心的書面發音。此
後,《切韵》歷經多次增訂,但基本框架一直沒變。到了宋代,
編纂出了集音韵之大全的敕撰《廣韵》,成爲朝廷公認的韵書。
唐宋時期,以北方爲中心,中國語自身發生了很大變化,因此
對北方人來説,如果不能熟記押韵規則,就作不出科舉所要求
的詩來。可另一方面,儘管存在着地域的差異和各種不同的
方言,押韵標準却沒有適應現實的變化而進行調整和修改。
韵書一直作爲抽象的中央語言規範而長期存在。科舉考詩賦
不僅是唐宋時期的五百二十年,到二十世紀初,在漫長的歷史
過程中,人們創作了數量極爲龐大的近體詩。祇是,現實中的

---

① 《唐國史補》下(上海古籍出版社,1957 年)。
② 《大正新修大藏經》(大正新修大藏經刊行會)目録部。

語言發生了許多變化,但作詩的押韵規則却一直原封未動,《切韵》系統的韵書一直規束着詩的創作。其間,也有過一些努力,謀求適應現實中的語言變化,比如試圖總結中原音韵等,但最終都没能打破已經固定化了的詩韵的束縛。比如,有的研究者就提出,宋代雖有合着音樂歌唱的宋詞這種文藝樣式,但它與科舉毫無關係,其音韵體系在一定程度上反映了時代的差異,也反映了各地方方言的差異,但没有形成特定的押韵系統①。這多少爲人們提供了尚不存在以科舉制度爲背景的規範的領域的一些情況。

唐代宋以後,所謂正統的、被社會認可的詩歌,均脱離了社會的語言現實,被韵書牢牢地限制住。這樣的詩,祇有經過後天的學習,纔有可能作得出來。按近體詩的規則來衡量,也存在着一種別樣的詩歌形式,即自由古詩,可是,比如在清朝初期,人們討論古詩的平仄規則問題,古詩不能含有律句也成爲一種規矩,事實上古詩已不再是一種自由的詩歌形式,而是作爲一種與近體詩相對立的形式存在的②。因而,在唐宋以後的中國社會,在原本是表現人的内心世界的詩歌這一體裁中,被納入科舉制度中的近體詩佔據了最正統的地位,也就是説,科舉的韵文考試極大地影響了後來詩歌這一文學樣式的存在方式。

唐代所出現的近體詩完全是基於唐代的中央語言而形成的。可是語言是變化的。在宋代,這種變化已經相當大,特別是在北方,詩與現實語言之間的乖離日益增大。可是,韵文文

---

① 參考王力《漢語詩律學》(《王力文集》第十四卷,山東教育出版社,1989年)第三章詞,《中國語學新辭典》(光生館,1969年)宋詞(田中謙二)。

② 趙執信《談龍録》。

學却被科舉所束縛。作爲作詩的參照體系,押韵、平仄都被
《切韵》系韵書死死地限制着,這種局面持續了五百年。甚至
當科舉制度已告結束,詩已經脱離了科舉的束縛之後,詩韵對
詩的規制依然繼續,一直到二十世紀。

　　宋章如愚《群書考索》後集卷三十六:咸平三年……
七月丙子,待制戚綸(《宋會要輯稿》選舉十四之十九作戚
綸[954—1021])與禮部貢院上言……舊敕,止許篇韵
(《玉篇》、《廣韵》)入試。今請除官韵略外不得懷挾書策,
令監門巡捕官潜加覺察,犯者即時抉出,仍殿一舉。

　　宋許觀《東齋記事》禮部韵:至唐,孫愐始集爲《唐
韵》,諸書遂爲之廢。本朝真宗時,陳彭年與晁迥、戚綸條
貢舉事,取字林、韵集、略字及三蒼、爾雅爲《禮部韵略》。
凡科場儀範,悉著爲格。又景祐四年,詔國子監以翰林學
士丁度修《禮部韵略》頒行。初,崇政殿説書賈昌朝言舊
韵略多無訓解,又疑單聲與重叠字不韵義理,致舉人詩賦
或誤用之。遂詔度等以唐諸家韵本,刊定其韵窄者,凡三
十處,許令附近通用。疑單聲及叠出字皆於字下注解之。
此蓋今所行禮部韵也。

　　《廣韵》上平例言:大宋重修《廣韵》一部,凡二萬六千
一百九十四言,注一十九萬一千六百九十二字。

　　元黄公紹編輯、熊忠舉要《古今韵會舉要》凡例:一、
《禮部韵略》本以資聲律,便檢閲。今從《韵會》補收闕遺,
增添注釋,凡一萬二千六百五十二字。一、《禮部韵略》
元收九千五百九十字。有因申明續降及諸家補遺續添之
字,舊於本韵後,別作一類。今逐韵隨音附入,注云禮韵
續降、禮韵補遺,凡三百四十四字。續降六十三字,補遺
六十一字。一、江南監本免解進士毛氏晃增修《禮部韵

略》、江北平水劉氏淵壬子(1252)新刊《禮部韵略》,互有
增字。今逐韵隨音附入,注云毛氏韵增、平水韵增,凡二
千一百四十二字。毛氏增一千七百十字,平水韵增四百
三十六字⋯⋯一、舊韵上平下平上去入五聲,凡二百六
韵。今依平水韵,並通用之韵爲一百七韵。[①]

又,宋魏泰《東軒筆録》中有這樣一個逸話[②],講的是宋代
大詩人歐陽修居然因爲押韵押錯了而落第的逸事。人們都知
道歐陽修早年喪父,自幼在伯父家裏長大,生活頗爲貧寒。因
此很難想像他會有意地落第:

> 宋魏泰《東軒筆録》卷十二:歐陽文忠公年十七(天聖
> 元年,1023年),隨州取解,以落官韵而不收。天聖已後,
> 文章多尚四六,是時隨州試《左氏失之誣論》(《春秋穀梁
> 傳》范甯序:"左氏艷而富,其失也巫。"),文忠論之,條列
> 左氏之誣甚悉,其句有"石言於宋[晋](《左傳》昭公八
> 年),神降於莘(《左傳》莊公三十二年)。外蛇鬥而内蛇傷
> (《左傳》莊公十四年),新鬼大而故鬼小(《左傳》文公二
> 年)。"雖被黜落,而奇警之句大傳於時。今集中無此論,

---

① 宋章如愚《群書考索》後集卷三十六(中文出版社,1982年)。宋許觀《東
　齋記事》禮部韵(《叢書集成初編》三二三,1985年)。《廣韵》上平例言
　(藝文印書館,1976年)。元黄公紹編輯、熊忠舉要《古今韵會舉要》凡例
　(大化書局,1979年)。1917年5月《新青年》三卷三號,劉半農《我之文
　學改良觀》:"破壞舊韵、重造新韵(一)作者各就土音押韵,而注明何處
　土音於作物之下,此實最不妥當之法,然今之土音,尚有一着落之處,較
　諸古音之全無把握,固已善矣。(二)以京音爲標準,由長於京語者造一
　新譜,使不解京語者有所遵依。此較前法稍妥,然而未盡善。(三)希望
　於'國語研究會'諸君,以調查所得,撰一定譜,行之於世,則盡善盡
　美矣。"
② 宋魏泰《東軒筆録》卷十二(中華書局,1983年)。

頃見連庠誦之耳。

三、詩學的玄學化

　　詩成爲科擧考試科目之後，它究竟要考查試子什麼呢？它所要考查的不是哲學論、政治論，也不是政策論，而僅僅是博識和技巧的完美。這種考試制度在整個社會廣泛實施，任何想要提升自己的社會地位的人都必須進入其中，這種狀態持續了五百年。考試制度本來不過是人生所要通過的一點，可是，通過這種考試制度所培養起來的基礎教養，逐漸被視爲士大夫所必需的教養，這種規範的形成，對當時的詩及詩學産生了很大影響。比如杜詩的評價就是一個很好的例子。

　　對於今天的我們來說，杜甫無疑是中國古典文學中最傑出的詩人。人們在評價杜甫時，也往往着眼於他的充滿社會批判性的詩風，他的人道主義。而一方面，我們注意到，在最早高度評價杜甫的宋代，人們其實是從一個不同於現在的、特異的角度來評價杜甫的。比如最早高度評價杜甫的北宋文學家王安石曾這樣說：

　　　　王安石《老杜詩後集序》：予考古之詩，尤愛杜甫氏作者。其辭所從出，一莫知窮極，而病未能學也。……皇祐壬辰（四年，1052）五月日，臨川王某序。①

　　王安石對杜甫的博聞強記評價極高，說杜甫詩所用典故衆多，自己也不能盡知。這種獨特的評價證實了王安石詩論

---

① 　王安石《老杜詩後集序》(《臨川先生文集》，中華書局，1971 年)。

重視詩人的博識,也顯示他對那些表面上不太拘泥於技巧的詩的重視①。黃庭堅也是以同樣的視點來評價杜甫的:

> 黃庭堅《豫章黃先生文集》卷十九《答洪駒父書》:自作語最難。老杜作詩,退之作文,無一字無來處。蓋後人讀書少,故謂韓杜自作此語耳。古之能為文章者,真能陶冶萬物,雖取古人之陳言,入於翰墨,如靈丹一粒,點鐵成金也。

在我們來看,這實在是奇妙的事情。宋代對詩人杜甫的評價的核心是,他的詩的用語無一沒有來處,必須要到古典和已往的文學作品中去尋求其用字用語的根源。

在北宋詩論的背後,存在着重視用典的傾向,這種傾向又與北宋詩歌的晦澀難解相聯繫。因此,當時的著名詩人的詩集刊行後,往往馬上會有同時代人來進行詳細注釋,往往一本詩集可能會有幾本注釋書。在那個時代,如果沒有注釋,即使是與閱讀者生活在同一時代的詩人的作品,也很難正確地理解。這也算得上是宋代詩風的一個特點。在那樣一種風潮中出現的黃庭堅的詩論,顯示出了其獨有的特異性。

> 惠洪《冷齋夜話》卷一:山谷云,詩意無窮而人之才有限,以有限之才追無窮之意,雖淵明、少陵不得工也。然不易其意而造其語,謂之換骨法;窺入其意而形容之,謂之奪胎法。

---

① 《石林詩話》卷上:"王荆公晚年詩律尤精嚴,造語用字,間不容髮。然意與言會,言隨意遣,渾然天成,殆不見有牽率排比處。如'含風鴨綠鱗鱗起,弄日鵝黃裊裊垂',讀之初不覺有對偶。至'細數落花因坐久,緩尋芳草得歸遲',但見舒閒容與之態耳。而字字細考之,若經鏤括權衡者,其用意亦深刻矣。"(《歷代詩話》,中華書局,1981年)。

可是,這種詩風在後世受到嚴厲批判。金王若虛這樣説:

> 魯直論詩,有奪胎換骨、點鐵成金之喻。世以爲名言。以予觀之,特剽竊之點者耳。①

不久,黃庭堅的詩論催生出了江西詩派的詩人們。但到了南宋時期,江西詩派受到了反對江西詩派的人們的嚴厲責難。誠然,宋代的詩學不是單一的構成。但剛纔我們談到的詩學學問化的傾向,作爲宋代詩學的一個極其重要的部分,是難以否定的:

> 嚴羽《滄浪詩話》:近代諸公乃作奇特解會,遂以文字爲詩,以才學爲詩,以議論爲詩。夫豈不工,終非古人之詩也。蓋於一唱三嘆之音,有所歉焉。且其作多務使事,不問興致。用字必有來歷,押韵必有出處。讀之反覆終篇,不知着到何在。②

不僅如此,作爲反江西詩派的詩人,南宋最著名的人陸游在《九月一日夜讀詩稿有感走筆作歌》中説到自己的做詩經歷:

> 我昔學詩未有得,殘餘未免從人乞。力屏氣餒心自知,妄取虛名有慚色。四十從戎駐南鄭,酣宴軍中夜連日。打球築場一千步,閲馬列厩三萬疋。華燈縱博聲滿樓,寶釵艷舞光照席。琵琶弦急冰雹亂,羯鼓手勻風雨疾。詩家三昧忽見前,屈賈在眼元歷歷。天機雲錦用在我,剪裁妙處非刀尺。③

---

① 金王若虛《滹南詩話》卷下。
② 嚴羽《滄浪詩話·詩辨》。
③ 《劍南詩稿校注》卷二十五。

就這樣,具備了詩人的自信的陸游在隨筆中也説:"且今人作詩,亦未嘗無出處,渠自不知。若爲之箋注,亦字字有出處。但不妨其爲惡詩耳。"①那麼,他所提倡的詩又是怎樣的呢?他在下面一首詩中,以向兒子講述的口氣説:

> 我初學詩日,但欲工藻繪。中年始少悟,漸若窺宏大。……詩爲六藝一,豈用資狡獪。汝果欲學詩,工夫在詩外。②

《誠齋集》卷八十《誠齋荆溪集序》:

> 予之詩,始學江西諸君子。既又學後山五字律。既又學半山老人七字絶句。晚乃學絶句於唐人。學之愈力,作之愈寡。……忽若有寤,於是辭謝唐人及王陳江西諸君子,皆不敢學,而後欣如也。

此外,南宋思想家朱熹也對江西詩派的詩風持批判態度。《朱子語類》中這樣説:

> 或言今人作詩多要有出處。曰:關關雎鳩,出在何處。③

四、悲哀的秀才

那麼,持續了五百年的韻文考試到底給社會帶來了什麼呢?讓我們以南宋最後的宰相文天祥爲例來思考一下這個問題。可以説,在科舉考試中舉者中,那些位於前列的人們,最

---

① 《老學庵筆記》卷七。
② 《劍南詩稿校注》卷七十八《示子遹》。
③ 《朱子語類》卷一〇四論文。

完整地體現了科舉制度所產生的全部文化。遵循這個制度，不存任何疑問地進入社會爲他們預備好的途路，最後各自到達目的地的"人材"們便是這一群人。在這個意義上，闖過科舉的龍門，也許是歷史的偶然、但最終成爲南宋最後一位宰相的文天祥，實在屬於一個意味深長的人物。文天祥（1236—1283,字履善,號文山,吉水人）於寶祐四年以進士第一名中舉。在元軍進逼南宋、南宋面臨崩潰的德祐二年（1276）正月，文天祥被授任右丞相即宰相之職。臨安陷落後,他組織抵抗活動,至元十五年十二月被元軍俘獲,押至大都。在獄中,他作集句《集杜詩》二百首,以詩的形式記錄了南宋末期歷史性的變動。集句是一種極具技巧性和游戲性的詩歌形式,它是嚴格按照近體詩有關押韵、平仄、對句等規則,綴合他人詩句而"創作"出來的詩。文天祥熟記杜甫詩集,將其重新組合,作五言詩二百首。這些詩作,從賈似道當道的十五年中宋王朝走向崩潰開始,按時間順序叙寫到文天祥入獄,同時也抒發了對家人、友人和故鄉的深情。其中的第一百四十三首是歌咏妻子的①：

妻　第一百四十三

　　丁丑八月十七日,空坑之敗。夫人歐陽氏,女柳娘、環娘,子佛生,環之生母顏,佛之生母黃,并陷失,尋聞自隆興北行,惟佛生已死。人世禍難有如此者,哀哉！

　　結髮爲妻子（《新婚別》）,倉皇避亂兵（《破船》）。生離與死別（《別賀蘭銛》）,回首淚縱橫（《示宗文宗武》）。

---

① 《四部叢刊》本《文山先生全集》卷十六。《杜詩詳注》卷七《新婚別》（五言古詩）、卷十三《破船》（五言古詩）、卷十二《贈別賀蘭銛》（五言古詩）,卷十八《熟食日示宗文宗武》（五言律詩）。

像這種抒寫極端個人化感情的作品，居然也使用充滿技巧性和游戲性的集句的形式，這很令我們覺得奇妙。或許文天祥自己也預想到這些，他的《集杜詩》的序文是這樣寫的①：

> 余坐幽燕獄中，無所爲，誦杜詩稍習，諸所感興，因其五言，集爲絕句。久之得二百首，凡吾意所欲言者，子美先爲代言之，日玩之不置，但覺爲吾詩，忘其爲子美詩也。乃知子美非能自爲詩。詩句自是人情性中語，煩子美道耳。子美於吾隔數百年，而其言語爲吾用，非情性同哉。昔人評杜詩爲詩史，蓋其以咏歌之辭，寓紀載之實，而抑揚褒貶之意燦然於其中，雖謂之史，可也。予所集杜詩，

---

① 《四部叢刊》本《文山先生全集》卷十六《集杜詩自序》。《四庫全書總目》卷一四六集部別集類一七《文信公集杜詩》四卷："前有自序，題歲上章執徐，月祝犁單閼，日上章協洽。案上章執徐庚辰歲，當元世祖至元十七年，乃赴燕之次年。祝犁單閼爲己卯之月，上章協洽爲庚未之日。於干支紀次不合。考是年正月癸卯朔，二月内當有三庚日、二未日。必傳寫者所錯互。"此外，論文執筆之際，還參考了以下文獻：宮崎市定《科舉史》(平凡社東洋文庫，1987 年；原著，秋田屋，1946 年)、宮崎市定《科舉》(中公文庫，1963 年)、荒木敏一《宋代科舉制度研究》(東洋史研究會，1969 年)、村上哲見《講講科舉》(講談社學術文庫，2000 年；原著，講談社現代新書，1980 年)、山根幸夫等編《科舉關係文獻》(中文、和文)目錄稿(收於中島敏《宋至明清的科舉、官僚制及其社會基礎之研究》，平成二、三年度科研費研究成果報告書)。

宮崎市定(1901—1995)，日本中國史家、文學博士、京都大學名譽教授，著有《九品官人法的研究——科舉前史》(1956)、《宮崎市定全集》1—24(1991—1993)等。荒木敏一(1911—　)，日本中國史家、文學博士、京都教育大學教授，著有《宋代科舉制度研究》(1969)等。村上哲見(1930—　)，日本漢學家、文學博士、東北大學名譽教授，著有《宋詞研究》(1976)、《講講科舉》(1980)、《中國文人論》(1994)及《漢詩與日本人》(1994)等。山根幸夫(1921—　)，日本中國史家、東京女子大學名譽教授，著有《中國史研究入門》(1983)、《明清華北定期市的研究》(1995)和《建國大學的研究》(2003)等。

自予顛沛以來，世變人事，概見於此矣。是非有意於爲詩
者也。後之良史尚庶幾有考焉。歲上章執徐，月祝犁單
閼，日上章協洽，文天祥履善甫叙。

　　是編作於前年，不自意流落餘生，至今不得死也。斯
文固存，天將誰屬。嗚呼，非千載心，不足以語此。壬午
正月元日，文天祥書。

　儘管文天祥這樣辯白，但是我們可以反問，如果同是出自
自己的本性和内心，用自己的語言來述説豈不更好？我們不
是站在今天的立場，來非難當時正處於非常狀態中的文天祥
的舉動。但我們不能不考慮他自身選擇這種高度技巧化形式
化的體裁的意義究竟在哪裏。我們不能不説，文天祥的行爲，
在廣義上反映着科舉制度所產生的文化精英的教養範型和感
覺。難道他就沒有屬於他自己的、表現自我體驗的聲音（形
式）嗎？當看到就連個人的感情也祇有在制度所提供的技巧
性的詩歌中纔能被抒發被表現時，我們不得不説，這就是科舉
精英制度所塑造的人以及這些人的感覺方式。這也可以視爲
一個考試制度的傳統導致文化與現實相乖離的例證。

五、結　語

　考試制度與社會是怎樣一種關係，這是一個極其複雜、無
法簡單回答的問題。可同時，現代的我們正生活在一個"考試
社會"裏。確立考試制度所必需的參照體系，對"考試社會"中
謀求發展的人們來説，是絕對不可缺少的。因此，在今天，從
歷史的角度探究考試制度是很有必要的。本論文便對中國科
舉制度的一個文化側面進行了探討。在中國社會，韻文進入
考試範圍，並以制度的形式在整個社會長期實施。其結果，乖

離現實的語言狀態的近體詩成爲詩的正統樣式,並持續到二十世紀;在詩學領域,九世紀到十二世紀的文學走向了學問化的道路。

假如文化是具有某種形式的話,那麼文化規制與文化之間就没有任何差異。在這裏,文化本身也就是規制的别名。不過,人們通過接觸現實會發現新的意義,並使世界不斷進化發展。而學問化的文化以及亞力山大式的學問乖離現實,不會再生發出新的意義。中國的長達五百年之久的韻文考試的歷史所告訴我們的,就是:考試制度本身會造成價值的固定化,會有可能使人們喪失現實感覺;而這也正是考試制度自身所附帶的危險之所在。

（蔣　寅譯）

中國的山水詩和外界認識

一、風 景 的 成 立

"風景"一詞,今天對我們來說已是很普通的存在。但中國文學的歷史表明,即使這極普通的詞語、概念,實際上也是歷史的産物。小川環樹的著名論文《中國文學中風景的意義》便闡明了這一點①。這裏我就通過小川先生的論文追溯一下中國文學中"風景"的歷史。

"風景"一詞最初似出於南朝宋劉義慶《世説新語》中②。由於出現"風景"一詞的逸話最早見於東晉初期,因此在可確認的範圍內,"風景"一詞的形成當在東晉初期。不過,那時"風景"的意思決不是我們現在所理解的 landscape③。玩味

---

① 小川環樹《風與雲——中國文學論集》(朝日新聞社,1972 年)所收。初刊於《立命館文學》264 號(立命館大學人文學會,1967 年)。小川環樹(1910—1993),日本漢學家,文學博士,京都大學名譽教授,著有《中國語學研究》(1977)、《中國小説史的研究》(1968)及《小川環樹著作集》1—5(1997)等。

② 《世説新語·言語》云:"過江諸人,每至美日,輒相邀新亭,藉卉飲宴。周侯中坐而嘆曰:'風景不殊,正自有山河之異。'皆相視流淚。唯王丞相愀然變色曰:'當共戮力王室,克復神州,何至作楚囚相對。'"《四部叢刊》本。

③ 關於現代漢語中"風景"的意思,例如《漢英詞典》(北京,商務印書館,1985 年)作"scenery,landscape"。

其文意，"風景"的原義似乎是 light and atmosphere 的意思。本來，"景"這個詞在六朝時代的文學作品中指的是放射的光輝或光照亮的某個範圍的空間、場所。這層意思一直沿用到初盛唐時代①。到了中唐時期，"風景"乃至"景"的含義發生了變化，在雍陶（834 年進士）、姚合（775—855?）、朱慶餘（826 年進士）等一批詩人的作品中出現了"詩景"、"景思"等詞語。如雍陶《韋處士郊居》（《全唐詩》卷五一八）：

> 滿庭詩景飄紅葉，繞砌琴聲滴暗泉。門外晚晴秋色老，萬條寒玉一溪烟。

這裏的"詩景"應理解爲詩所獨有的風景或具有詩意的風景，或適於構成詩句的風景。雍陶詩中的"詩景"在有的文本中也作"詩境"②。對此小川先生有如下解釋：

> 我將詩境譯作詩的環境或詩的世界，它意味着與外界分離，衹是獨立的詩的世界。所謂外界即政治的世界、世俗的世界。當詩人沉入這獨立的、甚至是孤獨的詩的世界時，詩人並不是從人間生活，而是從自然界的事物中選取自己喜好的"景"(scenery)，用它構成詩。這些詩人愛用的

---

① 在中國文學史中，唐分爲四個時期，分別稱初唐（618—709），盛唐（710—765），中唐（766—835），晚唐（836—907）。

② 這種場合的"景"與"境"，在中唐時期有着比單是音同更密接的關係。當時受禪宗影響，詩人中出現"境"是"鏡"，"景"映於心之鏡的思考方式。劉禹錫（772—842）《秋日過鴻舉法師寺院便送歸江陵並引》（四部叢刊本《劉夢得文集》卷七）："梵言沙門，猶華言去欲也。能離欲則方寸地虛，虛而萬景入，入必有所泄，乃形乎詞。詞妙而深者，必依於聲律。故自近古而降，釋子以詩聞於世者相踵焉。因定而得境，故倏然以清。由慧而遣詞，故粹然以麗。"呂溫（772—811）《戲贈靈澈上人》（四部叢刊本《呂和叔文集》卷一）："僧家亦有芳春興，自是禪心無滯境。君看池水湛然時，何曾不受花枝影。"

　　　　詞有"清景"、"幽景"等。這些詞在六朝時也有,但那時不
　　　　過是指清光或清光所映照的地方。但到了他們的詩中,則
　　　　有了新的意義。其中大概有他們的孤獨感的反映。

在此基礎上,他又從畫論的方面加以補充論證,指出,"景"這個
詞在 scenery 的意義上成爲畫題是中唐以後的事,隨後發展爲
與宋詩的情景理論結合起來。有一種反對意見認爲,在中唐以
前,"風景"一語也許沒有 landscape 的意義,但有其他詞語負載
表現同樣的語義。對此,小川先生以六朝齊的山水詩人謝朓
(464—499)爲例加以否定。試觀謝朓詩,並沒有表示 landscape
的特別詞語,僅以"望"、"閑望"等詞呈示了他安詳地眺望風景
的態度,而沒有表現眺望對象的詞語。因此可以認爲,中唐以
前沒有其他表現作爲眺望對象的"風景"的詞。小川先生的論
證所用的材料多爲六朝及唐代的山水詩。以山水爲素材的詩
歌、山水詩的發展與"風景"這一新概念的出現密切相關。

二、山水詩的形成

　　正如南朝梁劉勰在《文心雕龍·明詩篇》所説:"宋初文
咏,體有因革。莊老告退,山水方滋。"中國文學中山水詩的形
成,是在五世紀的南朝宋代。諸家一致認爲,劉勰這段話暗指
的詩人是南朝宋謝靈運。謝靈運栖隱始寧時作有《石壁精舍
還湖中作》(《文選》卷二二)詩:

　　　　昏旦變氣候,山水含清暉。清暉能娛人,游子憺忘歸。
　　　　出谷日尚早,入舟陽已微。林壑斂暝色,雲霞收夕霏。芰
　　　　荷迭映蔚,蒲稗相因依。披拂趨南逕,愉悦偃東扉。慮澹
　　　　物自輕,意愜理無違。寄言攝生客,試用此道推。

　　關於謝靈運山水詩中山水的意義,興膳宏《〈文心雕龍〉的自然觀照》這樣加以概括:"他的山水詩以'尚巧似'(《詩品》謝靈運評)——寫實的自然描寫著稱,然而他致力的不祇是形容美麗奇異的自然,而是如沈約所説的以詩作'致其意',換個角度説,山水也是他言志的媒體。他的詩是以思辨性爲根本的。他在用語言刻畫自然之静態的同時,常保持着在它的深處凝視自己内心的姿態。换言之,山水對他來説祇不過是個冥想的空間。"①

　　在中國文學中,謝靈運爲山水詩之祖,但山水詩爲何成於謝靈運之手呢? 對這一問題作出明快解答的是中國佛教史家。荒牧典俊《論南朝前半期教相判釋之形成》雖是關於中國佛教史的論文②,但其第四章"劉宋時期教相判釋之形成——謝靈運《辯宗論》與劉虬《無量義經序》——"論及謝靈運,就其山水詩形成的主要原因作了如下分析。

　　被小尾郊一博士視爲山水詩萌芽的《佛影銘》(《四部叢刊》本《廣弘明集》卷十五),是謝靈運現存最早期的韻文③,由它可以推論山水詩的結構:"(A) 由於對世俗化的人世絶望,欲游於世外的山水;(B) 在山水中,神仙、古聖、佛,凡神聖的存在都是現成的;(C) 通過在山水中直面神聖的存在,修

---

① 興膳宏《中國的文學理論》(東京,築摩書房,1988 年)所收。興膳宏(1936—),日本漢學家、文學博士、京都大學名譽教授,著有《文心雕龍》(1968)、《文學論集》(1972)及《隋書經籍志詳考》(1995)等。

② 福永光司編《中國中古時期的宗教與文化》(京都,京都大學人文科學研究所,1982 年)所收。荒牧典俊(1936—),日本佛教學家、文學博士、大谷大學教授,著有《十地經》(1974)、《唯識三十頌》(1976)、《出三藏記集》(1993)及《北朝隋唐佛教思想史》(2000)等。

③ 《廣島大學文學部紀要》特集三(1975 年)所收《謝靈運傳論》。小尾郊一(1913—2004)日本漢學家、文學博士,廣島大學名譽教授,著有《中國文學裏的自然與自然觀》(1962)、《文選》1—7(1974—1976)、《真實與虛構:六朝文學》(1994)及《小尾郊一著作選》(2001—2002)等。

行,就可以成聖。"因此,"對謝靈運來説,山水詩決不是爲了
排解抑鬱憤滿而游山玩水、歌咏感興的作品,也不止是要發
現、表現山水美的藝術作品。而是要拜謁山水中神聖的存
在,欲轉身化爲山水中的神聖存在的宗教激情的流露。"並
且,這種宗教激情乃是來自當時正在興起的"頓悟成佛"之
説。《辯宗論》(《廣弘明集》卷十八)被認爲是謝靈運的佛教
思想所結出的果實,其思想可以概括爲三點:"(A) 如果説
印度諸佛修得的是'空性'、'法性',則中國諸聖體得的是
'無'與'道'。(B) 如果説諸佛基於'法性'向衆生説法,那
麼中國諸聖則是基於'無'、'道'而教化於民。(C) 如果説
衆生由修得'法性'即'佛性'而成佛,那麼人們當然也可以
通過修得'無'、'道'而成爲聖人。"《辯宗論》的這種思想是
在下述情形下形成的。即:"'怎樣成爲聖人'這一魏晉思想
史上的根本問題,在羅什佛教的'法性'思想以及《泥洹經》
的'佛性'思想中找到了答案,這裏的'法性'和'佛性'通過
'無'與'道'而被中國化,另一方面,'無'與'道'又通過'法
性'和'佛性'被佛教化"。形成《辯宗論》思想的根本結構也
被概括爲以下三點:(A)"聖人與萬物被區別爲'二諦'";
(B)"聖人能施惠教化於萬物";(C)"萬物學道修行最終也
能'頓悟'、'空理'而成爲與所有聖人同樣的聖人"。《辯宗
論》的思想結構,與前面指出的謝靈運山水詩的基本要素是
相對應的,甚至可以説其山水詩就是從這種思想結構中産
生的。即(A)"當將聖人與萬物區別爲二諦的思想確立起
來時,萬物存在的歷史現實就被作爲'假'、'俗'而捨棄了;
(B) 聖人施功於萬物,具體説也就是山水中的神仙、聖人、
佛等聖的存在是現成的;(C) 正因爲萬物能'頓悟'、'空理'
成爲聖人,所以詩人才會在山水中尋求'恬知'的修行實踐

之道。"①也就是説，謝靈運的詩在其結構上與當時正逐漸被中國化的佛教緊密對應而形成的，因此，在中國文學中，山水是由中國化的佛教發現的。從四世紀中葉的東晉中期開始，嗜好山水與隱遁的志向相重合，形成一股思潮，而謝靈運的位置恰恰處在這一思潮的形成過程中②。發現山水的意義，將山水作爲描寫對象在山水詩中加以表現，是從謝靈運開始的。這與他的佛教信仰分不開。就在山水詩形成的同一時代，山水畫也以被中國化的佛教爲母體而理論化。

三、山水畫的理論化

與謝靈運同時代的南朝宋宗炳(375—443)《畫山水序》，是從哲學上將山水畫理論化的現存最早的著作。宗炳字少文，南陽涅陽人。年輕時曾赴廬山師事名僧慧遠。他有論述佛教教理的著作《明佛論》，這本書與《畫山水序》有着密切的思想關連。福永光司認爲，《明佛論》執筆的主要意圖是"論證人憑其不滅的精神——識終究可以成佛——解脱者"，即《明佛論》的根本的關懷是在哲學上闡明成佛的可能性與根據"③。而宗炳的思考與邏輯，是以《周易》"神"的哲學和老莊

---

① 矢淵孝良《謝靈運山水詩的背景》(《東方學報　京都》第56冊，1984年所收)説，在謝靈運那裏"反映頓悟的山水詩，是從始寧時期的作品開始的。縱使其思想的確立是在永嘉時期也罷。"矢淵孝良(1951—　)，日本漢學家、金澤大學教授，著有《隋書經籍志衍字考》(1989)、《陶淵明小論》(1994)及《阮籍咏懷詩小論》(1996)等。

② 參照小尾郊一《中國文學裏的自然與自然觀》(東京，岩波書店，1962年)。

③ 福永光司《藝術論集》(朝日新聞社，中國文明選第14，1971年)。福永光司(1918—2001)，日本漢學家、京都大學名譽教授，著有《氣的思想》(1978)、《道教與日本文化》(1982)及《道教思想史研究》(1987)等。

“養神”的哲學爲基礎,同樣,通過“神”與“養神”的哲學,宗炳
這篇論説山水的精神與人的精神相感應的《畫山水序》與《明
佛論》之間有了密切的思想關連。《明佛論》一名《神不滅論》,
是六朝接受佛教之際神滅神不滅問題論爭中的重要文獻,中
西久味《六朝齊梁的“神不滅論”札記》①論其内容與地位,説:
“宗炳的《明佛論》祇以神不滅爲基軸展開,欲以此概括説明空
觀與應報説,也算是唯神論。由其論述可以看到神不滅的基
本模式,大致即‘群生(衆生)原都具有完全的至虛的精神。然
而現實中芸芸衆生的精神被情識迷亂,喪失了本性。由於這
種情識,神清濁升降而與萬物緣會,取形身輪回六道。因此,
爲了從輪回中解脱成佛,就必須以空觀與善行滅除情識,完成
本來的神,這完成的精神,脱離形身而獨存的狀態就是法身’。
可見這也是以道家式的返本復性的思路爲背景的。……宗炳
雖未明確使用佛性一詞,但他無疑已意識到《涅槃經》(或《泥
洹經》)的佛性説。”《畫山水序》正是以宗炳的這種佛教思想爲
前提而形成的,其最重要的論點便是基於神的感應説,即寓於
山水及山水畫中的“神”(靈氣)與人的心靈的奇妙作用(即神)
的感應。這就是宗炳山水畫理論的核心。

　　夫以應目會心爲理者,類之成巧,則目亦同應,心亦
　俱會。應會感神,神超理得,雖復虛求幽岩,何以加焉?②

對宗炳來説,賦予山水和山水畫意義的,是當時在佛教界成爲
重要論點的“神”這一概念,雖然“神”的概念對謝靈運與宗炳
的意義不太相同,但在宗炳那裏,使山水生成意義的是當時正

---

① 《中國思想史研究》第4號(京都大學中國哲學史研究室,1981年)所收。
② 《增補津逮秘書》(京都,中文出版社,1980年)所收《歷代名畫記》卷六。

在中國化的佛教。

四、山水詩與禪宗

由於謝靈運，由於中國化的佛教，山水被發現了。山水作爲可以描寫的對象出現在詩人面前。而進入唐代，由於王維（699—759），山水詩迎來了新的局面。除了詩人，王維也以畫家知名，又是由中國化佛教發現的山水詩與由中國化佛教而完成理論化的山水畫的連接點。王維山水詩中山水的意味與謝靈運不同。在南北朝時代，在理論上被中國化的佛教，就是取其實踐形態的禪宗。禪宗給予王維以很大影響。王維生活的時代，禪宗正處於重心由北宗禪移向南宗禪的過程。王維母崔氏師事北禪的大照禪師，所以王維從年輕時就接近了北宗禪，而且後來與南宗禪的馬祖道一、薦福寺道光禪師也有關係，寫了南宗六祖慧能的傳記《能禪師碑》。他與禪宗有着極深的關係。

關於山水詩乃至山水描寫與禪宗的關聯，有兩個觀點要先介紹一下。一是當代中國學者對王維與禪宗之關係的看法，一是當代日本哲學家論禪宗之悟的哲學思路。前者高度評價王維、韋應物，並注意到提倡"韵味"説的司空圖，提倡禪詩一致説的嚴羽以及主張神韵説的王漁洋，從中國文學史的發展來分析王維與禪宗的關係；後者則從哲學上探索對禪宗一方而言的外界描寫的意味。中國唐代文學專家孫昌武在《王維的佛教信仰與詩歌創作》[①]一文中將王維山水詩與禪宗的關係歸結爲以下幾點：1. 詩中用禪語，用佛教學的概念詞

---

① 《文學遺產》1981 年第 2 期(北京，中華書局)所收。

彙。2. 以禪趣入詩。禪趣也稱禪悦、禪味,意味着禪定時體驗的境地。王維在他的山水詩中表現"空"、"寂"、"閑"的禪趣,那是他追求"清净的自性"的反映。即以"净心"對外境,則一切外境皆安寧静寂。3. 將禪法應用於詩。這分爲兩種情況:一與詩的境地創造有關。禪的外界認識有三個特徵。(1) 法身的遍在,對世界的泛神論把握;(2) 生動活潑的禪趣;(3) 觀照外境不持執着心。王維將這一點應用於他的詩作。第三點與他無雕琢痕迹的詩風相對應,大異於謝靈運等極盡雕琢之能事的六朝山水詩。二是言外之意,禪宗爲表現悟的境地,用直觀、聯想、比喻、象征等手法來表達語言的彼岸存在的含意。王維也用這種手法給詩帶來"言有盡而意無窮"(鍾嶸《詩品序》)的效果。孫昌武將禪宗視爲神秘主義的一種形態,在此框架中進行分析,在現代中國研究者中是很有代表性的。但對强烈地感覺到有必要從其根源上來考察作爲包含着豐富的可能性的意義生成之場的禪宗乃至禪宗與詩歌的關係的人來説,這種似乎已經窮盡一切的觀點多少令人感到不滿。

井筒俊彦的《禪意識的場構造》基於下述觀點,即"對有志於適用新時代要求的形態來整合東洋哲學各種傳統的人來説,禪包含着無限豐富的思想可能性,具有極大魅力,是絶對不能忽視的";"欲將禪的根本主體性的場結構盡最大可能地邏輯化"①。其中,井筒將禪宗中被稱爲臨濟四料簡的四種分類基準歸結爲"'無心'的主體藉'有心'的主客對立的現場而產生的意識、存在場的四個基本功能形態"。"第一'奪人不奪

---

① 井筒俊彦《宇宙與反宇宙——爲東洋哲學》(東京,岩波書店,1989 年)所收。井筒俊彦(1914—1993),日本宗教學家,文學博士,慶應義塾大學名譽教授,著有《古蘭經》(1957—1958)、《伊斯蘭思想史》(1975),《意識與本質》(1983)和《井筒俊彦著作集》1—11(1991—1995)等。

境'整個場成爲客體(境),主體(人)完全消失。第二'奪境不奪人'與第一完全相反,整個場的力原封不動地移到'人'的一面。第三'人境倶奪','人''境'都消失其顯現性,整個場化作空無的場所。第四'人境倶不奪',主客並現。"第一與第四與作爲禪宗悟境之言語化的外界描寫相關聯。當"奪人不奪境"時,"整個場佈滿的能量流聚到'客體'一方,以孤立的個體的形態呈現。……'人'表面上完全消滅,整個場僅成爲'境'。同是這個'境'又每每成爲闊大的自然風景而展開。……在禪中這種自然描寫很多。這樣的自然描寫不單是自然描寫。當然,首先是描繪自然的風景,但同時也以表面看不見的形式描寫'心'。由於 I SEE THIS 的'客體'THIS 祇能在表面上呈現,看起來像是純客觀的外在的自然描寫,但實際上這 THIS 是整個場(I SEE THIS)的總體顯現,所以作爲'主體'一端的'我'(I)當然也存在於那裏①。'秋深天氣爽,萬象共沈沈,月瑩池塘靜,風清松檜陰。'對這表面看來不過是列舉自然事物的詩句,祇要看看圜悟克勤所謂'頭頭非外物,一一本來心'(《語録》卷八),就會明白。……要之,是'心境一如',而不單

---

① 依照佐藤通次《佛教哲理》(理想社,1968 年)的範式標記法,"日常感覺、知覺地認識主體的存在理解與非日常的'悟'覺主體的存在理解,屬於根本不同的存在開顯的兩個視角,前者用小寫羅馬字標記,後者用大寫標記。""主客對立的認識狀況,範型是全用小寫",以 i see this 的形式標記。i 是"感覺、知覺的認識主體",this 爲"實用於 i 之外的客觀對象"。i 與 this"都各有'自性'地獨立,互爲他者。……兩者的關係是純然的外在關係,不是内在聯繫。"又,"I 是'無心'的主體,或者說是超我的主體。SEE 是'無心'的覺知(用佛教的術語即 prajna'般若'之知)",THIS 是"由於那種心不固執的作用,原不分割而被分割的存在本源的顯現形態"。佐藤通次(1901—1990),日本哲學家、德語學者、國粹主義者、文學博士、皇學館大學名譽教授,著有《獨和言林》(1936)、《孝道序論》(1937)及《皇道哲學》(1941)等。

單是‘境’。不過，作爲那‘心境一如’的場的現成狀態，是消失‘心’，僅呈現爲‘境’。而當“人境俱不奪”時，“場整體的天平既不傾向於‘主體’一端，也不傾向於‘客體’一端，兩者各自占有其本來位置，呈完全顯現的狀態。……即 I SEE THIS 的兩端 I 與 THIS 以完全等同的重量顯現於表面。如果將這顯在化的 I SEE THIS 誤讀爲 i see this，就變成歸於‘本元的日常底’了。那便是所謂‘柳綠花紅’的世界。在這個世界裏有‘我’，也有與‘我’對面的‘此’。但在内部結構上，它不是普通的主客對立，而如開始所述，是包容主客對立的‘無心’的主體的自我顯現。……這種我與這種自然的整體的遭逢，每每成爲詩中形象，爲詩人們所熱衷和描寫。如雪竇重顯的‘春山叠亂青，春水漾虛碧。寥寥天地間，獨立望何極。’與此相反，以類似‘我看花’的日常形態呈現的作品也不少。”

他又引用禪學書籍常引用的夾山善會的《風景詩》加以説明：

猿抱子歸青嶂裏，鳥銜花落碧岩前。

“此詩是夾山禪師答人問‘如何是夾山境’……他問的並不是禪師現居的夾山的風景，這對多少接觸過禪的自我表現形式的人來説是不問自明的。他問的是，栖隱於夾山深處的你現在的内心的境地如何？這裏描寫的自然決不是内心境地的隱喻，而是真正的自然描寫。祇不過禪師觀看那風景的眼睛是 SEE 的眼睛”。“無時間的現在（＝現前）性與物理的時空具象性，如果不是這兩者一致生發，SEE 就絕對呈現不出來。古來有名的禪的文句、詩歌、繪畫等，每每宛如自然界的客觀描寫，正是這個緣故”。

一個詩的形象可以用完全不同的解釋體系來解釋。從中國詩史來説,王維的山水詩,是借禪法來表現禪趣,但決不是全面地局束於禪悟的體系。不過從禪宗的角度來説,也可以説它是悟境的詩化表現。總而言之,唐代詩人由於與禪宗接觸,獲得了新的表現的可能性。而山水詩就從這詩對"境"的營造爲中產生了"風景"、"詩景"、"詩境"。

五、唐代山水詩與佛教

王維(699—759)、孟浩然(689—740)、韋應物(737?—789?)、柳宗元(773—819)後世並稱王孟韋柳,被視爲唐代山水詩人的代表。赤井益久將至清代固定下來的四家並稱的歷史性評價概括爲四點:1. 汲取陶淵明之流脉。2. 詩風以"冲淡"、"清深"爲宗旨。3. 詩風的特徵是歷經陶冶的澄淡與脱却磨練的精致。4. 五言古詩的名家。與第三點有關,四家中王維、韋應物、柳宗元即使在唐代詩人中也是與佛教、禪宗關係特別深的[①]。如前所述,王維與佛教、禪宗有極深的關係。深澤一幸《論孟浩然詩》[②]指出,關於孟浩然與佛教的關係,"可以從他對支遁有興趣這一點看出,同時,他的詩集中多有表現與僧人交游或歌咏寺院之作,也可看出他對佛教的關注。孟浩然詩集中有二十餘首這類詩。另外,他自己在詩中也述説了對佛教的關心。……他所以傾向於道佛二教,與其説是

---

① 赤井益久《"王孟韋柳"論考》(《國學院大學大學院紀要》第 14 號,1983年)。赤井益久,日本漢學家,文學博士,國學院大學教授,著有《中唐詩壇的研究》(2004)等。

② 《言語文化研究》第 7 號(大阪大學言語文化部,1980 年)所收。深澤一幸(1949—　),日本漢學家,大阪大學教授,著有《唐詩三百首》(1989)、《中國文學歲時記》(1988—1989)等。

感其教理,不如説是要通過它們窺見變化的世界、變化的自然吧? 道佛二教給肉體上、地理上完全閉塞的孟浩然帶來精神的變化,又進一步使他眼前的自然呈現出新的面貌。"雖然難以斷定佛教教理、修行方法給他的直接影響,但佛教的存在本身給他的詩以靈感則是事實。關於韋應物,曾有人指出他在玄宗朝的神仙志向,正如深澤一幸《韋應物的歌行》説:"過於人間化的神仙世界,似乎並不真正屬於韋應物。隨着玄宗時代的遠去,他的氣質中所具有的某種佛教性的要素,我稱之爲'清幽'的趣味,開始漸漸浸透入神仙的世界,最終神仙的世界就完全融合於佛教的'清幽'了。"①晚年閑居蘇州永定佛寺以後,韋應物似乎頗耽於佛教。《唐國史補》卷下云:"韋應物立性高潔,鮮食寡欲,所居焚香掃思而坐。"②也是記述他晚年耽於佛教時的情形。關於柳宗元與佛教的關係,户崎哲彦的《柳宗元與中唐佛教》一文極其重要,文中有極爲詳盡的分析。其結論是:"柳宗元很早接觸佛教,曾與許多僧人交遊。長安時期的交遊……是文學趣味的交遊,而流貶時期則一變爲深入理解佛教的交遊、尋求精神安寧的交遊……在諸宗諸門形成、相互對抗的中唐佛教界中,柳宗元排擊南宗禪、牛頭禪,支持、宣揚天台系净土教。他的立場與當時禪净對立中慧日、法照等稱名念佛門的佛教運動相一致。……柳宗元批判禪宗、宣揚净土教與他個人的政治思想有很深的關係。"③他在政治上

---

① 《中國文學報》第 24 册(京都大學中國文學會,1974 年)所收。

② 《唐國史補》卷下(上海古籍出版社,1979 年新一版)。

③ 《中國文學報》第 38 册(京都大學中國文學會,1987 年)所收。户崎哲彦(1953—),日本漢學家、島根大學教授,著有《唐代中期的文學與思想》(1990)、《柳宗元在永州》(1995)、《柳宗元永州山水遊記考》(1996)和《桂林唐代石刻的研究》(2005)等。

雖站在批判的立場,但對佛教的理解却有很深的地方。

唐代的山水詩,由王維奠定了其與禪宗密切關係的基礎,中國文學在外界描寫這一主題上獲得了新的認識論的視角。這一認識論的視角與佛教保持着微妙關係,並由後人繼承,獲得了新的發展。

另外,在前述風景形成的問題上,小川環樹將"風景"的形成歸於特異詩人賈島(779—843)。他説:"賈島是以苦吟終其一生的人。他對外界——自然界的特殊看法正來源於此。他的見解使風景的觀念産生了變化。"我們不否定特異詩人的創作與外界認識的歷史有很大關係,但賈島原是僧人這一點應該也是一個重要因素①。在思考謝靈運以來的山水詩時,無論是在理念方面還是實踐方面,中國化佛教的認識論框架給予詩人藝術家的影響是不能否定的。即,受中國化佛教認識論框架的影響,中國詩歌與繪畫獲得了認識外界的新視點,在這種視點普泛化的過程中形成了一直通向今天的外界認識的形態。

六、山水詩與山水畫的交錯

關於唐代山水詩與山水畫的關係,淺見洋二的《初盛唐詩中的風景與繪畫》、《中晚唐詩的風景與繪畫》爲我們展示了意味深長的事實及其分析②。淺見的論文引用了南宋洪邁

---

① 《新唐書》卷一七六:"(賈)島字浪仙,范陽人,初爲浮屠,名無本。"

② 分別爲《山口大學文學會志》第 42 號(山口大學文學會,1991 年),《日本中國學會報》第 44 號(日本中國學會,1992 年)所收。淺見洋二(1960—),日本漢學家、大阪大學副教授,著有《蘇軾・陸游》(1989)、《晚唐五代詩詞中的風景與繪畫》(1992)及《距離與想像》(1998)等。

(1123—1202)的一段文字：

> 江山登臨之美，泉石賞玩之勝，世間佳境也，觀者必
> 曰如畫。故有"江山如畫"、"天開圖畫即江山"、"身在畫
> 圖中"之語。至於丹青之妙，好事君子嗟嘆之不足者，則
> 又以逼真目之。如老杜……"直訝杉松冷，兼疑菱荇香"
> 之句是也。以真爲假，以假爲真，均之爲妄境耳。①

"江山如畫"是蘇軾(1036—1101)詞《念奴嬌·赤壁懷古》的一
句，"天開圖畫即江山"是《石林詩話》引用黃庭堅(1045—
1105)的詩句。"身在畫圖中"出處不明，杜甫的詩句出自《奉
觀嚴鄭公廳事岷山沱江畫圖十韵》，是寫杜甫在友人嚴武客廳
看畫的作品。

由洪邁這段話的前半可知，宋人多通過繪畫的形式來觀
賞實際的風景，這在詩句中可找到證據。用洪邁的話說就是
"以假(繪畫)爲真(實景)"，也可以説是某種倒轉。那麼，這種
倒轉是何時開始的呢？"先秦至南北朝時期的詩中，風景在
前，由它想到繪畫的作品幾乎看不到"。而到"初唐時期……
那樣的作品漸漸增加"。"盛唐時期，詩人咏山水畫的作品急
速增加"。在詳細考察的基礎上，作者得出如下結論："初盛唐
時期，以繪畫爲題材的詩急速地出現並固定化。它爲中國詩
史新添了'以假爲真'即在'假'中享受'真'的藝術體驗。在同
一個時期，繪畫的流傳、滲透也使'以真爲假'即從'真'中看出
'假'或通過'假'來看'真'的認識範疇漸漸滲透到詩人當中。"
至於"中晚唐時期可以看到，以'江山如畫'爲代表的宋代文人
把握風景的方式已漸漸普遍化。而且與時俱增，變得愈加豐

---

① 《容齋隨筆》(上海古籍出版社，1978 年)卷十六"真假皆妄"。

富和深刻"。"中晚唐時期還可見一種值得注意的把握風景的方式。那……就是詩人把詩這種藝術産品作爲觀察和把握風景的媒介。也可以説是在風景中發現詩的見解"。"在山風景中發現繪畫已普遍化的中唐時期,……在風景中尋求'詩情'、'詩興'、'詩思'的審美意識已在確立"。這種看法在前述小川論文中也可見到。淺見論文認爲,這種有意識讓詩的範疇介入對風景的把握的態度,在以風景"入詩"的觀點上得到充分表現。例如杜荀鶴《春日山居寄友人》(《全唐詩》卷六九二)云:

　　野吟何處最相宜,春景暄和好入詩。

　　淺見論文所列舉的事實,也是對小川論文的補充,可謂意味深長。我們必須知道,最重要的是,山水本身是有意義的,在這個意義上,山水詩與山水畫本來就具有密切的關係。外界認識有兩個手段,它們一面互相交錯,一面不斷深化其意義,擴展着認識論的視野。

七、總　　結

　　由於中國化的佛教,山水被人們發現。即以中國化佛教的理論爲前提,由劉宋謝靈運創造出了山水詩;在同一時代,對佛教中國化起過很大作用的宗炳開始將山水畫理論化。山水在詩與畫中構築起牢固的地位,這都借力於中國化的佛教。進入唐代,作爲中國化佛教的實踐形態,禪宗興盛起來,受其影響,王維爲山水詩開闢出新的局面。那就是禪對世界的解釋被訴諸於詩的語言,並進入山水畫的世界。

　　代表唐代的山水詩人"王孟韋柳"雖各有差異,但他們與

佛教的關係不可否定。假如我們看一看與"風景"的成立形式
密切相關的賈島年輕時曾是僧人這一事實,將外界視爲某種
統一體,將它作爲具有藝術意義的東西來理解這種認識的根
底裏,實際上存在着佛教認識外界的方法的影響。如果無視
禪的要素,就無法理解風景的結構化。而一旦這語言化或作
爲繪畫被視覺化的作品具有了它自己的意義,就會改變欣賞
者的認識論的視角,促使其發生變化。這風景作爲一個整然
有序的世界確立起來,山水畫這一外界認識的獨特體系也走
向一般化。由個體彙聚的外界也成爲具有某種統一性的世界
展現在眼前。我們的外界認識是卓越的歷史產物。中國山水
詩的歷史清楚顯示了這一點。

　　我以前也曾論及,描寫即是一種選擇性,由於是選擇,故
是心靈化的①。外界描寫本身是心靈化的,將外界邏輯化的
山水詩也是表現内心世界的手段。作爲外界描寫的山水詩的
形成,是中國社會接受佛教的一個結果,在這裏,外界的意義
發生了變化。與唐代禪宗的發展相輔相成的唐代山水詩既是
邏輯化的外界,也是心靈的世界。在那裏,"風景"確立起來
了。"風景"這種把握外部的視綫無疑是出色的歷史產物。

(潘世聖譯)

---

① 　高津孝《柳宗元的山水游記與外界描寫》(《鹿大史學》第 40 號,
　　1992 年)。

明代評點考

一、評　　點

在明代出版的書籍中,有的書標題很長,引人矚目。比如說有一本叫做《新鐫音釋圈點提章提節士魁四書正文》[①]的科舉考試參考書,其本名不過是"四書正文",前面的部分都是書肆的廣告性文句。"新鐫"是指新出版,"音釋"是説給難解文字標音注解,"提章提節"則指劃分段落,使之易讀。至於"圈點",是我們尤其應該注目的。所謂"圈點",是指給書或文章的正文部分中特別精彩的字句描寫以及重要語句加上點綫或圓圈等。其形式多種多樣,常用的有圈(或圈點)、點(或旁點)和抹等。"圈點"是在字的旁邊加上小圓圈;"點"是在字的旁邊加上小圓點;"抹"則是指綫。這諸種符號統稱"圈點"。此外,與"圈點"並用的還有"批評",也就是對本文的各有關部分加以簡短的評論。根據其在書頁上的位置,可分爲眉批、夾批、旁批和總批;也稱眉評、夾評、旁評及總評。上述的"圈點"和"批評"合在一起,稱爲"評點"或"批點"。總之,不論"圈點"還是"批評"都是對正文進行批評的一種行爲。

現在能够確認的最早的評點文本,是南宋呂祖謙的《古文

---

① 杜信孚纂輯《明代版刻綜録》(1983 年,揚州,江蘇廣陵古籍刻印社)。

關鍵》(二卷)①。該書收録韓愈、柳宗元、歐陽修、蘇洵、蘇軾、曾鞏及張耒等七人的文章六十餘篇,每篇文章都有旁批及旁綫,是供初學者學作文章的教材,也算是科舉考試的參考書。以此爲開端,後來相繼出現了很多同類的文本,像樓昉的《崇古文訣》、真德秀的《文章正宗》以及謝枋得的《文章軌範》等,都廣爲人知。在《文章軌範》卷二謝枋得的總序中,有"初學熟此,必雄於文,千萬人場屋中,有司亦當刮目"②。由此,可以清楚地看出,《文章軌範》實屬科舉考試用的參考書。南宋朱熹曾批評這類書,説呂祖謙的批點"文章流轉,變化無窮,豈可限以如此"③,指出這種書存在着定型化的問題,不過是拘泥於"腔子"的形式主義。而另一方面,在標榜實學和經世學、與朱子學相對立的永嘉學派的著作中,也有很多評點書,這一點值得注意。這種附有評點、與科舉制度直接相關的古文選集又與宋代科舉制度以策論爲中心的現狀有關。所以,到了明代,隨着經義成爲科舉制度的中心,對四書進行簡單注釋的書籍也就大量出版。另外,在元代,也有人對詩集進行評點,像元代的劉辰翁就曾評點了以王維、杜甫爲中心的唐宋名家的詩集。而到了明代,評點又出現了新的動向,即對史書、白話小説和經書進行評點④。在明末,隨着出版文化的成熟,出現

---

① 關於宋元評點,參見高津孝《宋元評點考》(1990 年,鹿兒島大學法文學部紀要《人文學科論集》三一號)。

② 《叠山先生批點文章軌範》(1985 年,京都,朋友書店影印昌平坂學問所嘉永六年復刻元版)。

③ 《朱子語類》(1979 年,京都,中文出版社影印)卷百三十九論文・上。

④ 據郭紹虞《中國文學批評史》(1979 年,上海古籍出版社)四"評點之學的理論"介紹,孫鑛(1542—1613),字文融,號月峰,餘姚人,評點儒教經典。

了非常精美的多色印刷(套印)的評點文本①。以下,本文試圖探究明代史書評點、白話小説評點産生的歷史以及兩者的相互關係,並考察明代評點的意義。

二、史書與評點

説到明代評點的新動向,不能不提到對史書的評點,而其中最重要的就是評點本《史記》的刊行。説起來,《史記》的價值正是在明代爲人們所發現,具體説,其功績應歸於古文辭派。由於這一派的努力,人們才認識到《史記》不僅是歷史事實的彙集,更是文章寫作的優秀範本。吉川幸次郎在《元明詩概説》②一書中論述了古文辭派的功績,説“《史記》能够像今天這樣成爲我們的必讀書並廣泛傳播,與明代古文辭派的貢獻有很大關係。在《古文辭》推獎司馬遷的名著是惟一的散文典範之前,得到《史記》還不是那麼容易的”。

明正德十二年(1517),廖鎧刊行的三家注本《史記》百三十卷的序中説:“學者多尊師其文而莫得其書,有志之士憾焉。予曩游南都,觀國子之所積,則年歲久遠,琬琰刓蝕。蓋自中統抵今,翻刻者鮮。是以良本廢繼,闕漏罔稽,魚魯益繁,豕亥靡擇。斯固士大夫之責爾矣。於是困心衡慮,博採旁搜,十有餘年,始得斯本,若獲鳳麟,奚但拱璧。”③可見,在當時,把《史記》奉爲文章典範的人很多,但《史記》文本却很難得到。據説,南宋時代,有關《史記》的官刻版木都集中在臨安的國子

---

①　明代後期,以出版套印本聞名者有湖州閔氏一族及凌氏一族,他們共出版了共一百四十四種套印本。見陶湘《閔板書目》。

②　中國詩人選集二集(1963 年,東京,岩波書店)。

③　傅增湘《藏園群書經眼録》(1983 年,北京,中華書局)卷三史部一。

監,到了元代,南宋國子監改名西湖書院,《史記》的補修刊行也持續進行。其後,版木傳之集慶路儒學,到明代洪武年間,又移至國子監接管,依然接連不斷地進行補修刊行,但版面破損已很嚴重①。廖鎧訪問南京國子監正是在這個時候。在南監本之外,還有其他一些版本,如元中統二年(1261)段子成刊行《史記集解索隱》百三十卷以後,至明正德年間以前的版本,祇有元至元二十五年(1288)彭寅翁崇道精舍刊本三家注《史記》、元大德年間(1297—1307)饒州路儒學刊本《史記集解索隱》、明天順年間(1457—1464)游明刊本《史記集解索隱》,約二百年間祇有這三種。然而到了明正德年間,多種刊本陸續出現:正德十年(1515)白鹿洞書院刊本《史記集解》、正德十二年(1517)廖鎧刊行的三家注本《史記》、正德十三年(1518)邵宗周刊本《史記集解索隱》、正德年間(1506—1521)劉弘毅慎獨齋刊本《史記集解索隱》等②。可見,《史記》的刊行已成爲當時的一種時尚。廖鎧刊本序的作者係古文辭派前七子之一的康海③。

　　萬曆年間初所刊行的《史記評林》,是近代以前最完備的《史記》注釋書。它也是在古文辭派的影響下得以完成的。《史記評林》計百三十卷,據凡例所附識語稱,烏程人凌稚隆鑒於其父凌約言的《史記抄》不够完備,遂廣查群書,選出"凡發明馬史者",在長兄凌迪知、友人金學曾的協助下,收集各名家

① 尾崎康《正史宋元版的研究》(1989年,東京,汲古書院)附章"關於明南北國子監二十一史"。

② 《中國古籍善本書目·史部》(1991年,上海古籍出版社)。

③ 明正德十二年(1517)廖鎧刊三家注本《史記》廖鎧序與康海《對山集》(1986年,臺灣商務印書館影印《文淵閣四庫全書》所收本)卷四"史記序"大致相同。故有可能是廖鎧從伯中官廖鸞在陝西時,托落職在武功的康海代作的序文也未可知。

的《史記》批評,採用華亭張之象的《發微》,在資金方面又得到歙縣汪氏、揚州張氏的支援,於萬曆二年(1574)到五年(1577)刊刻出版了《史記評林》①。凌稚隆,字以棟,號磊泉,烏程人②。除《史記評林》外,還著有《春秋左傳評注測義》七十卷及《五車韵瑞》百六十卷③。

"史記評林姓氏"中所列舉的人名,計晉一人,南北朝三人,唐十二人,宋四十六人,元二人,明八十五人。《史記評林》可以說是《史記》注釋的集大成。另一方面,從它所採用的評點這一形式來看,該書也具有文學批評書的性質。書的卷頭有王世貞、茅坤、徐中行所作的三篇序言,王世貞是古文辭派後七子的核心人物,徐中行也同屬後七子,茅坤則屬唐宋派古文家。古文辭派原本以"文必秦漢,詩必盛唐"爲口號,十分重視秦漢古文,而王世貞又格外重視《史記》。

王世貞(1526—1590),字元美,號鳳洲、弇州山人,太倉人。嘉靖二十六年進士及第,官至刑部尚書④,是古文辭派後七子的中心人物。王世貞在"王氏金虎集序"中說,"《書》變而《左氏》、《戰國》乎,而法極於司馬氏矣"⑤。王世貞"史記評林叙"也說"其最稱能尊《史記》者毋若唐宋人。然知或小近而力不足,其甚乃不過邯鄲之步",到了明代,"北地(李夢陽)而後,乃始彬彬。蓋至於今而閩閫其書。操觚之士,腹笥吻筆,亡適而非太史公"。就是說,對《史記》的高度評價是從明代古文辭派前七子中心人物李夢陽開始的。這樣,王世貞就指出了《史

---

① 《史記評林》凡例識語。
② 《(光緒)烏程縣志》卷十四。
③ 《四庫全書總目》(1981 年,北京,中華書局影印)。
④ 《明史》卷二八七。
⑤ 《弇州山人四部稿》卷二一。

記》不僅是作爲史書,而且是作爲文章典範的重要意義。因此,《史記評林》與一般的歷史注釋書不同,它不但具有訓詁注釋的一面,而且具有文學批評的一面。

以"項羽本紀"爲例,一共有一百五十四條眉評,其中編者按語四十八條,其他都是名家的評語。名家評語中,茅坤最多,爲十二條,其次是王維楨九條,唐順之、劉辰翁、董份各八條。眉評的九成爲明人評語,占絶大多數。評點中最引人注目的是揭出伏筆。項羽在櫟陽被捕時,獄掾司馬欣幫助他脱險,旁評説"爲後項王信任張本",指出後來司馬欣被封爲塞王的伏筆。還有,項梁拿下會稽郡,得到精兵八千,這裏的眉評曰"案此伏八千人案,爲後以八千人渡江,及與亭長言,江東子弟八千人張本"。指出陳勝滅亡後,項梁中召平的計,率八千人北上渡江以及著名的烏江亭一幕的伏筆。另外,"伏案""伏後案"等揭示伏綫的旁評隨處可見。

對描寫部分的評點有以下幾種。項羽年輕的時候,學書不成,去學劍又不成,項梁教兵法,項羽大喜,可是略知其意,又不肯學到底。對這裏的描寫,旁評曰"如在目前"。關於因項梁之計略,項羽打死會稽郡守的場面,眉評説"茅坤曰,叙倉卒起釁處如畫"。又,對鴻門之會以前沛公和張良的充滿緊迫感的會話部分,眉評説"唐順之曰,叙問答處,百世之下如目見之"。對鴻門之會的場面,眉評説"凌約言曰,上已紀坐次,至此猶不脱西向立三字,非特照應有情,描寫當日光景,宛然在目。何等針綫";"王維楨曰,叙噲入衛沛公狀如見,一字不可少"。這些眉評都對上述惟妙惟肖的生動描述給予了高度評價。

關於叙述部分,也有以下一些評點。對卷頭叙述項羽出身的部分,眉評説"唐順之曰,不籍年月,一滚叙去,絶佳"。關於垓下之戰的場面，眉評寫到"唐順之曰，叙事，何等節奏"。垓下之戰以後，項羽在敗逃中遇到老相識呂馬童，項羽問曰"若非吾故人乎"，呂馬童的一句"此項王也"使項羽進退不能，由呂馬童的功績想到自己的境遇，項羽於是自決。對這個場面，眉評説"田汝成曰，觀其所以謂呂馬童者，至是亦悲矣。叙事得人情且動人"。此外，還有"提""結""連""接"等旁評，對叙述結構進行了分析。

　　這些評點並不是考證性的訓詁注釋，也不是從政治和倫理的角度對歷史事實進行評論。雖然不能説評語裏完全沒有這樣的內容，但評林本中的明人評語的很大部分是近於文學批評的。對明代人而言，他們所看重《史記》的，並非彙集既定事實的史書的意義，而是極力發現和闡釋其作爲文章範本、作爲文學的意義。這與我們對待叙事文學的態度是一致的。

　　由於《史記評林》刊行後得到好評，凌稚隆在萬曆十一年(1583)左右又繼續刊行了《漢書評林》一百卷①。後來，明李光縉又對《史記評林》進行增補，到明末至少有四種版本(熊氏種德堂，熊氏宏遠堂，立本堂，翰墨林)刊行。

　　在《史記評林》以前，《史記》評點本曾有明楊慎、李元陽輯訂、高世魁校正《史記題評》百三十卷②。該書的刊行記中記有"嘉靖十六年(1537)丁酉福州府知府胡有恒同知胡瑞敦雕"。與《史記評林》一樣，該書的欄上也列舉了諸家的批評。莫友芝説："其每卷題明李元陽輯訂，高世魁校正，亦有不題者，亦有數卷李元陽上增題楊慎名者。升庵(楊慎)謫戍太和(雲南)，惟中溪(李元陽)爲至交。此本蓋即升庵輯本，因增益

---

①　《漢書評林》凡例識語。
②　傅增湘《藏園群書經眼錄》卷三史部一。

以付雕,故題云爾。明人好尚評論,是書刻有評者蓋昉於此。後凌稚隆爲《評林》則又因此增益。"①莫友芝推測原本有楊慎輯本收集了諸家的《史記》批評,以後,李元陽增補爲《史記題評》,凌稚隆再加增補,成爲現在的《史記評林》。在《史記評林》的"引用書目"中,《史記題評》名列首位,《史記評林》所採用的評點的形式,明顯受到了《史記題評》的影響。楊慎(1488—1559),字用修,號升庵,成都人,正德六年(1511)廷試第一名②。以博覽强記聞名,著述超過一百種,列明代第一,作爲《史記題評》原本的著者可以説是當之無愧。李元陽(1497—1580),字仁甫,號中溪,雲南太和人,嘉靖五年(1526)進士及第③。

"史記評林引用書目"所列書目中,除《史記題評》以外,還有以下幾種。柯維騏《史記考要》十卷。柯維騏(1497—1574),字奇純,莆田人,嘉靖二年進士及第④。著有《宋史新編》,以史學者聞名。唐順之《史記選要》。唐順之(1507—1560),字應德,武進人,嘉靖八年會試第一⑤。唐宋派古文家。另外,評點《史記》的人,還有王鏊(1450—1524)、陳沂(1469—1538)、何孟春(1474—1536)、王韋、茅瓚、董份、凌約言、王維楨(1507—1555)、茅坤(1512—1601)、張之象和王慎中(1509—1559)。其中,茅坤和王慎中是著名的唐宋派古文家。

繼活躍於弘治年間、主張"文必秦漢"的古文辭派前七子

---

① 傅增湘《藏園群書經眼録》卷三史部一。
② 《明史》卷一九二。
③ 《國朝獻徵録》卷八九。
④ 《明史》卷二八七。
⑤ 《明史》卷二〇五。

之後,唐宋派古文家王慎中、唐順之、歸有光、茅坤相繼出現,他們認爲古文辭派没有抓到古人文章的本質,做文章應該學習唐宋,溯及秦漢。明代評點的特徵在於古文辭派是將《史記》作爲文學作品和文章範本來看待的。號稱反古文辭的唐宋古文家們也很重視《史記》。明代的古文家,如唐順之、歸有光等,都是知名的八股文高手①,他們重視八股文式的文章結構分析,《史記評林》中對文章結構的評點就是以他們的評點爲基礎的。

到了明代,古文辭派在史籍的意義之上,更加重視《史記》作爲文章典範的意義,而在唐宋古文家那裏,《史記》更成了八股文式的結構分析的對象。在這個意義上,《史記評林》是明代諸家關於《史記》的文學批評之集大成。

除了《史記題評》和《史記評林》以外,明代出版的評點本《史記》有以下幾種:萬曆十八年(1590)建陽書林余自新克勤齋刊、明焦竑輯、李光縉彙評《史記萃寶評林》三卷;萬曆二十年(1592)余一貫刊、明吳默輯《史記要删評苑》四卷;萬曆年間(1573—1620)魏畏所刊、明焦竑編、李廷機注《史記綜芳評林》三卷;萬曆年間(1573—1620)王養虛二酉齋刊、明袁黄注《新鐫了凡家傳利用舉業史記方潤》五卷;天啓元年(1621)茅兆海刊、明茅坤輯《茅鹿門先生批評史記抄》百四卷;天啓二年(1622)沈琇卿刊、明唐順之輯《唐荆川批選史記》十二卷;以及崇禎九年(1636)馮元仲刊、明孫鑛評《孫月峰先生批評史記》百三十卷②。

---

① 《明史》卷二八七文苑傳三《胡友信傳》:"明代舉子業最擅名者,前則王鏊、唐順之,後則震川(歸有光)、思泉(胡友信)。"

② 杜信孚纂輯《明代版刻綜録》所揭。

三、白話小說與評點

　　進入明代以後,自宋代開始的評點有了新的發展,其中之一便是評點白話小說。在確知出版年代的評點文本中,福建本花關索系的二十卷本《三國志演義》的最初版本,即萬曆二十年(1592)余氏雙峰堂所刊《音釋補遺按鑒演義全像批評三國志傳》①,應爲最早的文本。該書採用上評、中圖、下文的形式,卷頭所署"書坊仰止余象烏批評"者,即對作品施以批評者,就是書肆主人的余氏。兩年後,余氏雙峰堂又刊行了文簡本《水滸傳》的文本,即萬曆二十二年(1594)余氏雙峰堂刊行的《京本增補校正全像忠義水滸志傳評林》二十五卷②。該刊本的形式爲上評、中文、下圖,卷頭記有:"後學仰止余宗□雲登父評校"。孫楷第認爲該書的評點者就是余象斗。

　　余象斗,又名世騰、象烏,字仰止、文臺、子高、元素,號仰止子、三臺主人、三臺館主人,福建建陽人。他是明末有名的通俗小説刊行家、書肆老板,活躍於嘉靖末年至崇禎初年。他刊行出版的白話小説有《全漢志傳》、《三國志傳評林》、《兩晋演義志傳》、《唐書志傳》、《兩宋志傳》、《英烈傳》、《忠義水滸全傳》和《水滸志傳評林》等。他是南宋刻書家余文興的後裔,余氏一族歷代從事刻書業,雙峰堂是他的父親

---

① 金文京《三國志演義的世界》(1993 年,東京,東方書店)。孫楷第《中國通俗小説書目》(1982 年,北京,人民文學出版社)卷二明清講史部。

② 孫楷第《日本東京所見小説書目》(1991 年,北京,人民文學出版社)卷三明清部二。馬蹄疾《水滸書録》(1986 年,上海古籍出版社)上編一"文簡事繁本"。

余孟和所創設的①。

　　魯智深打死鄭屠的場面,是《水滸傳》中最有名的部分,我們來看一看余氏對這一場面的評點②。首先是魯智深聽完余氏母女講述被鄭屠詐騙的場面,眉評云:"智深見女人訴出冤情,便欲代他報仇。可見智深大丈夫也。"之後,魯智深設法籌來錢,送給母女倆作路上的盤纏,母女倆就地上路。這一段的眉評是:"金老父子多得(魯)達送銀,拜別而去。此恩諒金老父子無一時不報矣。"對魯智深來到鄭屠那裏喚他出來,鄭屠驚惶失措地出來應對的場面,眉評爲:"鄭屠見智深可有懼唬,鄭屠知驚而不知死。"鄭屠遭魯智深痛打,雖得家屬救治却未能奏效,終於身亡。對此,眉評爲:"魯打死鄭屠,須是氣所使。但鄭屠四(恃)强勒騙,乃天理昭彰,報應之速。"《水滸傳》余氏刊本係上評、中圖、下文的形式,由於圖版的關係,文本頗簡略,儘管評的文字不太多,却已經具備了後來大量出版的評點本白話小説的基本形態。

　　余氏還出版了另外一種余氏自己評點的白話歷史小説,即萬曆三十四年(1606)三臺館余象斗重刊《新刊京本春秋五霸七雄全像列國志傳》八卷③,形式也爲上評、中圖、下文,卷頭署有"書林文臺余象斗評釋"。

　　在余氏評點本出版的同一時期,還有附有萬曆二十一年(1593)年序的金陵唐氏世德堂刊《新刊出像補訂參採史鑒唐書志傳通俗演義題評》八卷、金陵唐氏世德堂刊《新刊出像補

①　官桂銓《明小説家余象斗及余氏刻小説戲曲》(1983年,北京,中華書局《文學遺產增刊第十五輯》所收)。
②　《水滸傳會評本》(1981年,北京,北京大學出版社)。
③　孫楷第《中國通俗小説書目》(1982年,北京,人民文學出版社)卷二明清講史部。

訂參採史鑒南宋志傳通俗演義題評》五十回以及《新刊出像補訂參採史鑒北宋志傳通俗演義題評》五十回這三本評點文本出版①。三書都署有"姑執陳氏尺蠖齋評釋"。陳氏尺蠖齋"唐書演義序"說，"獨其文詞，時傳正史，於流俗或不盡通。其事實時採謠狂，於正史或不盡合。因略綴拾其額，爲演義題評"②。就是說"題評"是專門解釋與正史不一致的部分，這一點同余氏的評點完全相同。

　　在明代的白話小說評點中，最爲有名的當推李卓吾所評《水滸傳》。李卓吾（1527—1602），名李贄，卓吾爲號。他是爲陽明學左派圓滿畫上句號的著名思想家。在明末出版界，李卓吾的書銷路很好，冠有其名的書大量出版，但其中也不乏冒名之作。關於李卓吾評《水滸傳》也有是真還是僞的論爭。根據佐藤練太郎的考察③，李卓吾評點《水滸傳》是在萬曆二十年(1592)以後。他的意圖是通過此書表達對內亂以及來自夷狄的威脅的憤怒，也是爲了宣泄對明朝官僚人事缺乏公正的憤怒，批判貪官污吏，頌揚對君主和國家的忠義，並呼籲錄用有爲的人材。關於李卓吾評《水滸傳》，有人指出，萬曆三十八(1610)年刊行的容與堂本《水滸傳》的李卓吾的批評，實際上是葉晝冒用李卓吾之名所作。檢點容與堂本的批點，比如對於前面說過的有關魯智深的場面，往往多用"畫""妙""好文章"等詞語；回評裏也祇是稱贊作品描寫精彩，如"描寫魯智深，千古若活，真是傳神寫照妙手"等等，看不到上述那種能够反映李卓吾的意圖的評語。另外，萬曆三十九(1611)年左右

①　孫楷第《中國通俗小說書目》、《日本東京所見小說書目》所揭。

②　孫楷第《日本東京所見小說書目》卷三明清部二。

③　《關於李卓吾評〈忠義水滸傳〉》(1986 年，《東方學》第七一輯)。

刊行的袁無涯本《水滸傳》,也被認爲不是李卓吾的原評,而是經袁無涯和馮夢龍之手加工過的。不過,李卓吾用評點這一方式來表達自己的意圖是值得注意的。總之,可以認爲,白話小說評點文本的出版,還是在福建余氏所使用的方法中得到了啓示。

在明末,除李卓吾以外,評點白話小說的名人還有:萬曆四十三年(1615)序刊《新鐫陳眉公先生評點春秋列國志傳》十二卷的陳繼儒(1558—1639,字仲醇,江蘇華亭人);萬曆四十七年(1619)刊行《鐫楊升庵批評隋唐兩朝志傳》十二卷的楊慎(1488—1559,字用修,新都人);萬曆四十八年(1620)刊行《新刊徐文長先生評唐傳演義》八卷的徐渭(1521—1593,字文長,浙江山陰人);天啓五到七(1625—1627)年間刊行《鍾伯敬先生批評忠義水滸傳》一百卷的鍾惺(1574—1624,字伯敬,竟陵人)等人①。

四、結　語

"評點"這一形式始於宋代,開始的時候,是對古文選集和詩集進行評點;進入明代後,評點對象變爲史書,以對《史記》的評點最爲有名。《史記》的價值正是在明代爲人們所發現,其功績應歸於古文辭派。明代的評點是將《史記》作爲文學作品和文章範本來進行的。號稱反古文辭的唐宋古文家們也很重視《史記》。在唐宋派古文家中,有一部分人同時也是八股文的高手,他們把八股式的結構分析運用到了《史記》評點中。而集明代諸家《史記》評點之大成者,就是萬曆初年刊行

---

① 孫楷第《中國通俗小説書目》、《日本東京所見小説書目》所揭。

的《史記評林》;受其影響,明末後期著名的書肆老板、建安人余象斗將評點引入白話歷史小説的領域。他在萬曆二十年刊行評點本《三國志演義》,萬曆二十二年出版評點本《水滸傳》,將評點的對象從正史擴展到白話歷史小説。也就是説,《史記》評點自身包含着將評點的對象擴展到叙事文學的要素。由於余氏的努力,評點對象向白話小説領域的遷移漸漸普遍化。其後,以李卓吾爲首、附帶諸名家評點的白話小説大量刊行,評點作爲白話小説不可缺少的一部分逐漸固定下來。《史記》評點的根底裏,存在着把"史"看做"文"的意識;而起蓽路藍縷作用的,就是古文辭派。支撑明代評點的,正是這所謂"文"的意識。

(潘世聖譯)

明代蘇學與科舉

本文將通過考察三蘇的文集、全集以及選集的出版情況,探討明代對宋代文學家蘇軾父子所進行的研究和評價的具體狀貌。

一、李卓吾與坡仙集

李贄(1527—1602),字及號均爲卓吾,福建泉州人,作爲明末的異端思想家而廣爲人知。李贄二十六歲時及第鄉試,此後任地方官,五十四歲時從雲南姚安府知事的官位上退下,開始研究著述生活。其學術及思想將陽明學推向極端,他對欲望的肯定、對儒教傳統權威的否定,在當時的社會引起了鉅大反響;同時,也遭到了激烈的責難和反對,以致他最後在獄中自殺。李卓吾的核心思想被稱爲"童心說",所謂祇有童心才是真心,一旦聞見和道理摻雜進來,童心便會喪失。可以說,"童心說"是對既存道德的徹底否定。

在明代的蘇軾研究中,李卓吾也具有重要的意義。他所編纂的蘇軾的文集《坡仙集》出版問世,特別是他本人的赫赫名聲,對蘇文的流行起了極大的影響作用。

李贄編選的《坡仙集》十六卷[①],於萬曆二十八年(1600)

---

① 據內閣文庫所藏十六卷。

由其友人焦竑(1541—1620,字弱侯,江寧人)①所刊行。據
"坡仙集總目"所記,全十六卷的卷一收詩賦、頌、墓志銘、銘、
偈、贊;卷二收傳、碑、記、叙;卷三係祭文、祝文、志林、雜作;卷
四爲經説、論、表狀、樂語;卷五是啓、書柬;卷六收書柬;卷七
爲策問、對策、策略等;卷八是奏議;卷九爲奏議;卷十係奏議、
内制、外制;卷十一至十五則爲别集,收録有關蘇軾的種種傳
記記事;卷十六爲年譜、年譜後語及本傳。在《坡仙集》的版本
方面,除萬曆二十八年焦竑刻本之外,還有同一年金陵的書肆
繼志齋(經營者陳邦泰,字大來)所刊行的版本②。焦竑刻本
出版後,購者衆多,頓時成爲營利書物。《坡仙集》的焦竑序③
中這樣寫到:

> 古今之文,至東坡先生無餘能矣。引物連類,千轉萬
> 變而不可方物,即不可摸之狀與甚難顯之情,無不隨形立
> 肖,躍然現前者,此千古一快也。獨其簡帙浩繁,部分叢
> 雜,學者未睹其全,而妄以先入之言少之。故先生之文,
> 學者未盡讀,即讀而弗知其味,猶弗讀也。卓吾先生乃詮
> 擇什一,並爲點定,見者忻然傳誦,爭先得之爲幸。大若
> 李光弼一入汾陽之軍而旌旗壁壘無不改色。此又一快
> 也。向余於中秘見蘇集,不減十餘種。欲手自排纘爲一
> 編,未成而以罪廢。頃王太史宇泰取見行全集與外集類
> 次之以傳,而以書屬余曰,子其以卓翁本先付之梓人。
> 噫,學者讀此而有得,而益因以讀先生之全書,斯無負於

---

① 《明史》卷二百八十八。

② 四川大學古籍整理研究所編《現存宋人别集版本目録》(成都,巴蜀書
社,1989年)。瞿冕良編著《中國古籍版刻辭典》(濟南,齊魯書社,1999
年)。

③ 内閣文庫所藏李贄編選《坡仙集》卷首,焦竑《刻坡仙集抄引》。

兩先生耳。萬曆庚子夏，瑯琊焦竑書。

由此可知，蘇軾的文集部頭浩繁，不少人根本未窺全豹，便對蘇軾説三道四、妄加批評。有鑒於此，李卓吾從蘇軾的全部文集中選輯了十分之一的内容，加以評點，輯成了《坡仙集》。至於該書的出版，據説準備刊行蘇軾全集的王肯堂[①]，向焦竑進行了推薦，認爲應該首先刊行李卓吾的輯本。

《坡仙集》係李卓吾的得意之作，他在給袁宏道的信中説："《坡仙集》，我有批削旁注在内，每開看便自歡喜，是我一件快心却疾之書。大凡我書，皆是求以快樂自己，非爲人也。"[②]另外，在給焦竑的信中又有這樣的話："《坡仙集》差訛甚多，《文與可篔簹竹記》又落結句。俱望爲我添入。《坡仙集》雖若太多，然不如是無以盡見此公生平。心實愛此公，是以開卷便入與之面叙也。"[③]可見，他一方面爲出版的文本中有不少錯誤感到遺憾，另一方面，又以自己編選的《坡仙集》很好地展示了蘇軾其人的生平與本質而自詡。

不僅如此，正如陳元素所説："今若李宏甫（李贄）靈心快筆，寧自謂學坡仙（蘇軾），然而坡仙矣。"[④]李卓吾甚至在文體上也極力取法於蘇軾。關於這一點，萬曆四十七年刊《坡仙集》的程明善在其跋[⑤]中有這樣的話。

予嘗怪李卓老文過坡仙，及讀《坡仙集》與卓老諸書，

---

①　《明史》卷二百二十一。

②　《續焚書》（北京，中華書局，1959 年）卷一《與袁石浦》。

③　《續焚書》卷一《與焦弱侯》。

④　據内閣文庫所藏《嘉樂齋三蘇文範》。參考《袁宏道集箋校》（上海古籍出版社，1981 年）。

⑤　臺灣"中央圖書館"編《"中央圖書"善本序跋集録》（臺北，1994 年）集部一。

而卓老未嘗不深服膺,且其爲文,丰神態度,自無一不肖
坡仙而出。何其中一種橫肆不羈之氣每每過之?坡仙説
理,卓老不説理也。世若執韓柳繩之,則坡仙法度尚乏森
嚴。如以卓老讀之,坡仙可爲文之祖矣。毋曰坡仙説理
也。倘説理而不落言筌,是又超出坡仙、卓老之外矣。於
是重付諸梓,以俟後之作者。時萬曆己未仲夏,程明
善書。

李卓吾傾倒於蘇軾,以至於二者連文體都是相似的。作
爲明代思想史展開過程的最終階段,這個時期,李卓吾倡導的
心性與蘇軾完全是同出一轍。可以説,作爲王陽明"心即理"
學説的一種歸結,肯定欲望的"童心説"恰恰是在已往衆多的
文學者中發現了蘇軾,並受到他的啓示。

《坡仙集》刊行的翌年,禮科給事中張問達上奏彈劾李卓
吾,李卓吾被捕,其書籍文章,不論已刊的還是未刊的,均遭焚
毀。《坡仙集》也是在後來的萬曆四十七年(1619)由程明善
(字若水,歙縣出身的監生)刊行①,此外,還有其他若干刊本。
不過,儘管李卓吾遭到逮捕,其著作也被查禁,但在《坡仙集》
刊行後,有關蘇軾的書籍的出版數量,一躍而大量增加。例如
四川大學古籍整理研究所編輯的《現存宋人別集版本目録》②
"蘇軾別集"中,確知刊行年的明版文集(全集及地域性很强者
除外)便達到相當的數量。

蘇文忠公表啓二卷　　嘉靖三十四年朱睦㮮刻本
東坡尺牘五卷　　萬曆十七年刻本

① 瞿冕良編著《中國古籍版刻辭典》。
② 成都,巴蜀書社,1989年。

　　東坡先生禪喜集四卷　　萬曆二十六年刻本

　　蘇長公集選二十二卷　　萬曆二十六年何文叔刻本
明蔇士薰選

　　蘇文忠公集選三十卷　　萬曆二十七年楊四知刻本
明崔邦亮選

　　陶石簣精選蘇長公合作二卷　　萬曆二十八年閶門常
春堂刻本　明陶望齡選

　　蘇長公合作內外篇不分卷　　萬曆三十年書林余憲成
印本　明鄭圭輯

　　蘇長公合作內外篇不分卷　　萬曆三十一年書林余氏
萃慶堂刻本　明鄭圭輯

　　東坡先生全集七十五卷　　萬曆三十四年吳興茅維
刻本

　　重編東坡先生外集八十六卷　　萬曆三十六年康丕揚
刻本

　　蘇長公小品二卷　　萬曆三十九年章萬椿心遠軒刻本
明王納諫編

　　蘇長公小品二卷　　萬曆四十一年盱江游義齋刻本

　　蘇長公文腴三十卷詩腴八卷　　萬曆四十五年刻本
明陳於廷編

　　蘇文忠公海外集四卷　　萬曆四十七年刻本　　明戴
熺校

　　東坡文選二十卷　　萬曆四十八年閔氏刻朱墨套印本
明鍾惺評選

　　蘇長公合作八卷補二卷附錄一卷　　萬曆四十八年凌
啟康刻三色套印本

　　東坡禪喜集十四卷　　天啟元年凌蒙初刻朱墨套印本

　　　　蘇長公密語十六卷首一卷　　天啓元年朱墨套印本
明李一公輯

　　　　蘇文忠公策論選十二卷　　天啓元年刻三色套印本
明茅坤、鍾惺評

　　　　蘇長公二妙集二十二卷　　天啓元年徐氏曼山館刻本

　　　　蘇長公密語十六卷首一卷　　天啓四年朱墨套印本
明吳京輯

　　　　東坡詩文選　　天啓年間刻本　　明袁宏道、鍾惺輯

　　　　蘇長公文燧不分卷　　崇禎四年刻本　　明陳紹英輯

　　　　蘇長公文燧不分卷　　崇禎四年刻本　　明弘曉批校
方功惠跋

　　　　蘇子瞻集選二十卷　　崇禎四年刻本

　　　　蘇文奇賞五十卷　　崇禎四年刻本　　明陳仁錫選評

　　　　蘇文奇賞五十卷　　崇禎十五年刊本

　　萬曆中期以後,有關蘇軾的書籍的出版益發繁榮,以致開
其先河的《坡仙集》的著者李卓吾在獄中自殺後,也未使蘇軾
熱降溫。可見,歸根結底,蘇軾的流行乃是與明代後期的社會
狀況密切相關。

二、焦竑與東坡先生外集

　　萬曆三十六年(1608),以鹽運使之官職赴任揚州的康丕
揚刊行了《重編東坡先生外集》八十六卷。康丕揚的序[1]稱,

――――――――――

[1]　據京都大學文學部所藏本。

李瀛川在金陵模寫過蘇軾的文集。焦竑的序①説,已存的蘇
軾的文集裏,混雜有他人的作品,不值得信用,"最後得《外集》
讀之,多前所未載,既無舛誤,而卷帙有序,最爲精核。其本傳
自秘閣,世所罕睹"。不過,據《四庫提要》説:"《宋史藝文志》
所載凡十一集,皆無此八十六卷之本。且外集之名,以别内
集。軾之詩文既已全載於此,别無所謂内集,則外集之名殊無
根據。竑稱得之秘閣。不知明代之書,盡於楊士奇、張萱所録
(《文淵閣書目》四卷,《内閣藏書目録》八卷),二家之目不載,
竑又何從而得之? 此直竑以意删並托之舊本耳。"②認定焦竑
之説是僞撰。對於身受清朝考證學洗禮的我們來説,明代的
學術考證、校訂的粗雜確實難以否定。對於清人而言,連出處
都没搞清楚的文本實在是再荒謬不過的。不過,姑且不論所
謂僞撰等等,應該説明人所關注的東西與清人是有所不同的。
無論如何,重要的是,焦竑每每以"焦弱侯"這個名字在李卓吾
的文集中登場,他是李卓吾的盟友,又繼承了李卓吾對蘇軾的
評價。焦竑刊行蘇軾全集的意義是極大的。焦竑在刊行《重
編東坡先生外集》之前,於萬曆二十五年(1597)在滄州刊行了
焦竑編《兩蘇經解》六十四卷③,萬曆三十四年(1606),在焦竑
的協作下茅維刊行了《東坡先生全集》七十五卷。萬曆三十四
年(1606)茅維的序④中説"丐諸秣陵焦太史所藏閣本外集",
就是説,萬曆三十六年刊行《重編東坡先生外集》八十六卷以

---

① 孔凡禮點校《蘇軾文集》(北京,中華書局,1986 年)附録所收焦竑《刻蘇
　　長公外集序》。
② 《四庫全書總目》(北京,中華書局,1965 年)卷百七十四《東坡外集》。
③ 據臺灣"中央圖書館"編《"國家圖書館"善本書志初稿》(臺北,1996 年)
　　經部。在孔凡禮點校《蘇軾文集》附録所收焦竑《刻蘇長公集序》中有
　　"經解余向刻於滄州"。
④ 孔凡禮點校《蘇軾文集》附録所收茅維《宋蘇文忠公全集叙》。

前,參考了焦竑所藏的外集。對於蘇軾的全集的普及來説,茅維的這套《東坡先生全集》七十五卷起了非常重要的作用。《蘇軾文集》的點校者孔凡禮在點校本中,特意引用了茅維《東坡先生全集》的焦、茅二序,稱:"自茅本問世之後,明末至清代,多次修板,以東坡先生全集之名行世,流傳較廣。東坡先生全集删去焦、茅二序,或冠以吳門項煜序,而茅維原刊本傳世甚稀,轉晦而不彰。"①不過,對於茅維的《東坡先生全集》,《四庫提要》的批評也是相當尖鋭的:"有七十五卷者,號東坡先生全集。載文不載詩,漏略尤甚。"②

在整個明代,三蘇爲人們廣泛閱讀,但説到蘇軾文章的流行,主要還是在萬曆年間中期以後。萬曆三十四年(1606)刊《重編東坡先生外集》的焦竑《刻蘇長公外集序》中,有這樣的話:"蘇長公集行世者,有洪熙御府本、江西本而已。頃學者崇尚蘇學,梓行寖多。"③

關於洪熙御府本,《東坡七集》的李紹序(成化四年,1468)稱:"求其全集(歐陽修全集、蘇軾全集),則宋時刻本雖存,而藏於内閣。仁廟(仁宗洪熙帝,永樂二十二年八月即位,翌年洪熙元年五月殁)亦嘗命工翻刻。而歐集止以賜二三大臣,蘇集以工未畢,而上升遐矣。"④至於江西本,是指明嘉靖十三年(1543)江西布政司刊本。由此可知,萬曆中期以前,蘇軾的全集頗難入手,但到了萬曆中期以後,蘇軾急速成爲人們尊崇的對象,其文集也紛紛刊行問世。

---

① 孔凡禮點校《蘇軾文集》附録所收茅維《宋蘇文忠公全集叙》之附志。
② 《四庫全書總目》卷百五十四《東坡全集》。
③ 孔凡禮點校《蘇軾文集》。
④ 孔凡禮點校《蘇軾文集》附録所收李紹《重刊蘇文忠公全集序》。

三、三蘇文範——明代蘇學的集大成

內閣文庫收藏有《嘉樂齋三蘇文範》,計八冊十八卷。封面有藍印,記曰:"鐫袁中郎注釋批點三蘇文範。三蘇文集鮮有注釋者。此本爲太史楊升庵家寶,中郎先生得之嚴加批點,補注之所未備,亦秘帳中。本坊捐貲,敦請精□善刻公諸海內。識者鑒之。南城翁少麓梓行。"該書由明楊慎(1488—1559,字用修,成都人)①選輯三蘇的文章,明袁宏道(1568—1610,字中郎,公安人)②施以注釋、批點,由在蘇州經營書肆"霏玉樓"的翁元泰(字少麓,江西南城人)③刊行。書的卷一卷頭標明"嘉樂齋三蘇文範卷之一/成都楊慎用修甫原選/公安袁宏道中郎父評釋/東鄉艾南英千子父參訂"。由此可知,明艾南英(1583—1646,字千子,江西東鄉人)④作爲參訂者,也參與了書的注訂工作。總之,編選注釋的這幾位當時均是文名赫赫的人物。書的序文計有:天啓二年(1622)陳元素⑤序、後七子之一的王世貞(1526—1590,字元美,太倉人)⑥的題辭、公安三兄弟之兄的袁宗道(1560—1600,字伯修)⑦的

---

① 《國朝獻征録》卷二十一《楊升庵年譜》。
② 《明史》卷二百八十八。
③ 瞿冕良編著《中國古籍版刻辭典》。
④ 《明史》卷二百八十八。《四庫全書存目叢書》所收廣西師範大學圖書館藏明天啓二年刻本《嘉樂齋三蘇文範》卷一卷頭無艾南英之名,祇有"成都楊慎用修甫原選/公安袁宏道中郎父參閱"。《批三蘇古今大方姓氏》也無艾南英,而有"茅維"之名。
⑤ 瞿冕良編著《中國古籍版刻辭典》曰:"明吳郡人,字古白,一字孝平,號素翁,別號金剛,工詩文,善書畫,私諡貞文先生。"
⑥ 《明史》卷二百八十七。
⑦ 《明史》卷二百八十八。

序、成都楊廷和(1459—1529)[1]的評。袁宗道、王世貞、楊廷和的序大約是後來加上的。最初的序是天啓二年(1622)陳元素序。陳元素的《刻三蘇文序》這樣寫道:

> 李太史本寧[2]嘗論子瞻之詩,使事縟贍,乃其所爲文,則似未嘗讀書者。嗟乎,此子瞻之所以爲讀書者已。明允學《孟子》者也,即似未嘗讀《孟子》。子瞻學《莊子》者也,即似未嘗讀《莊子》。何者?以未嘗用其一語。然而《首楞嚴》、《左氏》、《戰國策》,固時時候伺於長公之筆端,左右麾斥,更相易奪。譬之富人貴室,承旨者多,捐瞬朵躧,而事已辦,主不勞,似未嘗使令人者矣。老泉舉進士不中,悉取所爲數百篇焚之,益閉户讀書者五六年。子由所著書,若《老解》、《古史》、《詩》、《春秋傳》,非精熟貫穿,能若是盛矣。夫蘇氏之世其父,非世其文,乃世其讀書耳。愚嘗妄論,端明之才,千載一人,彼即不欲以己爲有以異於人,而冶弓不掩其良,塤篪克相爲和,寧才固不殊哉?今若李宏甫靈心快筆,寧自謂學坡仙,然而坡仙矣。袁石公辯鋭機警,寧自謂學溫陵,然而溫陵矣。以視老蘇之子輿、大蘇之子休,則已有古今人之別焉。此其故不可思。是集也,雕坊翁精其本,云經用修之手,出中郎之帳。因憶雲莊語,信腕題此。強名解事主臣。天啓壬戌三月既望,寓虎丘之鐵花庵陳元素。

由這篇序文可以窺見明人喜好蘇軾文章之一端。首先,正如李維楨所説,多用典故係蘇軾詩的一個特色,如果沒有注

---

① 《明史》卷百九十。
② 《明史》卷二百八十八。

釋,則蘇詩不易讀懂。可是蘇軾的文章却幾乎不見這種傾向,簡直像是没有讀過古典的人寫的一樣。當然,蘇軾文章的背景内容其實是充實的,祇不過没有顯露於表面。這一點,恰恰與明人的志向和追求完全一致。序文專門提到李卓吾和袁宏道,可見,在明代後期對蘇軾的評價方面,這兩位人物所發揮的作用是很大的。

袁宏道是公安派的中心人物,力倡性靈的重要性,也是李卓吾寵愛的弟子。袁中道在其所著袁宏道的傳記《吏部驗封司郎中中郎先生行狀》中有這樣的話①:"時聞龍湖李子冥會教外之旨,走西陵質之。李子大相契合,贈以詩。……留三月餘,殷殷不捨,送之武昌而别。先生既見龍湖,始知一向掇拾陳言,株守俗見,死於古人語下,一段精光不得披露。至是浩浩焉如鴻毛之遇順風,鉅魚之縱大壑。能爲心師,不師於心。能轉古人,不爲古轉。發爲語言,一一從胸襟流出,蓋天蓋地,如象截急流,雷開蟄户,浸浸乎其未有涯也。"另外,李卓吾在給焦竑的信中也寫道:"中夫聰明異甚,真是我輩中人。凡百可談,不但佛法一事而已。老來尚未肯死,或以此子故。"(《寄焦弱侯》)②可以説,與李卓吾的相遇使得袁宏道真正領悟到了文學的奧妙,而袁宏道對蘇軾的理解和評價也秉承於李卓吾。

蘇軾以及三蘇的文集的出版,與科舉有着緊密的關係。《嘉樂齋三蘇文範》屬於營利出版,正因爲書是大量賣給科舉考生的。袁宗道的序文便講到了楊慎的家學與蘇軾以及科舉考試的關係。

---

① 《袁宏道集箋校》(上海古籍出版社,1981年)所收。
② 《續焚書》卷一《與焦弱侯》。

楊用修嘗語人曰：資性不足恃；日新德業，當自心力中來。故其好學窮理，老而不倦，困而益堅，生平著述幾二百餘種。獨留意於三蘇。由其父石齋公登上第，居首輔，兩朝除患定策，皆得是書之力也。石齋生四子，兩舉高第，一舉鄉魁。長即用修。用修年十二受三蘇。凡五年，檢練研窮，篇中疑義，更爲注釋詳明。年十八應督學試。督學奇之曰："吾不能爲歐陽公，乃得子如蘇軾。"是秋果擢易魁。辛未擢會試第二、殿試及第第一。制策援史融經，敷陳弘劃。讀卷官李文正、楊文襄，稱其得蘇家衣鉢。是三蘇之與用修也，父子兄弟，浚先濟美，世德合也；博通經史，名擅天下，文譽合也；議論卓越，大節挺然，意氣合也；子瞻謫黃，恣游娛，耽詩酒，用修戍滇，戀聲伎，甘落魄，用晦合也。楊與蘇隔幾百載，若一轍然。昔宋乾德丁卯，五星聚奎，寶儼指爲天啓文明之垂，而余惟三蘇足以當之。三蘇已往，而其神日新，其行日益遠。宜用修獨留意於三蘇也。謂蘇氏即楊氏之前身可也，謂楊氏即蘇氏之後身可也。公安袁宗道玉蟠題。

書的凡例①更進一步明確提到了與科舉的關聯："兹集未可盡蘇文。特石齋少師授之，升庵昆季相繼取高第。中郎昆季得之，亦相繼取高第。故其文俱近學業者輯，與學業遠者則不輯。"

《嘉樂齋三蘇文範》的特色與《史記評林》相似。《史記評林》最大限度地彙集和整理了已往有關《史記》的批評，《三蘇文範》也以同樣的方法處理三蘇的文章。卷頭先是"批三蘇古今大方姓氏"，列出宋代之後評論三蘇文章的名家的名字；"大

---

① 　內閣文庫所藏《三蘇文盛》之凡例。

方批評三蘇文選書目”則羅列了施有批點的三蘇文選；“古文
載選三蘇書目”進一步列出了收載有三蘇文章的古文選集；
“刻蘇文各成集者”揭載了三蘇的文集、全集的名字。

　　“批三蘇古今大方姓氏”明代之前者從朱熹開始，列出了
十八人：真德秀、胡安國、呂祖謙、曾子固、李塗、洪邁、羅大經、
文天祥、樓昉、謝枋得、黃震、王應麟、金履祥、唐庚、楊維楨、虞
集、東澗老人。明代更達一百一十三人：陶安、方孝孺、解縉、
胡廣、楊士奇、于謙、宋濂、周述、鄒智、丘濬、劉定之、周旋、諸
燮、楊鼎、蔡清、姚夔、林希元、陳獻章、商輅、胡居仁、周洪謨、
岳正、崔銑、何喬新、曹端、彭時、吳與弼、李東陽、李材、何洛
文、陳鑒、章懋、林俊、田汝成、楊廷和、程敏政、羅楠、洪英、羅
倫、陸簡、吳寬、王鏊、王庭相、王畿、邵寶、姜寶、謝遷、梁儲、費
宏、王維楨、張寧、錢福、趙寬、倫文叙、康海、孫樓、董玘、顧鼎
臣、鄒守益、袁煒、陸樹聲、楊慎、羅洪先、霍韜、舒芬、王守仁、
凌約言、唐順之、瞿景淳、胡纘宗、唐寅、薛應旂、歸有光、李春
芳、汪道昆、楊循吉、張之象、宗臣、徐中行、張勉學、顧充、孫繼
皋、王應選、孫礦、蕭良有、王世貞、王世懋、馮夢禎、余有丁、茅
坤、唐文獻、袁宗道、皇甫汸、許國、李贄、胡時化、李維楨、王敬
臣、顧憲成、陶望齡、董其昌、焦竑、袁宏道、雷思霈、陳繼儒、張
以誠、張萱、張述、王納諫、鍾惺、張世偉、陳元素、張桂芬、艾
南英。

　　在明代，三蘇的文章竟如此爲人們喜愛和閱讀，令人有些
意外。列出的人名裏包括了前七子中的康海，後七子中的徐
中行、王世貞，唐宋派的唐順之、歸有光、茅坤，公安派的袁宗
道、袁宏道，竟陵派的鍾惺，頗引人注目。

　　“大方批評三蘇文選書目”有劉主靜選、羅一峰選、楊石齋
選、程篁墩選、林見素選、丘瓊山選、王守溪選、錢鶴灘選、康對

山選、蔡虛齋選、鄒東郭選、唐荆川選、李崆峒選、羅念庵選、何仲默選、姜鳳阿選、李于鱗選、許海岳選、錢文登選、湯霍林選，計二十種。這些文選未必全部刊行，但至少《三蘇文範》編纂者的手裏有這些數量的三蘇選集當是不錯的。特別是前七子的李夢陽（號空同）也編選了三蘇選集，值得注意。因爲李夢陽的文學論中所闡發的對於情的重視，後來成爲明代文學思想史的一個重要主題，它一直延伸到李卓吾的"童心説"以及袁宏道"性靈説"。

"古文載選三蘇書目"所收的是一般性的古文選集，有《文苑英華》、《文章正宗》、《文章精義》、《文選心訣》、《古文類抄》、《崇古文訣》、《古文關鍵》、《妙絶古今》、《文壇列俎》、《文章軌範》、《名世文宗》、《八大家鈔》、《中原文獻》、《古文拔萃》、《名文珠璣》、《歷朝文鑒》、《古文四如》、《史海淘珍》、《文實會編》、《容齋隨筆》、《蘇王摘成》、《必讀古文》、《古文奇英》、《王午山選四大家文粹》、《章楓山選蘇王米三奇》、《鄒立齋選歐蘇同調》、《徐子輿選四大方抄》、《汪伯玉選蘇米合璧》、《唐荆川選歷代文編》，計二十九種。

"刻蘇文各成集者"有《蘇老泉全集》、《蘇源明外紀》、《蘇文忠公全集》、《蘇長公大成集》、《岳季方選蘇長公集》、《蘇長公合作》、《蘇長公外紀》、《陶主敬選子瞻集》、《曹舍齋選東坡集》、《李卓吾批坡仙集》、《許石城選蘇長公集》、《王鳳洲蘇文正宗》、《鍾伯敬選蘇文》、《毛孝若選蘇文》、《王觀濤選蘇長公小品》、《蘇東坡二妙》、《蘇潁濱全集》、《蘇子由欒城集》等十八種。

《嘉樂齋三蘇文範》是明代蘇學的集大成，同時也是楊慎的家學與公安派三袁的家學對蘇學的神話化。由此，便有了祇要學了蘇學，就可以在科舉時高榜有名的神話。

與公安派一同被視爲反古文辭的竟陵派那裏，也同樣有三蘇的選集存在。竟陵派的鍾惺有萬曆四十八年(1620)鍾惺作序的《東坡文選》二十卷。此外，他還應同爲竟陵派的譚元春之邀，編纂了另一部二蘇的文集《三蘇文盛》二十卷。其凡例曰"是選必關舉業者爲勝，至於外學詩詞，雖佳不載"。明代後期，蘇學與科舉的關係就是如此密切。

四、蘇學與科舉

明代的古文選集大多帶有科舉考試參考書的性質，清人的責難多集中在這一點。在唐宋八大家中，尤其是蘇軾的古文，多被選爲典範文本。比如，明萬曆八年(1580)臨江敖氏建州刊本、明敖鯤(1530—1586)編《古文崇正》十二卷"敖鯤刻引"①便這樣説道：

> 出余先後所輯古文詞，謬付諸梓，以畀多士。凡十有二卷，大指律之以正，取其足爲舉業法程爾。其有資於舉業，即諸刻所無亦博取之，少有所妨窒，雖膾炙人人者寧置，無敢侈同也。刻中惟蘇文幾四之一，以其於舉業尤最爲近。而編終略附諸子，蓋考見諸子之偏，而後文之正者益因以明焉。……萬曆八年庚辰秋，臨江敖鯤化甫書於建州德風堂。

可見，在萬曆年初，就已經是：一、古文選集同時也是科舉考試參考書；二、蘇文占全書的四分之一是科舉考試參考書的必要條件。明代，在唐宋古文作家中，唯有蘇軾才是受到

---

① 臺灣"中央圖書館"編《"中央圖書館"善本序跋集録》。

特殊重視的人物。

萬曆二十六年(1598)與《坡仙集》同年刊行的福寧刊本、明錢士鰲選《蘇長公集選》二十二卷錢士鰲序①是這樣說的：

> 往不佞習舉子，諸嘗業舉子者輒稱蘇長公。不佞取世所傳論策等數十篇讀，洸洸漾漾，莫余逆已。稍稍見長公全集，則記頌小章俱入神品。及薄游北南，所遇無非長公者。談笑稗雜，往往成珠玉，集又不得稱全矣。蓋長公天才駿發，禪悅甚深，觸境成文，發音成趣。辟若風鳴萬木，波疊千純，奇姿妍狀，思慮所不能測，言語所不能形。竊自念言，與長公相知半生，尚不能窺其藩籬；而世腐儒小生輒舉一二論策爲便舉子，便以盡長公，公得無掩口胡盧而笑乎？因輯長公大小幾千篇，托友人何文叔校而刻之，俾世得繇以窺蘇長公之全，且謂長公之文有以進於舉子業也。時萬曆戊戌端陽日，書於福寧公署。

明代後期，與散文作家的崇高名聲一道，蘇軾在科舉場上也受到了帶有特權味道的重視。而這種重視，又是在明代思想史文學史走向重視情、肯定欲望這一過程中體現出來的。明代的心性發現了蘇軾的散文。

五、結　語

一般來説，人們往往在七子與反七子的脉絡中理解和叙述明代的文學史。不過，七子與王陽明生活在同一時代，其對情的高度評價成爲後來貫穿明代文學史的一種基調。李卓吾

---

① 臺灣"中央圖書館"編《"中央圖書館"善本序跋集録》。

與袁中郎的密切關係、他們對蘇軾的評價,都是在這種關係中浮現出來的。

在明代的後半期,社會面貌發生了很大變化,尤其是社會風氣的變化很大。而以全新的方式迎接時代的思想動向者,就是明末的特異的思想家李卓吾。這樣看的話,對蘇軾的評價的上揚,並不是李卓吾一人作用的結果,可以說是明代社會自身的變化呼喚出了蘇軾。不論是禪儒一致,還是對情的高度評價,原本都存在於蘇軾那裏,祇不過是明代社會發現了這些,並且加以放大和強調。一般說,與清朝的學問研究相比,明代的學問頗顯粗雜,對此,清朝的考證學者們評價不高。我們在讀蘇軾詩的時候,都要參照查慎行、馮應榴、王文誥的詳細的注釋以及傳記研究——清朝考證學的成果之一——來閱讀理解,就是例證。這時候,往往見不到明學的影子。但另一方面,明學所取得的蘇學的成果,比如全集的編纂、眾多古文選集的出版,也給予我們很大的恩惠,我們不能無視蘇學的這些貢獻。清朝考證學發現了蘇軾的詩,而明學則發現了蘇軾的文。與詩相比,明代蘇學把研究重點放在了文上,並且始終與科舉保持着密切關係,特別是在萬曆中期以後,獲得了長足的發展。

(潘世聖譯)

按 鑒 考

　　明代中期以後，以福建和南京的書肆爲中心，冠名"演義"的白話歷史小說紛紛出版。著名的《三國演義》就是其中的代表。在這些白話歷史小說中，有一些作品的題名中使用了"按鑒"一詞。例如倫敦英國博物院所藏《三國演義》的題名便是"新刻按鑒全像批評三國志傳"①。這裏，除新刻、全像、批評這些書肆常用的廣告宣傳性的詞語以外，還用了"按鑒"一詞，來夸示自己出版的書所具有的附加價值，但同時，它也有其他特定意義。首先，我們看一看當時具有代表性的白話歷史小說《三國演義》。《三國演義》的文本可以分爲若干系統，其中在使用"按鑒"一語的系統中，有以下一些版本②：

　　(1)《新刻按鑒全像批評三國志傳》，萬曆二十年(1591)余氏雙峰堂刊(京都建仁寺兩足院藏卷一至八、十九、二十，劍橋大學圖書館藏卷七、八，德國施德茨卡爾市柏倫別克州立圖書館藏卷九、十，牛津大學圖書館藏卷十一、十二，英國博物院藏卷十九、二十)。

---

① 柳存仁《倫敦所見中國小說書目提要》(北京，書目文獻出版社，1982年)。

② 據金文京《〈三國演義〉版木試探——以建安諸本爲中心》(《集刊東洋學》第六十一號，1989年5月)、上田望《〈三國演義〉版本試論——關於通俗小說的流傳的考察》(《東洋文化》第七十一號，1990年12月)。

　　(2)《新鍥京本校正通俗演義按鑒三國志傳》,萬曆三十
三年(1605)閩建鄭少垣聯輝堂三垣館刊(東京内閣文庫、名古
屋蓬左文庫、東京尊經閣、東京成簣堂藏)。

　　(3)《重刻京本通俗演義按鑒三國志傳》,萬曆三十八年
(1610)閩建楊春元閩齋刊(東京内閣文庫、京都大學文
學部藏)。

　　(4)《新鍥京本校正通俗演義按鑒三國志傳》,萬曆三十
九年(1611)閩書林鄭世容(雲林)刊(京都大學文學部藏)。

　　(5)《新鍥京本校正按鑒演義全像三國志傳》,明閩書林
熊冲宇種德堂刊(北京圖書館藏)。

　　(6)《新刻湯學士校正古本按鑒演義全像通俗三國志
傳》,江夏湯賓尹校正(北京圖書館藏)。

　　(7)《新刻按鑒演義全像三國英雄志傳》,萬曆間閩書林
楊美生刊(大谷大學圖書館藏)①。

　　(8)《新刻京本按鑒考訂通俗演義全像三國志傳》,天啓
間閩芝城潭邑黃正甫刊(北京圖書館藏)②。

　　(9)《新刻京本按鑒演義合像三國志傳》,明刊(天理圖書
館藏)。

　　據金文京氏的建安諸本研究③,在上述版本中④,(1)到

──────────

① 　《神田喜一郎博士寄贈圖書目録》(1988年,大谷大學圖書館)。
② 　孫楷第《中國通俗小説書目》(1982年,北京,人民文學出版社)。另,《北
　　京圖書館古籍善本書目》(1989年,漢城法仁文化社影印本)中爲:"新刻
　　考訂按鑒通俗演義全像三國志傳二十卷,元羅本撰,附録一卷,明天啓
　　三年黃正甫刻本。"
③ 　金文京《〈三國演義〉版木試探──以建安諸本爲中心》(《集刊東洋學》
　　第六十一號,1989年5月)。
④ 　除以上九種外,有關嘉靖二十七年(1548)序《新刊案鑒漢譜三國志傳繪
　　象足本大全》十卷(存卷三、十),藝光堂劉榮吾刊《精鐫按鑒(轉下頁注)

(6)屬"花關索"系版本,(7)到(9)屬"關索"系版本,兩個系統
各自具有一些共同的内容特徵①。具體説,在《三國演義》中,
有一種版本插入了與三國志本來的故事情節無關的關羽的兒
子關索的傳説,根據關索傳説的内容,《三國演義》的諸文本可
分爲幾個類型。不過,關於"按鑒"一語,"花關索"系版本和
"關索"系版本均有使用,所以這種分類没有太大的意義。更
值得注意的是,《三國演義》諸本中,祇有福建出版的二十卷本
《三國志傳》系統的文本可見"按鑒"一語②。那麽,這些文本
所使用的"按鑒"一語究竟是什麽意思呢?"鑒"首先令人想到
《資治通鑒》。《資治通鑒》二九四卷,宋司馬光(1019—1086)
撰,治平三年(1066)奉英宗之命,耗時十九載,於元豐七年
(1084)完成,依神宗"鑒往事,資治道"之宗旨而冠名"資治通
鑒"。《資治通鑒》採用編年體,上起戰國時代周威烈王二十三
年(BC403),下至五代後周世宗顯德六年(959),明萬曆二十
四年(1596)書林誠德堂熊清波刊《新刻京本補遺通俗演義三
國全傳》並非"按鑒"文本,其卷首明無名氏《重刻杭州考正三

(接上頁注)全像鼎峙三國志傳》二十卷、《二刻按鑒演義全像三國英雄志
傳》二十卷,分别在戴望舒《西班牙愛斯高里亞爾静院所藏中國小説戲曲》
(《小説戲曲論集》,作家出版社,1958年)、方彦壽《建陽劉氏刻書考(上)》
(《文獻》1982,2)及《北京圖書館古籍善本書目》中有所介紹,詳細内容待查。

① 上田望《〈三國演義〉版本試論——關於通俗小説的流傳的考察》(《東洋文
化》第七十一號,1990年12月)將前者稱爲"新閩本",而將後者稱爲
"舊閩本"。

② 上田望《〈三國演義〉版本試論——關於通俗小説的流傳的考察》中,將福建
出版的新閩本和舊閩本兩個系統統稱爲通俗文本或《三國志傳》係諸本(二
十卷本系統);而將現存最早文本:明嘉靖元年(1522)序《三國志通俗演義》、
萬曆中期南京及杭州出版的金陵萬卷樓周曰校刊《新刊校正古本大字音釋
三國志傳通俗演義》十二卷、武林夷白堂刊《新鐫通俗演義三國志傳》二十四
卷、明夏振宇刊《新刊校正古本大字音釋三國志傳通俗演義》十二卷,以及屬
該系統的文本稱爲文人文本或《三國志通俗演義》係諸本(二十四卷本系統)。

國志傳序》①中説道：

> 《三國志》一書，創自陳壽，厥後司馬文正公修《通
> 鑒》，以曹魏嗣漢爲正統，以蜀吳爲僭國，是非頗謬。迨紫
> 陽朱大了出，作《通鑒綱目》，繼《春秋》絶筆，始進蜀漢爲
> 正統，吳魏爲僭國，於人心正而大道明，則昭烈紹漢之意，
> 始暴白於天下矣。然因之有志不可汨没，羅貫中氏又編
> 爲通俗演義，使之明白易曉，而愚夫俗士亦庶幾知所講
> 讀焉。

司馬光的《資治通鑒》視曹氏的魏王朝爲正統，而《三國演
義》則以劉備所開創的蜀漢爲正統。因此，"按鑒"的"鑒"是指
朱熹的《資治通鑒綱目》，"按鑒"似可解爲"按照《資治通鑒綱
目》"。《資治通鑒綱目》五十九卷，係南宋哲學家朱熹撰，效司
馬光《資治通鑒》，仿《春秋》之體例，以重要事項爲"綱"，瑣細
事項爲"目"，試圖通過史實表現大義名分，屬於重視王朝正統
性的正統論立場。《三國演義》主要是講述蜀漢興亡，作爲史
書，自然要參考《資治通鑒綱目》。前出(1) 余象烏《題全像評
林三國志傳叙》②説：

> 以地言之，曹魏據北十之七，東吳據江奄有東南，漢
> 撫巴蜀偏安一隅。然以素王《春秋》推之，紫陽氏《綱目》
> 論之，昭烈當承正統，魏晋孫吳，漢之賊也。

表明他很重視朱熹的《資治通鑒綱目》。明代萬曆年間，以福
建爲中心出版的使用"按鑒"一語的《三國演義》諸本，也與朱

---

① 朱一玄、劉毓忱編《三國演義資料彙編》(1983 年，天津，百花文藝出版
社)所收。
② 據京都大學人文科學研究所所藏景照本。

熹的《資治通鑑綱目》直接有關①。

所謂"按鑑",究竟指的是什麼呢?在明萬曆十九年(1591)金陵周曰校刊《新刻校正古本大字音釋三國志通俗演義》(非"按鑑"文本)内封上方,有周曰校的識語②:

> 是書也,刻已數種,悉皆訛舛。輒購求古本,敦請名士,按鑑參考,再三讐校。俾句讀有圈點,難字有音注,地理有釋義,典故有考證,欠略有增補,節目有全像。

説的是,已往出版的各種文本錯誤頗多,自己彙集各種文本,延請名士精心校訂,修改錯誤,編纂了現在這一便利而精確的文本。這裏所説的"按鑑參考",是指仿效《資治通鑑綱目》,追求史實的真實嚴密。在這個意義上,此前的各種文本存在着缺少史實嚴密性的缺點,讀者們希望有更加忠於史實的《三國演義》。周曰校的校訂版就是適應這個要求而出版的。這一點同樣適用於所謂的"按鑑"文本。也就是説,"按鑑"文本,是以要求歷史小説應具有歷史真實性這樣一批讀者爲對象而出版的。當然,如果書肆所標榜的那些祇不過是一種自我宣傳的話,上述判斷就不再成立。這裏,我們祇是想在書肆與購買者的關係這個層面討論問題。事實上,即便使用了"按鑑"一詞,未必就等於忠於史實而排斥虛構。因爲,據説在《三國演義》諸本中,與南京、杭州、蘇州等地出版的文本相比,建安出版的文本通俗性比較强,對史書的引用也比較少,

---

① 小川環樹博士在《中國小説史研究》(1963年,東京,岩波書店)第一章附考二《關於〈三國演義〉所依據的史書》一文中,從素材論的角度論及《三國演義》的素材——《資治通鑑》和《資治通鑑綱目》,還探討了"按鑑"文本與《資治通鑑綱目》的關係。

② 據孫楷第《中國通俗小説書目》。

而虛構的部分則相對多一些。書肆冠名"按鑒",主要是出自
商業目的。另外,正像南京的周曰校以"按鑒參考"來標榜自
己出版的書一樣,其他地方也開始意識到出版具有史實性的
文本的重要性。總之,在明代後期,重視白話歷史小説的史實
性已成爲一種潮流,但建安的書肆對此並沒有採取實質性的
行動,他們僅僅做了一點表面文章,在書名中加入眩目的廣告
宣傳文句。這種做法後來成爲明末以後建安書肆走向衰落的
原因之一。

　　如果我們考察《三國演義》以外的白話歷史小説,會發現
將"按鑒"解釋爲"按《資治通鑒綱目》"其實也有不妥。東京内
閣文庫所藏、萬曆間福建建陽余氏三臺館刊《新刻按鑒演義全
像大宋中興岳王傳》八卷八十回就是一例。書名中的"岳王"
是指南宋初的英雄岳飛(1103—1141,字鵬舉),"大宋中興岳
王傳"意爲書是依據岳飛的事迹寫成的歷史小説。卷首所附
三臺館主人的序文裏也有"按通鑒綱目取義"①,可是,《資治
通鑒綱目》係效仿《資治通鑒》,祇寫到五代末期。因此,這裏
的"按鑒"不是《資治通鑒綱目》,而有可能是指明代成化年間
由商輅等奉敕撰的、接續朱熹《資治通鑒綱目》、叙寫宋元的
《續資治通鑒綱目》二十七卷。《續資治通鑒綱目》以元陳桱
《通鑒續編》二十四卷、明胡粹中《元史續編》十六卷爲藍本,成
化十二年(1476)完成並呈進朝廷②。可以説,"按鑒"不單指
朱熹的《資治通鑒綱目》,而是指以《資治通鑒綱目》及其續編
爲中心的通鑒綱目類的書物。

_____

① 據京都大學人文科學研究所所藏東京内閣文庫藏萬曆中三臺館刊本景
　照本。
② 《中國歷史大辭典·史學史卷》(1983年,上海辭書出版社)。

　　關於《三國演義》以外的"按鑒"文本,孫楷第《中國通俗小説書目》卷二清講史部①記録了下列文本:

　　(1)《按鑒演義帝王御世盤古至唐虞傳》二卷十四則,明書林余季岳刊木,明無名氏撰,明鍾惺編輯,明馮夢龍鑒定(東京內閣文庫)。

　　(2)《按鑒演義帝王御世有夏志傳》四卷十九則,明刊本,明無名氏撰,明鍾惺編輯,明馮夢龍鑒定(東京內閣文庫)。

　　(3)《按鑒演義帝王御世有商志傳》四卷,明無名氏撰,明鍾惺編輯,明馮夢龍鑒定。但明刊本所在不詳。

　　(4)《新刊按鑒編纂開闢衍繹通俗志傳》六卷八十回,明刊本,明周游撰,明王黌釋,明鍾惺評(北京圖書館)。

　　(5)《京本通俗演義按鑒全漢志傳》十二卷西漢六卷東漢六卷,明萬曆十六年(1588)清白堂楊氏刊,明熊大木撰(名古屋蓬左文庫)。

　　(6)《京板全像按鑒音釋兩漢開國中興傳志》六卷西漢四卷東漢二卷,明萬曆三十三年(1605)刊,不知撰人,黃化宇校正(名古屋蓬左文庫)。

　　(7)《新刻按鑒編集二十四帝通俗演義全漢志傳》十四卷,清寶華樓覆明三臺館本(北京大學圖書館)。

　　(8)《新刻按鑒演義全像唐書志傳》八卷,明余氏三臺館刊,余應鰲編次(東京宮內廳書陵部)。

　　(9)《全像按鑒演義南北兩宋志傳》二十卷,明建陽余氏三臺館刊,南宋題"陳繼儒編次",北宋不題撰人(東京內閣文庫)。

　　(10)《新刻按鑒演義全像大宋中興岳王傳》八卷,萬曆間

---

①　孫楷第《中國通俗小説書目》(1982年,北京,人民文學出版社)。

三臺館刊,題"紅雪山人余應鰲編次",實即熊大木所編(東京內閣文庫)。

另,最近被完整發現的有:

(11)《鼎鍥全像按鑒唐鍾馗全傳》四卷,明刊本,題"書林安正堂補正、後街劉雙松梓行"(静岡縣立中央圖書館。東京內閣文庫者不全)①。

封面有"按鑒"一語者中,有下例:

(12)《新刊京本春秋五霸七雄全像列國志傳》八卷二百三十四則,明萬曆三十四年(1606)三臺館余象斗刊,明余邵魚編集,余象斗評(名古屋蓬左文庫),封面題目爲粗體字:"按鑒演義全像列國評林",封面題記曰:"《列國》一書,乃先族叔翁余邵魚按鑒演義纂集。惟板一付,重刊數次,其板蒙舊。象斗校正重刻,全像批斷,以便海内君子一覽。買者須認雙峰堂爲記。余文臺識。"②

上述諸多文本中的"按鑒"一語具體指什麼,是一個需要仔細考察的問題。(5)(6)(7)(8)(9)所叙寫的時代與《資治通鑒綱目》相同,所以"按鑒"指的首先就是《資治通鑒綱目》,但其他版本則不同。關於(12),書中余邵魚序③説,"凡英君良將七雄五霸平生履歷,莫不謹按五經並《左傳》、《十七史綱目通鑒》、《戰國策》、《吴越春秋》等書而逐類分紀",顯示與以五經爲主的各種各樣的史書有關。因此"按鑒"的定義要比前述的範圍更寬泛。

前述的東京内閣文庫所藏《新刻按鑒演義全像大宋中興

①　磯部彰編《静岡縣立中央圖書館藏〈鼎鍥全像按鑒按鑒唐鍾馗全傳〉》(1991年,富山,明清出版機構研究會)。

②　據《列國志傳評林》(《古本小説叢刊》第六輯,1991年,北京,中華書局)。

③　同上注。

岳王傳》八卷、明萬曆間三臺館刊本卷一卷頭有"紅雪山人余應鼇編次,潭陽書林三臺館梓行"①,其實真正的編者是熊大木②,其藍本是東京內閣文庫所藏的明熊大木編《新刊大宋演義中興英烈傳》八卷(明萬曆三十一年(1603)楊氏清白堂刊)③。"按鑒"一語係余應鼇最初使用,但在考察"按鑒"文本時,熊大木也是一個不可忽略的人物。熊大木,號鍾谷、鍾谷子,福建建陽的書肆主人,生卒年不詳,嘉靖四十年(1561)左右在世④。他所編纂的白話歷史小説有《京本通俗演義按鑒前漢志傳》十二卷、《新刊參採史鑒唐書志傳通俗演義》八卷九十回⑤。後者爲明嘉靖三十二年(1553)楊氏清江堂刊,卷頭題有"金陵薛居士的本,鼇峰熊鍾谷編集"。題目中的"參採史鑒"與"按鑒"基本同義,均强調忠於史實。説到白話歷史小説,我們還可以舉出明建陽余氏三臺館刊《新刻全像按鑒演義南北兩宋志傳》、明金陵唐氏世德堂刊《新刊出像補訂參採史鑒南(北)宋志傳通俗演義題評》⑥這兩種文本。但在"按鑒"系文本,能够確知內容的最早文本還是熊大木編、嘉靖三十二

---

① 據京都大學人文科學研究所所藏東京內閣文庫藏萬曆中三臺館刊本景照本。
② 江蘇省社會科學院明清小説研究中心編《中國通俗小説總目提要》(1990 年,北京,中國文聯出版公司)。
③ 《改訂內閣文庫漢籍分類目録》(1971 年,東京,內閣文庫)。
④ 據江蘇省社會科學院明清小説研究中心編《中國通俗小説總目提要》。《古本小説叢刊》第四輯(1991 年,北京,中華書局)前言曰:"《唐書志傳通俗演義》八卷九十一節。明熊鍾谷編集。明嘉靖三十二年(1553)楊氏清江堂刊本。日本內閣文庫藏……卷一題'金陵薛居士的本,鼇峰後人熊鍾谷編集',熊鍾谷係明代福建建陽著名的刻書家。《潭陽熊氏宗譜》中的熊福鎮,號鍾谷,應即其人。'鼇峰'則指其曾祖熊本立創建的鼇峰書院。"
⑤ 《改訂內閣文庫漢籍分類目録》(1971 年,東京,內閣文庫)。
⑥ 均據《改訂內閣文庫漢籍分類目録》。

年(1553)楊氏清江堂刊《新刊參採史鑒唐書志傳通俗演義》八卷九十回。該書所附嘉靖三十二年(1553)江南散人李大年《唐書演義序》①説：

> 《唐書演義》，書林熊子鍾谷編集。書成以視，余逐首末閲之，似有紊亂《通鑒綱目》之非。人或曰，若然則是書不足以行世矣。余又曰，雖出其一臆之見，於坊間《三國》、《水滸傳》相仿，未必無可取。且詞話中，詩詞檄書頗據文理，使俗人騷客披之，自亦得諸歡慕。豈以其全謬而忽之耶？惜乎全文有欠歷年實迹，未克顯明其事實，致善觀是書者見哂焉。或人諾吾言而退。余曰，使再會熊子，雖以歷年事實告之，使其勤渠於斯，迄於五代而止。誠所幸矣。因援筆識之，以俟知者。

與其他“按鑒”文本一樣，《唐書演義》也受到朱子學歷史觀的重重束縛。朱熹的《資治通鑒綱目》對當時的白話歷史小説來説，具有至高無上的意義。“歷年實迹”、“歷年事實”記述的都是歷史史實本身以及它們發生的年月日。按照朱子學的要求，《唐書演義》自然必須嚴格遵循歷史事實，即“參採史鑒”。含有“參採史鑒”的“按鑒”諸文本所追求的，一是朱子學的正統論，二是非虛構的、過去的收束於某一特定的歷史時空的史實。在《新刊參採史鑒唐書志傳通俗演義》中，它採取了以下形式：卷一卷頭首先説明書中所寫“起自隋煬帝大業十三年，迄於隋恭帝義寧二年，首尾共二年事實”，確定該卷要叙述的史實的年代，再加上“按唐書實史節目”一句，附上小標題，

---

① 據京都大學人文科學研究所所藏東京內閣文庫藏萬曆中三臺館刊本景照本。

進入正文,每卷都採取同一形式。

　　熊大木編《新刊大宋演義中興英烈傳》也採取了這種形式。東京内閣文庫所藏《新刊大宋演義中興英烈傳》八卷文本,卷一卷頭題有"鰲峰熊大木編輯,書林清白堂刊行",並附嘉靖三十一年(1552)熊大木的序文《序武穆王演義》①。與前述《新刊參採史鑒唐書志傳通俗演義》相同,卷一卷頭先寫"起靖康元年丙午歲,止建炎元年丁未歲,首尾凡一年事實",確定年代,以"按宋史本傳節目"轉承,附小標題進入本文,每卷取同一形式。與其他文本不同,該書在本文中另起段落,插入"按通鑒"、"綱目斷云"、"宋鑒斷曰"、"史評曰"、"評曰"、"斷云"、"斷曰"等評語。通過檢點這些評語可以了解熊大木在編輯該文本時參考了哪些史書。除部分評語的出典還不能確定之外,判明者如下:卷一的"綱目斷云,劉韐死義……"出自明周禮《續資治通鑒綱目發明》卷十一②;卷二的"宋鑒斷曰,自綱之入爲右僕射也……"來自明商輅等《續資治通鑒綱目》卷十一③所引宋呂中④之語,但明袁黄《鼎鍥趙田了凡袁先生編纂古本歷史大方綱鑒補》⑤卷三十三則認爲是宋李燾⑥之語;

---

① 《明清善本小説叢刊初編》第十四輯岳武穆精忠演義專輯《新鐫大宋中興通俗演義》(臺北,天一出版社)。

② 據鹿兒島大學附屬圖書館玉里文庫所藏《資治通鑒綱目全書》(德島府學藏版)所收本。

③ 同上注。

④ 呂中,字時可,泉州晋江人。淳祐七年(1247)進士。著有《大事記講義》二十三卷。

⑤ 據鹿兒島大學附屬圖書館玉里文庫所藏寬文三年野田莊右衛門等刊本。

⑥ 李燾(1115—1184),字仁甫,一字子真,號巽岩,丹稜人。紹興八年(1138)進士。南宋的代表性歷史學家,著有史評《六朝通鑒博議》十卷。

卷三的"史評曰,高宗惑於汪黄和議之説……"乃源於明許浩①之語(明袁黄《鼎鍥趙田了凡袁先生編纂古本歷史大方綱鑒補》卷三十三以"許浩曰"的形式引之);卷六的"斷云,觀熹所奏之言……"出自明張時泰《續資治通鑒綱目廣義》②卷十四;"綱目斷云,大抵人徒知劉錡順昌之捷……"也出自同處;"斷云,是時金虜渝盟……"係據明周禮《續資治通鑒綱目發明》卷十四;卷七的"斷云,嗚呼,宋事至此,浸不可爲矣……"來自明周禮《續資治通鑒綱目發明》卷十四;"斷曰,諸將不協……"則據明張時泰《續資治通鑒綱目廣義》卷十四;"綱目斷云,金人所忌者惟飛……"亦來自於明周禮《續資治通鑒綱目發明》卷十四;卷八的"斷云,按綱目直書行人洪皓……"也源於明周禮《續資治通鑒綱目發明》卷十四。

通過書的序文可知,明張時泰《續資治通鑒綱目廣義》二十七卷,於弘治元年(1488)八月十三日進呈朝廷,明周禮《續資治通鑒綱目發明》二十七卷則是弘治十一年(1498)八月十日③。對明代白話歷史小説來説,周禮是一個十分重要的人物,他的詩有七十幾首被《三國演義》的周曰校本及《三國志傳》系諸本所引用④。此外,《新刊大宋演義中興英烈傳》也頻頻引用他的史論,可見當時他的書是如何暢銷。《增廣事類氏

---

① 許浩,字復齋,余姚人。弘治年間以貢生身分任桐城縣教諭。有史評《宋史闡幽》一卷。

② 鹿兒島大學附屬圖書館玉里文庫所藏《資治通鑒綱目全書》(德島府學藏版)所收本。

③ 據鹿兒島大學附屬圖書館玉里文庫所藏《資治通鑒綱目全書》(德島府學藏版)所收張時泰《進續資治通鑒綱目廣義表》、周禮《進續資治通鑒綱目發明表》。

④ 劉修業《古典小説戲曲叢考》(1958年,北京,作家出版社)所收《新刻按鑒全像批評三國志傳》。

族大全》的《皇明人文》卷十八隱居静軒中有他的傳記①：

> 周禮字德恭，餘杭縣人。幼習舉業，累科不第。遂隱
> 居，以著述爲事。已而援例賜其冠帶榮身，自號其所居静
> 軒。嘗著有《通鑒外紀論斷》、《朱子綱目折衷》及《族編綱
> 目發明》、《秉燭清談》等書行世。

由此可知，呈進《續資治通鑒綱目發明》時，周禮係"浙江
杭州府餘杭縣儒學增廣生員"。

如上所見，熊大木編《新刊大宋演義中興英烈傳》雖未冠
名"按鑒"，但却非常重視歷史的真實性，這顯然與《資治通鑒
綱目》類史書的影響有關。該書的凡例②説"句法龐俗，言辭
俚野，本以便愚庸觀覽，非敢望於賢君子也耶"，但它同純粹的
口頭文藝——説書講史的世界，與允許超出歷史事實、自由虛
構的世界明顯不同。在"按鑒"諸文本中，熊大木編輯或參與
編輯的書，都是相當出色的。

那麽，爲什麽會出現使用"按鑒"或"參採史鑒"這些宣傳
文句的文本？其實，書肆在書名中加入"按鑒"、"參採史鑒"，
而這些廣告宣傳文句也發揮了作用這一事實本身，反映了讀
者要求歷史故事應該講究歷史的嚴密性。本來，故事作爲一
種虛構文藝，可以不需介意歷史真實性這樣的問題。但在歷
史故事的領域中，史實性、正統性的問題受到重視，"按鑒"文
本出現並成爲一種流行，促使各種各樣的"按鑒"文本誕生。
這一現象反映了讀者要求歷史小説要講史實性，而歷史故事
也反映和適應着讀者。本來，歷史故事有着口頭文藝的傳統，

----

① 劉修業《古典小説戲曲叢考》中引。
② 據《明清善本小説叢刊初編》第十四輯岳武穆精忠演義專輯《新鐫大宋
中興通俗演義》(臺北，天一出版社)。

但後來逐漸趨向文字化、出版化,與此同時,其讀者也移向識字階層。於是,它必須按照識字階層的要求,跨過按鑒這一關。

至於歷史故事的讀者,即識字階層,主要是伴隨科舉考試制度而形成的科舉官僚階層及其後備軍——科舉考生這一群體。科舉考試制度要求他們具備作爲中國知識人所應有的教養,而這種教養包括了,具有有關過去的歷史史實的正確而正統的——即具有朱子學正統性的——知識。因此,明代中期以後,爲了適應科舉考生的需要,或將《資治通鑒》及《資治通鑒綱目》簡略化,或將其組合,編成通俗的科舉參考書,並且大量出版①。

以下,我們按時代順序,列出杜信孚《明代版刻綜録》②中與《資治通鑒》《資治通鑒綱目》有關的部分書目:

洪武(1368—1398)

1. 資治通鑒綱目集覽五九卷　元王幼學撰　洪武二一年(1388)梅溪書院刊

2. 資治通鑒綱目發明五九卷　元尹起莘發明　洪武二一年(1388)建安書堂刊

宣德(1426—1435)

3. 通鑒節要五〇卷　宋江贄撰　宣德三年(1428)建陽書林劉君佐翠岩精舍刊

---

① 關於明代白話歷史小説與通俗歷史書的關係,中川諭《〈三國演義〉版本研究——毛宗崗本的成立過程》(《集刊東洋學》第六十一輯,1989年9月)一文中有所提及。中川諭(1964—),日本漢學家,文學博士,新潟大學副教授,著有《三國演義人名索引》(1987)、《三國演義版本的研究》(1998)等。

② 杜信孚纂輯《明代版刻綜録》(1983年,揚州,江蘇廣陵古籍刻印社)。

4. 通鑒綱目集覽正誤二卷　明陳濟撰　宣德四年(1429)張輔刊

正統(1436—1449)

5. 歷代通鑒纂要九二卷　明李東陽撰　正統二年(1437)司禮監刊

景泰(1450—1456)

6. 資治通鑒綱目集覽五九卷　元丁幼學撰　景泰元年(1450)建陽書林魏氏仁實書堂刊

7. 增修附注資治通鑒節要續編三〇卷　明張光啓撰景泰三年(1452)善敬堂刊

天順(1457—1464)

8. 宋史全文續資治通鑒三六卷　天順游明刊

成化(1465—1487)

9. 新刊紫陽朱子綱目大全五九卷　宋尹起莘發明　元汪考寶考實　明陳濟正誤　成化七年(1471)建陽書林楊江清江書堂刊

10. 資治通鑒綱目五九卷　宋朱熹撰　續資治通鑒綱目二七卷　明商輅撰　成化一二年(1476)內府刊

11. 增修附注資治通鑒節要統編三〇卷　明張光啓撰成化二〇年(1484)尊德書堂刊

弘治(1488—1505)

12. 少微通鑒節要五六卷外編四卷　宋江贄撰　弘治二年(1489)羅祥刊

13. 資治通鑒節要續編三〇卷　元劉用章輯　弘治一〇年(1397)建陽書林楊江清江書堂刊

14. 資治通鑒綱目五九卷　宋朱熹撰　元尹起莘發明元汪克寬考異　弘治一一年(1498)莆田黃仲昭刊

15. 資治通鑒綱目五九卷　宋朱熹撰　弘治一一年(1498)建陽書林劉洪慎獨齋刊

16. 新集分類通鑒不分卷　弘治一二年(1499)施盤刊

17. 新刊通鑒一勻史意二卷　弘治　乙年(1504)建陽書林劉錦文日新書堂刊

18. 資治通鑒綱目五九卷凡例一卷　宋朱熹撰　元尹起莘發明　弘治建陽書林劉錦文日新書堂刊

正德(1506—1521)

19. 資治通鑒節要五九卷　宋江贄撰　正德四年(1509)建陽書林劉洪慎獨齋刊

20. 資治通鑒節要續編五九卷　明張光啓撰　正德九年(1514)司禮監刊

21. 少微通鑒節要五〇卷續編五九卷外紀 4 卷　宋江贄撰　正德九午(1514)司禮監刊

22. 十七史詳解二六三卷　宋呂祖謙編　正德一三年(1518)建陽書林劉洪慎獨齋刊

23. 歷代通鑒纂要五九卷　明李東陽撰　正德一四年(1519)建陽書林劉洪慎獨齋刊

24. 歷代通鑒纂要五九卷　明李東陽撰　正德內府刊

嘉靖(1513—1566)

25. 續編資治宋元綱目大全二七卷　明商輅撰　嘉靖一〇年(1531)建陽書林楊江清江書堂刊

26. 十九史略大全一一卷　明劉剡編　嘉靖一二年(1533)至善書堂刊

27. 資治通鑒綱目五九卷　宋朱熹撰　嘉靖一三年(1534)江西按察司刊

28. 新刊資治通鑒漢唐綱目經史品藻一二卷　宋元綱目

經史品藻五卷　明戴璟撰　嘉靖一五年(1536)建陽書林楊江清江書堂刊

29. 新編漢唐通鑒品藻三〇卷　明劉璟撰　嘉靖一七年(1538)西安府刊

30. 資治通鑒二九四卷　宋司馬光撰　嘉靖二三年(1544)陳一貫刊

31. 資治通鑒二九四卷　宋司馬光撰　嘉靖二四年(1545)孔天胤刊

32. 資治通鑒考異三〇卷　宋司馬光撰　嘉靖二四年(1545)孔天胤刊

33. 少微先生資治通鑒節要五〇卷外紀節要五卷　宋江贄輯　嘉靖三二年(1553)建陽書林詹長卿就正齋刊

34. 新鍥官版音釋標題皇明通紀一〇卷　皇明續紀三卷　明陳建輯　明卜大有續輯　嘉靖三四年(1555)摘星樓刊

35. 新刊校正皇明資治通紀一四卷　明陳建撰　嘉靖三四年(1555)陳建刊

36. 資治通鑒綱目五九卷　宋朱熹撰　嘉靖三五年(1556)趙府居敬堂刊

37. 新刊憲臺考正少微通鑒全編二〇卷　宋元通鑒全編二一卷　宋江贄撰　嘉靖三八年(1559)程秀民刊

38. 新刊憲臺考正少微通鑒全編五九卷外紀二卷　宋江贄輯　嘉靖三八年(1559)開州吉澄刊

39. 新刊校正古本歷史大方通鑒二〇卷　嘉靖三八年(1559)羊城書林周時泰博古堂刊

40. 通鑒彙鑰一〇卷　嘉靖三九年(1560)鯔溪書堂刊

41. 續資治通鑒綱目二七卷　明商輅撰　嘉靖三九年(1560)建陽書林楊先春歸仁齋刊

42. 通鑒續編二四卷　明陳桱撰　嘉靖四一年(1562)建陽書林張氏新賢堂刊

43. 重刊通鑒集要二八卷　明諸燮撰　嘉靖四三年(1564)譚準刊

44. 資治通鑒綱目集説五九卷前編二卷　明扶安輯　嘉靖雲宏刊

隆慶(1567—1572)

45. 十七史詳節二六三卷　宋呂祖謙編　隆慶四年(1570)陝西布政使刊

萬曆(1573—1620)

46. 通鑒纂要鈔狐白六卷　明顧克輯　萬曆元年(1573)建陽書林余紹崖自新齋刊

47. 新刻史綱歷代君斷六卷　明李備編　萬曆四年(1576)福建朱仁儆刊

48. 王鳳洲先生會纂綱鑒歷朝正史全編二二卷　明王世貞纂　萬曆一八年(1590)建陽書林余德彰萃慶堂刊

49. 通鑒綱目全書一〇五卷　萬曆二〇年(1592)建陽書林楊先春歸仁齋刊

50. 通鑒綱目全書一〇八卷　萬曆二一年(1593)蜀府刊

51. 續資治通鑒綱目二七卷　明商輅撰　萬曆二一年(1593)建陽書林楊先春歸仁齋刊

52. 通鑒總類二〇卷　宋沈樞撰　萬曆二三年(1595)孫隆刊

53. 通鑒總類二〇卷　宋沈樞撰　萬曆二三年(1595)司禮監刊

54. 新刊補遺標題論策指南綱鑒纂要二〇卷　明余有丁撰　萬曆二七年(1599)建陽書林余良木自新齋刊

55. 新刻九我李太史編纂古本歷史大方綱鑒三九卷首一卷　明李廷機輯　萬曆二八年(1600)建陽書林余象斗雙峰堂刊

56. 續資治通鑒綱目二七卷　明商輅撰　萬曆二八年(1600)山陰朱變元刊

57. 資治通鑒綱目五九卷　宋朱熹撰　萬曆二八年(1600)山陰朱變元刊

58. 鼎鍥纂補標題論策表綱鑒正要精抄二〇卷　明馮琦撰　萬曆三四年(1606)建陽書林鄭純鎬刊

59. 鼎鍥趙田了凡袁先生編纂古本歷史大方綱鑒補三九卷　明袁黃編　萬曆三四年(1606)建陽書林余象斗雙峰堂刊

60. 新刊翰林考正綱目通鑒玉臺青史一七卷　明汪旦輯　萬曆三四年(1606)瀛洲館刊

61. 通鑒紀事本末四二卷　宋袁樞撰　萬曆三四年(1606)黃吉士刊

62. 新刻精纂注釋歷史標題通鑒捷旨六卷　萬曆三五年(1607)建陽書林詹氏進賢堂刊

63. 通鑒紀事本末前編一二卷　明沈朝陽編　萬曆四五年(1617)唐世濟刊

64. 鼎鍥葉太史彙纂玉堂綱鑒七二卷　明葉向高撰　萬曆建陽書林熊冲宇種德堂刊

65. 資治通鑒發明五九卷　宋尹起莘撰　萬曆司禮監刊

66. 新刊晦軒林先生類纂古今名家史綱疑弁四卷　明林有望輯　萬曆金陵書林饒仁卿刊

67. 新鐫了凡家傳利用舉業史記方潤五卷　明袁黃注　萬曆王養虛二酉齋刊

68. 新鍥鈔評校正標題皇明資治通紀一二卷　明陳建撰

萬曆建陽書林余成章刊

69. 新鐫編類古今史鑒故事大全一〇卷　明葉向高撰
萬曆建陽書林余成章刊

70. 新編漢唐綱目群史品藻三〇卷　明戴璟撰　萬曆建
陽書林劉氏安正堂刊

71. 新刊通鑒綱目五九卷　宋朱熹撰　明南軒編　續編
二七卷　明商輅編　萬曆金陵書林唐翀宇刊

72. 新鐫通鑒集要一〇卷　明諸燮撰　萬曆常州書林何
敬塘刊

73. 通鑒紀事本末四二卷　宋袁樞撰　萬曆李栻刊

74. 皇明資治通紀三〇卷　明陳建編　萬曆秀水沈國元
大來堂刊

75. 重刻翰林校正資治通鑒大全二〇卷　明唐順之刪正
明張謙厘正

76. 文公先生資治通鑒綱目五九卷　宋尹起莘發明　元
汪克寬考異　元王幼學集覽　明陳濟正誤　萬曆建安書林劉
寬裕刊

77. 綱目集略五卷　明王繼祖編　萬曆王繼祖刊

78. 綱鑒標題四卷　明湯賓尹撰　萬曆廣及堂刊

79. 資治通鑒二九四卷　宋司馬光撰　萬曆吳中珩刊

80. 新刊憲臺考正宋元通鑒全編二〇卷外紀二卷總論一
卷　宋江贄撰　萬曆徐元太刊

81. 春秋全傳綱目定注三〇卷　明李延梧撰　萬曆潭陽
書林楊日彩刊

82. 宋元通鑒一五七卷　明薛應旂撰　萬曆王道行刊
天啓(1621—1627)

83. 資治通鑒二九四卷　目録三〇卷　釋文弁誤一二卷

宋司馬光撰　元胡三省注　甲子會紀五卷　明薛應旂撰
天啓五年(1625)陳仁錫閱帆堂刊

84. 宋元通鑒一五七卷　明薛應旂撰　天啓陳仁錫刊

85. 綱鑒匯編九一卷　總論一卷　明喬承詔編　天啓喬
承詔刊

崇禎(1628—1644)

86. 資治通鑒大全四三一卷　明陳仁錫輯　崇禎二年
(1629)吳縣書林大歡堂刊

87. 通鑒直解二五卷　明張居正撰　崇禎四年(1631)高
兆麟刊

88. 資治通鑒二九四卷　宋司馬光撰　元胡三省注　崇
禎一〇年(1637)路進刊

89. 陸狀元增節音注資治通鑒一二〇卷　宋陸唐老集注
明毛晉訂正　崇禎毛氏汲古閣刊

90. 通鑒集要一〇卷　明諸爕輯　崇禎建陽書林鄭雲齋
寶善堂刊

91. 通鑒紀略一〇卷　明舒弘諤撰　崇禎書林種秀堂刊

92. 通鑒紀事本末四二卷　宋袁樞撰　崇禎婁東張溥刊

93. 通鑒全史匯編歷朝傳統録八卷　明劉綦輯　崇禎程
維培刊

94. 增定資治通鑒前編一八卷　舉要二卷　宋金履祥撰
元陳桱續　崇禎路進刊

95. 皇明通紀輯要二四卷　明陳建輯　明馬晉允增訂
崇禎寶日堂刊

96. 宋元通鑒一五七卷　明薛應旂撰　崇禎吳縣書林大
觀堂刊

通過以上這個書目,可知有關《資治通鑒》、《資治通鑒綱

目》的書物竟出版了如此之多。所以要判斷"按鑒"文本所依
據的是上邊的哪一種,的確不是容易的事,更何況,"按鑒"文
本的某一内容常常可見於數種通鑒系書物。

在上述《資治通鑒》、《資治通鑒綱目》系的書物中,冠名
"綱鑒"、集《資治通鑒》和《資治通鑒綱目》於一體的書物的出
現尤其重要。《欽定四庫全書總目》卷四十八史部編年類存
目①曾舉出"《綱鑒正史約》三十六卷,明顧錫疇撰"爲例:

> 是書編年記載,於歷代故實粗存梗概。蓋鄉塾課蒙
> 之本。至"綱鑒"之名,於《綱目》、《通鑒》各摘一字稱之,
> 又顛倒二書之世次,尤沿坊刻陋習也。

在卷末也講道:

> 案《綱鑒正史約》之類,坊刻陋本,不足以言史矣。然
> 五經四書講章,雖極陋劣,不能不謂之經解也。故亦附存
> 其目。此類至夥,姑就所見者載之,如經書講章例。

從四庫館臣的角度來看,這種書與經書講章一樣,也許是
不值一顧,但從它的出版數量、它所影響的人群,以及明代後
期白話歷史小説的讀者群來考慮的話,實在是不可忽視的。
雖然四庫館臣把《綱鑒正史約》稱作"鄉塾課蒙之本",但《綱
鑒》仍屬科舉考試參考書。明萬曆間刻、蘇浚編《歷朝紀要綱
鑒》二十卷的王佐序②説:

> 《綱鑒》一書,坊間混刻多矣。其間綱目不備,旨意不
> 詳,乃發蒙之病也。今紫溪蘇先生留意刪補,綱鑒全備,

---

① 《四庫全書總目》(1981年,北京,中華書局影印)。
② 王重民《中國善本書提要》(1983年,上海古籍出版社)史部編年類《歷朝
   紀要綱鑒》二十卷條引。

標題旨意精詳,以爲擧業一助云。

此外,署袁黄(明代後期人,以著《陰騭録》有名)之名的《鼎鍥趙田了凡袁先生編纂古本歷史大方綱鑒補》①三十九卷的凡例曰:

> 綱鑒二書,古未有合編者。合之,自荆川唐老師始。
> 總之,爲擧業家祈捷徑也。

這裏説合編"綱鑒二書",始於明代中期著名古文家唐順之(1507—1560,字應德,號荆川,武進人),但唐順之是否果真編有那樣的著作還是疑問②。況且這《鼎鍥趙田了凡袁先生編纂古本歷史大方綱鑒補》自身似乎還是僞托袁黄所作,他説的這些大概也是用於裝潢門面的。總而言之,《綱鑒》這類便利的書物的確是作爲科擧考試參考書編纂出版的。我們通過王重民氏的研究③,看一看通鑒俗書出版的情況。首先是北宋司馬光的《資治通鑒》二百九十四卷,因爲部頭太大,出版後人們就希望能出版簡易文本④。從南宋到元代流行的通鑒俗書中,有一本叫《增修陸狀元集百家注資治通鑒詳節》百二十卷。陸狀元即陸唐老,會稽人。《四庫

---

① 據鹿兒島大學附屬圖書館玉里文庫所藏寬文三年野田莊右衛門等刊本。

② 王重民《中國善本書提要》之史部編年類中,收録有《重刻翰林校正少微通鑒大全二十卷首二卷》(北京圖書館藏)明書林劉蓮臺刻本,原題"賜進士第題翰林院編修直隸毗陵荆川唐順之删定,賜進士第福建按察司廉使慈溪鄮西張謙校正,書林劉大茂刊行",此處似指該書。

③ 據王重民《中國善本書提要》史部編年類。

④ 《遺山先生文集》卷三十六《集諸家通鑒節要序》曰"(司馬温)公既爲成書上之,復自爲通鑒詳節傳於世者,獨何歟?其後吕(祖謙)、陳、王、陸(唐老)諸人,亦皆以公例爲之"(1979年,臺灣商務印書館影印《四部叢刊正編》所收本)。

提要》①中這樣説：

　　皆於司馬光書内鈔其可備科舉策論之用者，間有音
注。然淺陋頗甚，亦寥寥不詳。

　　宣德間所刊《少微家塾點校附音通鑒節要》三十卷，幾乎
全是依據《增修陸狀元集百家注資治通鑒詳節》，但在内容的
量上，壓縮删略到原書的大約五分之一。有人説《少微家塾點
校附音通鑒節要》係宋江贄(字叔圭，號少微先生，崇安人)所
撰，其實是明鄱陽的王逢與其門人——京兆的劉剡所編。該
文本抑或依據該文本於正德四年(1509)再加增注校正、劉吉
作序的《新刊古本少微先生資治通鑒節要》五十卷、《少微先生
資治通鑒外紀節要》五卷，爲武宗正德帝見到，於是，在正德年
間，附正德九年(1514)御制序，由司禮監出版。這便是《少微
通鑒節要》五十卷和《少微通鑒外紀》四卷。在司禮監本基礎
上施加增注增評的文本，便是福建監察御史吉澄校正、嘉靖三
十八年(1559)福建監察御史樊獻科序《新刊憲臺考正少微通
鑒全編》二十卷卷首《外紀》二卷《宋元通鑒全編》二十一卷。
該文本首次加上了周禮(號静軒)的評。爲吉澄本加丁南
湖②、陳四明③諸家評語的是明萬曆間閩建陽書林余象斗刊
《新刻九我李太史校正古本歷史大方通鑒》二十卷卷首一卷。
此外，萬曆二十八年(1600)李廷機序、閩建陽書林余象斗刊
《新刻九我李太史編纂古本歷史大方綱鑒》三十九卷卷首一

①　《四庫全書總目》卷四十八史部編年類存目《增節音注資治通鑒一百二
　　十卷》條。
②　丁奉，字獻之，號南湖，常熟人。正德三年(1508)進士，著有《通鑒簡要
　　論斷》。
③　陳樫，字子樫，奉化人。著有《通鑒續編》二十四卷。

卷,無論在內容還是在文字上均與前者相同。又,前者不用外紀、正編、續編①這樣的體例,而完全合爲一體。相當於該文本的翻刻的,是萬曆三十八年(1610)韓敬序閩建陽書林余象斗刊《鼎鍥趙田了凡袁先生編纂古本歷史大方綱鑒補》三十九卷卷首一卷。就是說,余象斗是將同一內容的書改名後三度出版,這反映了余氏濃重的商業意識。形式與內容相乖離的"按鑒"文本的出版也處於這條延長綫上。王重民氏在崇禎十五年(1642)黃道周序《綱鑒統一》三十九卷《論題》二卷條處批有②:

> 按此類《綱鑒》之纂修、評注方面,在嘉靖萬曆期間,由簡而繁,萬曆末年達於頂點。天啓崇禎又由繁而簡。此本正文接近余象斗刊本,而諸家評論多被刪削,或改爲著者按語。

從南宋至明萬曆年間,作爲《資治通鑒》簡縮本的通鑒俗書一直都是採取簡縮正文、增加評注的方式,性質屬於科舉考試參考;其最終形態則是"綱鑒"這種非常便利的文本。

明代中期以後,號稱"按鑒"的白話歷史小説數量繁多,其出版尤以福建爲中心。在廣義上,"按鑒"一語似乎來自於《資治通鑒》系史書,實際上其本質意義乃源於以朱熹《資治通鑒

---

① 《資治通鑒節要》寫到五代,其後的宋元的歷史,由宣德四年(1429)張光啓序京兆劉剡編輯《增修附注資治通鑒節要續編》三十卷續寫。此文本中,《宋紀》部分依據明陳桱《通鑒續編》二十四卷,《元紀》部分依據明張九韶《元史節要》十四卷刪略而成。至於劉剡其人,張光啓序有曰"書林君子劉剡",可見劉剡係書肆經營者。該文本被正德間司禮監刊《資治通鑒節要續編》三十卷全文收用;嘉靖間刊《新刊憲臺考正宋元通鑒全編》二十一卷、即吉澄本則大幅度施加了評語注語。

② 王重民《中國善本書提要》史部編年類。

綱目》爲中心的《通鑒綱目》系書物。因爲這些白話歷史小説
的讀者均持有朱子學的正統論歷史觀,他們對白話歷史小説
的要求是史實的正確而不是虛構性。換言之,這些白話歷史
小説的讀者就是伴隨科舉考試制度而產生的科舉官僚階層及
其後備軍——科舉考生們。而當時在出版界,"綱鑒"所代表
的科舉參考書——通俗通鑒系書物的出版是一片盛況。部分
白話歷史小説所附評語來自於通俗通鑒系書物這一事實,使
人想到當時的白話歷史小説和通俗通鑒系書物之間的中
介——出版這兩類書的書肆與讀者層即士大夫階層之間的密
切聯繫。不過,建安的書肆沒有很好滿足讀者對於史實性的
要求,他們出版的不過是形式與内容相乖離的"按鑒"文本。
對史實性的重視意味着,在歷史故事逐漸脱離口頭文藝,實現
文字化,擴大讀者層的階段,其文藝的場必定會發生轉換。具
有諷刺意味的是,"按鑒"文本恰恰證明了建安書肆沒能很好
地適應時代的變化。至於按鑒文本的史實性,其實是朱子學
正統論範疇中的史實性,它間接地顯示了科舉制度對文學的
影響。

(潘世聖譯)

琉球詩課與試帖詩

一、《琉球試課》

　　清朝後期，在北京出版過一些琉球人的詩集，其中有四卷本和二卷本的《琉球試課》兩種①。所謂"試課"，是指科舉試驗所要求的、在排律上講求五言八韵的特殊形式的詩，也叫試帖詩或賦得詩。那麼，琉球人爲什麼會在北京出版這種與中國科舉制度密切相關的詩集呢？讓我們從梳理試帖詩的歷史開始，來考察這個問題吧。

　　四卷本選集《琉球試課》收集了四位時爲北京國子監官生的琉球人所作的試帖詩。這四人分別是阮宣詔、鄭學楷、向克秀和東國興。據《琉球試課》所附的小序介紹，阮宣詔，字勤院，琉球國久米村人，當時的官職爲里之子，國子監肄業官生；鄭學楷，字以宏，琉球國久米村人，當時的官職爲里之子，國子監肄業官生；向克秀，字朝儀，琉球國首里人，官職也是里之子，國子監肄業官生；東國興，字子祥，號愚山，琉球國首里人，官職里之子，國子監肄業官生。

① 參照高津孝、榮野川敦編《琉球列島宗教關係資料漢籍調查目録》（1994年，宜野灣，榕樹社）。引用據冲繩縣立圖書館東恩納文庫所藏本。又，在四卷本、二卷本《琉球詩課》以外，收録試帖詩以外的詩的四卷本、二卷本《琉球詩録》也同時刊行。

四卷本《琉球試課》所附道光二十四年(1844)孫衣言序這樣寫道:

> 聞之琉球諸生云,其國先無試帖詩,乾嘉以來乃盛行,至以之取士。其慕效華風之誠,如此可嘉也。諸弟子始入學,即請爲此等詩。予亦如其意授之。始不無粗疏謬戾之患,久則斐然可誦矣。其勤焉而有進,尤可喜也。今中國之制,自府州縣至於殿廷諸考試,往往兼有八韵詩。蓋以性情之淳薄、趨向之邪正,於詩見之尤易也。然優游詩書之教,以冶其性情,往復古今之變,以定其趨向者,蓋先有事焉。諸生其勤乎哉。道光甲辰季冬孫衣言序。

序文作者孫衣言(1814—1890),字劭聞,號琴西,浙江瑞安人①。道光三十年(1850)考中進士,被選爲庶吉士。咸豐年初,任編修,入上書房,被拔擢爲侍講,官至太僕寺卿。其學問依尊宋儒,文學則遵守桐城派的古文理論,亦學司馬遷、班固、韓愈、歐陽修。詩喜黃庭堅,詞嗜蘇軾、辛棄疾。與俞樾關係頗親,又同爲祁寯藻門下。其人尊鄉里先學,草《永嘉學案》以補《宋元學案》之不備,收集逸聞,編纂《永嘉集內外編》,又刊行《陳子齋集》、《葉水心集》。其校勘以精密聞名。自著有《甌海軼聞》、《遜學齋詩文鈔》。清朝考古學的最後一位大學者孫詒讓便是他的兒子②。

道光二十四年寫這篇序文時,孫衣言科舉尚未及第,正在國子監作教習。琉球的官生們幸運的得到了這位優秀老師的

---

① 《碑傳集補》卷七(《清朝碑傳全集》,1985年,京都,中文出版社)。

② 《皇朝通典》(1965年,臺北,新興書局《十通》所收)卷二十八職官六有"琉球等國有遣子弟入學者,選貢生一人教習,而以博士一人董率之"。

指導。孫衣言的《遜學齋詩鈔》中收錄了《學生作琉球食戲作》、《贈琉球貢使向紹元都通事梁必達等詩》等體現與琉球人進行交流的詩作①。

受清朝科舉制度的影響,琉球舉辦了叫做"科"的官吏選拔考試。1760 年(乾隆二十五年)左右,在久米村的蔡宏謨(我謝親方)的稟請下,最早的科在久米村舉行②。因此,到四卷本《琉球試課》刊行的 1844 年,琉球的科已經有了 84 年的歷史。乾隆、嘉慶年(1736—1820)之後,由於琉球盛行試帖詩,試帖詩爲科所採用。可見,在試帖詩的層面上,琉球的科也受到了清朝的影響。據二卷本《琉球試課》的序説,琉球的試貼詩專用四韵律詩的形式,而未用過八韵的形式。但《琉球試課》所收的試貼詩都是八韵,因爲琉球的官生們是來到北京後才開始創作的。

四卷本《琉球試課》刊行二十九年後,同名的二卷本《琉球試課》刊行問世。二卷本選集《琉球試課》收錄了兩位身爲北京國子監官生的琉球人林世功、林世忠的試帖詩。據《琉球試課》的小序介紹,林世功,字子叙,琉球國久米村人,國子監肄業官生;林世忠,字子翼,琉球國久米村人,也是國子監肄業官生。

兩卷本《琉球試課》所附同治十二年(1873)孫衣言的序,是這樣説的:

> 教習徐君,既選琉球弟子之詩,以爲詩錄。又取所作
> 帖體詩,別爲一編刻之。大抵仿予前刻意。予謂試律之

---

①　袁行雲《清人詩集叙錄》(1994 年,北京,文化藝術出版社)卷七十二。

②　真境名安興《冲繩教育史要》(《真境名安興全集》第二卷,1993 年,那霸,琉球新報社)。

作始於唐人,至今日而朝廷儒臣碩生,下至山陬海隅鄉曲之士,無不揣摩聲病,排比藻繢,以求合於應試之體。而海外文物之邦如琉球者,初未嘗有場屋取士之法,乃亦效而爲之。信乎風尚之所趨,有莫知其所以然者矣。予嘗聞,中山人士雖尚試律,然其國人所爲大率四韻而已。阮宣詔等入監讀書,始有八韻之作。而徐君此録所載林生詩,尤爲妥帖詳雅,有中朝館閣氣象。則其文教之開而日新,尤可喜也。方今殿廷考試皆用八韻,館閣之士,類能出其緒餘爲聲韵儷偶之學。而其取材漢魏,導源風雅,以上溯夫溫柔敦厚之遺者,蓋乏人。林生儻由此而求之,其可語古詩之流也歟。徐君其必有以取之矣。同治癸酉三月,瑞安孫衣言序。

序中提到的徐君即國子監教習徐干,字小勿,邵武人。兩卷本《琉球試課》卷頭有"教習邵武徐干小勿評定",每首詩均有徐干的評點。孫衣言對林世功的詩評價很高,稱其詩"尤爲妥帖詳雅,有中朝館閣氣象"。我們來看一首。

詩題"工夫在詩外"(南宋陸游《示子通》),韵爲"詩"字。

楮墨沉酣外,寒燈起草遲。工夫原有在,此老獨能詩。酒醉梁州日,毫揮劍閣時。鏡花空色相,水月總離奇。澹欲無人愛,清猶記嫗知。胸中星宿列,腕底雨風隨。悟到禪三昧,神來筆一枝。放翁真律細,妙諦示佳兒。

第一句到第八句、第十一句到第十四句,均有圈點,徐干批曰:"起四點題,字字諦當。餘亦如揮灑意,不脱不黏。枝字韵覺尤高渾。"

四卷本特別注明"孫衣言評定",可見,《琉球詩課》不僅是詩集,編選者在編輯時下了不少工夫,試圖使之同時成爲作詩的參考書。這一特點與後述的清朝試帖詩選集的刊行狀況完全一致。下面,我們來看看《琉球詩課》之前的試帖詩的歷史。

二、唐宋的試帖詩

詩成爲科舉試驗科目始於唐代。高宗調露二年(680)四月,劉思立上奏,提出進士科衹考策,會使得那些凡庸淺薄的人也有可能混進來,奏請增加帖經和雜文的考試①。鑒於此,翌年永隆二年(681)八月,有詔敕頒下,曰:"進士不尋史籍,惟誦文策。詮綜藝能,遂無優劣。自今已後……進士試雜文兩首,識文律者然後令試策。"此處的"雜文"是指箴銘論表之類,並不是指詩賦。詩賦進入科舉始於玄宗開元年間(713—741)。現在可知,開元十二年(724),祖咏的《終南山望餘雪》詩便是最早作爲科舉考試試題被創作的詩。天寶十年(751)的考試題目是《豹鳥賦》和《湘靈鼓瑟詩》,此後,每次考試作詩賦各一首的形式被固定下來②。

祖咏的《終南山望餘雪》被選入《唐詩選》和《唐詩三百首》中,宋錢易《南部新書》卷乙③中有一段關於該詩的逸話廣爲人知:

---

① 《唐會要》(1989年,臺北,世界書局)卷七十六《貢舉》中《進士》:"調露二年四月,劉思立除考功員外郎。先時進士但試策而已,思立以其庸淺,奏請帖經及試雜文,自後因以爲常式"。

② 傅璇琮《唐代科舉與文學》(1986年,西安,陝西人民出版社)第十四章《進士試與文學風氣》。

③ 據《叢書集成初編》(1985年北京新一版,北京,中華書局)所收本。

祖咏試雪霽望終南詩,限六十字成。至四句,納主司。詰之。對曰,意盡。

説的是,考試本來要求用五言六韵(六十字)的排律,但祖咏却用了五言二韵的絶句形式,他的這首詩被認爲達到了表情達意的完美境界。祖咏的詩如下①:

終南陰嶺秀,積雪浮雲端。林表明霽色,城中增暮寒。

宋代所編纂的《文苑英華》卷一百八十至一百八十九的"省試(附州府試)"部分收録了唐代試帖詩約四百數十首。

關於科舉制度,五代繼承了唐代的體制,宋代又繼承了五代②。宋初,省試的進士科的考試是這樣的,"第一場,詩、賦、雜文各一道;第二場,策五道;第三場,帖《論語》十帖,對《春秋》或《禮記》墨義十條"。太祖開寶六年(973)三月,開始舉行殿試,考"詩、賦各一首",太宗太平興國三年(978)九月,新加"論",三道題成爲常例。仁宗慶曆四年(1044),正是實行慶曆新政的時期,由於第一場的詩賦考試並不能保證録取到優秀人材,遂改爲"第一場,策三道(一經旨、二時務);第二場,論一首;第三場,詩、賦各一首"。可是隨着慶曆八年(1048)慶曆新政的終結,考試制度又回到過去的狀態。神宗熙寧三年(1070),在王安石改革中,殿試的"詩、賦、論三道"變成"策一道"。接着,熙寧四年(1071),詩賦、帖經、墨義被廢止,變成"第一場,本經義;第二場,兼經並大義十道;第三場,論一首;

---

① 《全唐詩》(1960年,北京,中華書局)卷百三十一。
② 關於宋代科舉試題的沿革,據何忠禮《宋史選舉志補正》(1992年,杭州,浙江古籍出版社)所收《宋代進士科省試試藝内容變遷表》。

第四場,策三道"。但是,當舊法黨掌握實權後,哲宗元祐二年(1087),恢復考詩賦,變成"第一場,本經義二道(《論語》、《孟子》義各一道);第二場,賦及詩一首;第三場,論一首;第四場,策三道"。元祐四年(1089),在經義兼詩賦進士之外,新設了經義進士,第一場、第二場略有變動,第三場、第四場則沒有變化。熙寧年間以後,隨着新舊法黨執掌朝廷權力的輪替,科舉制度的科目內容也相應不同。一般來説,改革派、新法黨屬實用主義,多將詩賦從考試科目中刪除;而保守派、舊法黨主文學主義,則每每將詩賦納入考試科目。哲宗紹聖元年(1094),新法黨再度掌握實權,於是廢止詩賦,"第一場,本經義二道(《論語》《孟子》義各一道);第二場,論一首;第三場,策三道"。北宋末年,欽宗靖康元年(1126),舊法黨掌權,恢復詩賦。南宋基本上屬於舊法黨政權,所以科舉科目中一直都有詩賦。

南宋滅亡後,元代最初沒有舉行科舉考試。到了元仁宗皇慶二年(1313),頒佈了舉行科舉的詔敕。延祐二年(1315),元朝最初的進士誕生。不過,皇慶二年要求恢復科舉考試的奏文説:"自隋唐以來,取人專尚詞賦,故士習浮華。今臣等所擬將律賦省題小詩小義皆不用。"故元代的科舉考試沒有考過詩賦①。

在明代,正如太祖洪武三年(1370)的詔敕曰:"漢唐及宋,取士各有定制。然但貴文學而不求德藝之全。"明代對科舉考試考詩賦持批判態度,"專取四子書及《易》、《書》、《詩》、《春秋》、《禮記》五經命題試士"。整個明代未曾考過詩賦②。

---

① 《元史》(1976年,北京,中華書局)選舉志一。
② 《明史》(1974年,北京,中華書局)選舉志二。

三、清朝的試帖詩

乾隆二十二年(1757)，自南宋滅亡以來約四百八十年後，試帖詩再次成爲科舉的科目。其前後經過如下。

乾隆二十一年(1756)朝廷頒諭①：

> 嗣後，鄉試第一場，止試以四書文三篇，第二場經文四篇，第三場策五道。其論表判概行刪省。至會試，則既已名列賢書，且將拔其尤者，備明廷制作之選。淹長爾雅，斯爲通材。其第二場經文之他，加試表文一道，即以明春會試爲始。鄉試以乾隆乙卯科爲始。著爲例。

就是說，在鄉試階段，不考以考察文學才能爲目的的作文(論、表、判等)，但進入會試階段後，由於將來要爲朝廷寫作各類文章，需要與文學有關的才能，必須考察寫作表文等的能力。因此，從翌年春天的會試開始，在二次考試的第二場增加作文考試。即要考察作爲高級官僚應該具備的能力之一的文學才能。這體現了一種意識，也就是，一直到行政文書的層面，政治都應該表現出其莊嚴的面貌。這與日本現在對高級官僚的能力的要求是很不一樣的。現在，沒有人要求國家高級官僚具有文化人的那種能力，事實上現實中也極少有這樣的官僚。

在二十一年的上諭的基礎上，翌年，即乾隆二十二年的上諭又有一些變更：

---

① 《欽定大清會典事例》(1976 年，臺北，新文豐出版公司)卷三百三十一禮部貢舉。

鄉試第二場,止試以經文四篇,而會試則加試表文一道,良以士子名列賢書,將備明廷制作之選,聲韻對偶自宜留心研究也。今思,表文篇幅稍長,難以責之風檐寸晷。而其中一定字面,或偶有錯落,輒干貼例,未免仍費檢點。且時事謝賀,每科所擬不過數題,在淹雅之士,尚多出於宿搆,而倩代强記,以圖徼幸者,更無論矣。究非核實拔真之道。嗣後,會試第二場表文,可易以五言八韻唐律一首。夫詩雖易學而難工。然宋之司馬光,尚自謂不能四六,故能賦詩。而不能作表之人,斷無表文華贍可觀而轉不能成五字試帖者。況篇什既簡,司試事者得從容校閱,其巧拙尤爲易。其即以本年丁丑科會試爲始。①

二十一年的上諭認爲,在朝廷爲官者,需要有寫作詔敕等表文的文學才能,故決定會試要考表文。可是,仔細想來,表文一般篇幅都很長,在很短的考試時間內,想要寫出漂亮的表文是很難的;同時,對判卷一方來說,也不是易事。不僅如此,因爲出題範圍在一定程度上是固定的,那些優秀的試子可以利用自己事先準備好的文章,也會有人請人代作,然後熟記下來,等待幸運的降臨。因此考表文並不能選拔出真正優秀的人材。出於這個理由,遂改爲不考表文,而考五言八韻的試帖詩。以試帖詩作爲考試科目,有以下一些好處。即詩雖易學但學好很難。雖然有的人擅長詩但却不擅長表文,而擅長表文而拙於試帖詩的人却沒有。換言之,能作做好表文的人,自然詩也不會差,所以對那些已經中舉的人來說,即便當時考的不是表文而是詩,他們也一定會合格。況且試帖詩篇幅短小,

---

① 《欽定大清會典事例》(1976 年,臺北,新文豐出版公司)卷三百三十一禮部貢舉。

考官可以從容地審卷,判斷考生的詩的巧拙。由於這些理由,乾隆二十二年以後,會試的第二天考試帖詩便成爲定例。不僅如此,從二十四年開始,在鄉試的第二場除了經文以外,又增加了考試帖詩的内容。

　　乾隆二十二年會試第二場的課題如下:賦得"循名責實"得"田"字①。"循名責實"典出《淮南子・主術訓》,意爲有道之君主以名分爲循而責實。奏請鄉試會試增加試帖詩的似是御史張霽。其間的來龍去脉在《清稗類鈔》中有如下記載②:

　　　　五言八韵唐律一首,初惟行於進士朝考、翰林散館等試。洎乾隆朝,御史張霽奏請鄉會科場及歲科兩試,一律通行。(歲試六韵、科試八韵)。丁丑,遂頒爲定例。初設之始,蓋因科場表判,每多雷同剿竊陋習,是以改試排律,使士子各出心裁。

從上文來看,試帖詩原本是朝考(殿試合格成爲進士後,再度在保和殿舉行的考試)和翰林散館試(考上進士後,在翰林院獲得庶吉士的資格滿三年後接收的考試)才考的,後由於御史張霽的奏請,擴大到了鄉試會試,原因是考表和判造成了雷同及剿竊抄襲範文等惡習的蔓延。

　　科舉考試科目的變更,在社會上引起很大的反響,以考試對策爲目的的選集紛紛出版。剛才提到的《清稗類鈔》"試帖詩之異聞"就講述了試帖詩再次爲科舉採用後的情況。

　　　　自後研究日精,專心造極。紀文達公撰《我法集》,神

① 　法式善《清秘述聞》卷六(《清秘述聞三種》,1982年,北京,中華書局)。
② 　徐珂《清稗類鈔》第八册(1986年,北京,中華書局)文學類《試帖詩之遺聞》。

明規矩,開示學者法門。吳谷人祭酒以沉博絶麗之才,與
王鐵夫諸人結社相唱和,於是《九家詩》出焉。峨眉張熙
宇又有《七家詩》之選。……各具典型,一歸莊雅。根柢
唐人之五言,慘淡經營,以臻其妙。名爲試帖,實具唐音,
故學者宗尚焉。其餘諸刻,則等諸自《檜》以下矣。

試帖詩一旦被科舉所採用,相應的,社會上立刻出現了一
些與之相呼應的新動向。乾隆二十三年(1758),新昌王錫侯
撰《唐詩試帖詳解》十卷①的出版算是最早的動作。另外,乾
隆二十四年(1759)鄉試山西考官之一、翰林院編修紀昀
(1724—1805)收集過去六十年間清朝名人們所作的試帖詩,
集成《庚辰集》五卷。到了晚年,他又彙集自己寫作的試帖詩,
編輯了《我法集》十卷②。此外,翁方綱的《復初齋試律說》也
屬同類選集③。

上邊的引文中提到的吳谷人,即吳錫麒(1746—1818),字
聖征,號谷人,錢塘人;王鐵夫,即王芑孫(1755—1817),字念

---

① 孫殿起《販書偶記續編》(1980 年,上海古籍出版社)卷十九:"唐詩試帖
詳解十卷首一卷,清新昌王錫侯撰,乾隆戊寅九經堂刊,又名唐詩分類
詳解。"

② 吳廷琛《試律叢話序》曰:"曩吾師河間紀文達公有《庚辰集》選本,上下
六十年鴻篇佳制無美不備。注釋詳明,評論剖析,一歸精密。一時應舉
之士及館閣諸公無不奉爲圭臬。"(同治八年高安縣署重刊本清梁章鉅
《試律叢話》卷首,據神户市立中央圖書館所藏本)又,梁章鉅《試律叢
話》例言曰:"近人説試律者,既以紀文達師爲宗,則唐人試律説之外,不
可不首讀《我法集》。而學者或哂其過拘,或嫌其近率,則非妄人即淺人
也。夫《我法集》成於晚年,間有老手頹唐之處。"商衍鎏《清代科舉考試
述録》(1958 年,北京,三聯書店)説:"《我法集》爲其晚年之作,多用虚
字,喜用填滿五字法者誹薄之以爲戒,而梁章鉅《試律叢話》則極推
崇之。"

③ 商衍鎏《清代科舉考試述録》(1958 年,北京,三聯書店)。

豐,號鐵夫,長洲人。而所説的《九家詩》即魏茂林輯《國朝注釋九家詩》十一卷,原稱《九家試律鈔箋略》,其原本附有乾隆六十年(1795)王芑孫的序。顧名思義,《九家詩》就是彙集九家試帖詩的集子。九家是指吳錫騏(乾隆四十年進士)、梁上國(乾隆四十年進士)、法式善(乾隆四十五年進士)、王芑孫(乾隆五十三年進士)、雷維霈(乾隆五十二年進士)、何元烺(乾隆五十二年進士)、王蘇(乾隆五十五年進士)、李如筠(乾隆五十二年進士)和何道生(乾隆五十二年進士)。《七家詩》則是張熙宇輯評《批點七家詩選箋注》七卷。張熙宇,字玉田,四川峨眉人。七家指的是王廷紹(嘉慶四年進士)、那清安(嘉慶十六年進士)、劉嗣綰(嘉慶十三年進士)、路德(嘉慶十四年進士)、楊庚(嘉慶十八年進士)、李惺(嘉慶二十二年進士)、陳沆(嘉慶二十四年進士)。①

《清稗類鈔》説,上面提到的那些選集作品均以唐人的五言爲基礎,因而受到學習者的尊崇。可見,學習者學習試帖詩,往往需要追溯到唐人的試帖詩,所以與之有關的選集也就紛紛刊行出版。如人們知曉的紀昀的《唐人試律説》一卷乾隆二十七年(1762)嵩山書院刊本②。《唐人試律説》的原形最早

---

① 據松村昂《清詩總集一三一種解題》(1989年,大阪,中國文藝研究會)。松村昂(1938—　),日本漢學家,京都府立大學名譽教授,著有《寒山詩》(1970)、《近世詩集》(1971)等。

② 《吉川文庫漢籍目録》(1985年,神户市立中央圖書館)叢書部記曰“鏡烟堂六種書　清紀昀撰　乾隆中河間紀氏刊本　八册　唐人試律説一卷　乾隆二十七年嵩山書院刊”。所謂吉川文庫,係著名漢學家吉川幸次郎逝後,其遺族將先生之藏書捐贈給神户市立中央圖書館,設立了吉川文庫。吉川幸次郎(1904—1980),日本漢學家,文學博士,京都大學名譽教授,著有《元雜劇研究》(1948)、《吉川幸次郎全集》1—28(1968—1984)等。

是紀昀爲他的侄子講解唐人試帖詩的内容,由他侄子於乾隆二十四年刊行。後經紀昀的修訂,於乾隆二十五年再次刊行。具體内容是選唐人試帖詩數十首,從章法及結構的角度進行講解。紀昀刊行了《庚辰集》五卷、《我法集》十卷、《唐人試律説》一卷,計三種試帖詩選集,稱得上是清朝試帖詩的領軍人物。

此外還有一些,如朱炎的《唐試律箋》、任南陵的《唐詩靈通解》,但據清梁章鉅《試律叢話》卷一説,這些集子"體例猥瑣,類三家村塾所爲"①。

毛奇齡撰《唐人試帖》四卷,收唐人試帖詩一百二十七題,一百五十九首,並爲每首詩加了評注。集中有康熙四十年(1701)毛奇齡序,與乾隆二十二年(1757)科舉科目的變更無關。②

四、結　語

重視文學,是中國科舉(録用官吏的考試)的一個特徵,而將寫詩(五言六韵或八韵的排律、試帖詩)納入考試内容中,就是這一特徵的典型體現。科舉考詩始於唐天寶十年(751),經中途一時中斷,至南宋末持續了約五百二十年。其後,元明兩代傾向重視德行,科舉不再考詩。科舉考詩的復活乃是在南宋滅亡四百八十年後的清朝乾隆二十二年(1757)。在清朝,

---

① 同治八年高安縣署重刊本清梁章鉅《試律叢話》卷一,據神户市立中央圖書館所藏本。

② 《吉川文庫漢籍目録》集部有:"唐及第詩選四卷,即唐人試帖,清毛奇齡輯並論定,清王錫田易參釋,寬保二年(1742)京都青壽軒吉野屋宗兵衛刊本。一册。"

隨着科舉考試恢復考試帖詩,使得相關的科舉參考書紛紛出版。著名文人紀昀的《庚辰集》五卷、《我法集》十卷、《唐人試律説》一卷尤富盛名。作爲當時在清朝國子監留學的琉球人創作的試帖詩選集,四卷本和二卷本的《琉球詩課》,有在國子監指導琉球留學生的老師孫衣言和徐干所加的評點,在這個意義上,《琉球詩課》實際上也具有試帖詩參考書的性質。受清朝影響,琉球的科舉——"科"也考試帖詩,《琉球詩課》可説是準備考科的琉球人的作詩參考書。在考慮科舉、特別是在文學方面對整個東亞的影響時,《琉球詩課》無疑是一個很好的個案。

(潘世聖譯)

中國的歷史與故事的距離

一

　　現代的歷史學正迎來一個重大的轉折時期。這一轉折已超越歷史學的領域,對於文學研究也將具有非同尋常的意義。1988 年,面對歷史學的危機,以往一直處於世界歷史學領先地位的法國年鑒學派發表了呼吁書①。實際上,《經濟與社會史年鑒》創刊六十年以來,其戰略一直是建立在歷史學與社會科學的對話這一基礎之上。確實,這種歷史學與社會科學的對話,深刻地改變了歷史學的研究方法。然而,年鑒學派的研究方法發展到今天,似乎已進入一個缺少確定性的時代,其最重要的範式(被人們認爲可以在結構主義和定量研究方法中找到)已失去了結構化的能力,並且,在幻滅的風潮中,正蔓延着一種對所有意識形態的隨意懷疑。以往,這一歷史學派的活力,主要在於它與社會科學的大膽結合,這種結合帶來了許多重要的收獲,但由於社會科學的變動,不免使之陷於整體性的危機中。具有嘲諷意味的是,其歷史學自身的活力,也開始

---

① Annales:《呼吁:歷史和社會科學——危機的十字路口》(Jacques Le Goff et al《歷史・文化・表象:年鑒派與歷史人類學》,1992 年,岩波書店)。

衰退。研究對象的擴散，使視野失去效力。不可或缺的專門
化所帶來的難以回避的後果，以及研究上的隨意主義這兩種
傾向，正在滋長。現在，在流動性的知性狀態中，哪一學問領
域應當成爲新的結合對象，還有構成這一切的範式，都無法確
定下來，因而應景式的敷衍塞責正堂而皇之的不斷出現。面
向故事性、事件、政治、傳記等的回歸——這種業已陳舊的主
題，正在復活。對年鑒學派而言，一個需要重新審度自身的時
代正在來臨。

　　這樣，與社會科學相結合而獲得鉅大力量的歷史學，社會
科學化了的歷史學，追求近代的定量方法這一嚴密科學的歷
史學，隨着支撐自己的社會科學的變化而開始搖動。這種將
歷史學社會科學化的問題，正是年鑒學派產生危機意識的背
景之一。於是，年鑒學派開始探索新的方法。新的探索對象
之一，便是作爲書寫物的歷史，即歷史的記述。關於新方法的
探索，年鑒學派的呼吁書中這樣講到，我們試圖喚起對兩個基
本問題的注意，即分析的規模和歷史的記述。以往，人們的關
注一概集中於宏觀過程和整體構造上，但從微觀歷史學出發
的若干建議，使得研究者加強知性訓練，帶來了良好的效果。
這種對微觀歷史學的關心，必然導致研究者對歷史學的表現
能力，以及與此相關的歷史記述的追尋和探索。對歷史學家
而言，所謂説明，不單單是正確地運用分析技術按規按矩地進
行史料批判，更重要的是一種假設的性格，和證明假設的諸種
要素的性格，以及這兩者之間的關係。對此，歷史學依然保持
着修辭上的習慣和既成的規則。現在的問題是，這些舊的方
法是否充分，是否應當採取其他形式的記述方法。其實，歷史
的記述，一方面已經具有穩定的傳統，但另一方面，在不同的
時代，它又每每能感受到來自文學形態的啓示。以往的半個

世紀以來,對新主題的選擇,對定量分析性的資料和資料結構方面的重視,很大程度上改變了歷史的記述。衹是我們對這一事實還未予以足夠的重視,還未有意識地去把握這種變化的意義。

在這種情況下,意大利歷史學者金斯布爾格所提倡的微觀歷史學,即面向過去的觀點受到人們的關注①。隸屬於大理論的歷史研究和年鑒學派所倡導的重視定量化結構的歷史學,往往輕視和忽略個別事實現象的獨特性,而微觀歷史學却不同,它採取的方法,是從個別的、具體的事實現象所體現的徵兆出發,去解讀固有的文化結構。金斯布爾格所主張的這種歷史學,被稱爲"表象歷史學"或"文化歷史學"。也就是説,這種歷史學,試圖通過歷史記述如何"創構"歷史這一過程,去把握歷史事實的意義,也就是"讀解的歷史學"。

美國的歷史哲學家海頓·懷特也是表象歷史學的代表人物之一,他的下述見解,對於考察歷史與故事的關係這一問題,很有價值:

> 單純作爲語言的作品來看,歷史與小説之間並沒有什麼區別,衹從形式上來區別二者並不容易,假使能够區別,那也衹能是因爲存在着特別的先入觀念——歷史與小説各自都有不同的真理。②

的確,以相同的記述樣式寫成的事實與虛構的作品,如果没有某種先入觀,是很難區分的。這種觀點,將促進我們反省自己對歷史資料的看法,或者反省故事與歷史相對立這一範

---

① 上村忠男《歷史與母親論》(1994 年,未來社)。

② Hayden White《The Fictions of Factual Representation》,引自上村忠男《歷史與母親論》。

疇本身。看看上述現代歷史學者們的思考和實踐,會感覺到以往被截然分開的歷史與故事之間的距離,正急速地縮短。同樣,這種觀點,也將促使我們反省以往研究中國文學的眼光和方法。

二

關於歷史與故事的距離問題,解釋現象學的見解也很富於啓示性。法國的現象學者波爾・里克爾認爲,小説和歷史都追求着一個秩序,並將這種追求置於人的生命過程中,進行研究。按照里克爾的説法:"小説家們選擇某一情節,將虛構的素材有序地組織到一個故事綫索中。與此完全相同,歷史學家也選擇某一故事性的結構或是綫索,依此安排過去的事件事實的秩序。"①關於故事和歷史,他還進一步指出,首先,歷史學家無法回避的問題是,故事性中時間的不調和與故事的調和這種對立。例如,所謂歷史,到底將社會學提供的個別的散在的經驗性事實秩序化而構成的故事性話語呢,還是與社會學合流,與話語的故事性結構絶緣,但又不失去歷史的特性而存在呢? 這裏的疑問是,離開故事性,歷史果真能存在嗎? 連那位將社會學手段導入歷史學的費爾南德・布羅代爾,在其重要著作《地史海與腓力浦二世時期(1551—1598)的地中海世界》的序文中,仍然堅持所謂時間性持續這一歷史概念。萊貝・斯特勞斯的社會人類學,祇與無歷史性歷時性發

_____

① Richard Kearney:《現象學的變形》(1984 年, Manchester University Press),Paul Ricoeur:《時間與故事》Ⅰ,Ⅱ,Ⅲ (1983—1985 年, Editions du Seuil)。

展的社會相關聯,即使歷史不存在,也無所謂。布羅代爾畢竟無法支持萊貝·斯特勞斯式的無時間性範式。因爲,假使那樣,歷史本身就消亡了。

里克爾自身把這種歷史學中的故事性問題放到了更廣闊的視野中。即里克爾的課題在於揭示出:爲了創造新的人類時間的諸形式,進而以此創造人類共同體的諸種新形式,歷史的故事性結構與話語(即小説和虛構)的故事性結構,怎樣以平行的方式發揮機能。這是由於,創造性是一種社會性文化性的活動,而不是祇限制個人的東西。故事性的結構證明,我們所以能獲得自我同一性,正是由於我們致力於將"過去"變成有秩序的東西,改變過去的形態,然後詳細生動地講述出來。與以往實際存在過的過程相比,勿寧説我們所講述的東西更有秩序,而且,這種秩序整合性、統一性的故事性過剩,正是"講述"具有創造力的最重要例證。我們的未來,確乎由我們的這樣一種能力——具有故事性的自我同一性,在歷史形態或虛構形態中走進過去——來保證着。歸根結底,文化,通過講述其自身的過去的"故事"而創造自身。

波爾·里克爾試圖把故事具有的創造性定位於與我們自身文化的關聯中,從而把墮入經驗性事實的秩序化狀態中的歷史拯救了出來。這樣,就必須在龐大的問題體系中來考察歷史的故事性。那麼,在中國文學中,這一問題具有怎樣的意義呢?

三

中國小説史,最能體現一種近代的眼光。一般來説,中國古代文學的核心部分是詩與散文。在宋朝之後,支撐着詩與散文的士大夫,便是科舉官僚們。從近代的眼光和標準來衡量,中國文學仍舊是在事實性的範圍中展開的文學。然而,到了近代,中國所接觸到的歐洲近代文學,都是以小説和戲劇爲中心的虛構的文學,歐洲近代的文學史,也是以此"虛構的文學"爲中心而建立起來的。可是另一方面,在中國古典文學的中心部分,並不存在歐洲意義上的虛構的文學。因此,面對近代歐洲强大的文化壓力,中國知識分子不免產生一種缺欠意識,並在其支配下,重新結構編織自己的過去。由此誕生的,便是中國小説史。

中國小説史通常是從解釋中國古代的"小説"這一概念開始的,可是,這種解釋,常常容易使人下意識地將英語 novel (小説)與中國古代的"小説"混同起來。而且,近代以後確立起來的中國小説史,不免給人一種拼湊龐雜的印象。六朝的志怪(《搜神記》等文言短篇小説),唐代傳奇(《枕中記》、《南柯太守傳》、《杜子春》等文言中短篇小説),宋元評話(《三國志平話》等白話歷史小説),還有明清的章回小説(《水滸傳》、《西游記》等白話長篇小説),這種種近代以前的文學樣式,本無法歸結爲一體,但事實上却被簡單地塑造爲一個文學史。這是由於中國近代的知識分子具有强烈的缺欠意識,在這種意識下,他們"創造"了這樣一個歷史。

例如,正像人們已經指出的那樣,在《隋書·經籍志》(承襲六朝時代的圖書分類)中,六朝志怪被劃分在史部雜傳類,從大分類上説,與史部的書類即記述事實的書類同列。但到了宋代編纂的《新唐書·藝文志》,同樣的六朝志怪,則被劃分到子部小説家類中。以唐宋的變革爲界,對同一作品群,劃分的眼光竟有如此的變化。以《搜神記》爲例,在經史子集的四部分類中,它被置於史部,這意味着在六朝人的頭腦中,《搜神記》屬於歷史,亦即事實的記述。在六朝人來看,志怪《搜神記》中所記述的種種不可思議的事情,都是事實,或是處於事實的延長綫上,作者干寶自身也是在這種意識之下記述並完成作品的。現代的我們將《搜神記》歸入虛構類,顯然有悖於六朝人的本意。在六朝人的分類中,志怪是與事實的系譜連結在一起的①。

此外,無論是在明代的白話小説(被明確看作虛構文學)中,還是在歷史小説的領域中,虛構性本身也還存在着問題。比如,一般認爲《三國志演義》是一部以史書《三國志》爲主要素材的白話歷史小説,但同時它作爲口頭文藝又有很長的歷史,後來被文字化,成爲文本固定下來。所以在文本中,融合進了那些將口頭文藝變成文本的人們(即士大夫們)的理想與追求,其中不少要素,並不僅是單純將口頭文藝文字化,而且具有否定虛構性、重視事實的傾向,即遵循正統的史書來改編口頭文藝,削除荒誕無稽的部分。再以明代的歷史口語小説爲例,有些作品都以"按鑒"爲標題,意思是"遵循《資治通鑒》系的正統史書",這也可以窺見到讀者層的某種心理原理②。可以説,明代的白話歷史小説,採取了虛構的歷史化這一方法。不過,對《三國志演義》種種文本的精密比較表明,《三國志演義》的文本中,顯然含有虛構的成分,比如有關關羽的兒子花關索等部分③。這可以説是作爲口頭文藝"講述物"與被文字化的文藝——白話歷史小説的相互交織在文本中的反映。

①　小南一郎《搜神記的文體》(1966 年,京都大學《中國文學報》21)。
②　高津孝:《按鑒考》(1991 年,《鹿大史學》39)。
③　金文京:《三國志演義的世界》(1993 年,東方書店)。

　　然而,《三國志》、《資治通鑒》等史書果真衹是如實地記述歷史事實嗎? 能不能簡單地下這樣的結論呢? 關於這類作品的故事性,以下從評點的角度做一探討①。

　　在明代,不少史書都是先加評點,然後出版。其中最重要的,當屬評點本《史記》的刊行。説起來,在史書當中,《史記》特別受到重視,爲人們廣泛閱讀,還是明代擬古派的功績。萬曆初刊行的《史記評林》是近代之前最完備的《史記》注釋本,但它却是在擬古派的影響下完成的。關於《史記評林》一百三十卷②,從其凡例中所附的"識語"可知,烏程的凌稚隆,對於其父的《史記抄》"悵其未備也,嘗博搜群籍。凡發明馬史者,輒標識於別額",並得到長兄凌迪知、友人張學曾的協助,收集各名家有關《史記》的批評,採用華亭張之象的《發微》,並獲得歙縣汪氏、揚州張氏的資金援助,萬曆二年(1574 年)至五年(1577 年)間刊刻出版。

　　《史記評林姓氏》中列舉的人名,晋代一名,南北朝三名,唐十二名,宋四十六名,元兩名,明八十五名。《史記評林》可以説是以往名家有關《史記》注釋的集大成,但從它使用評點這一形式來説,又具有文學批評作品的意義。全書的卷頭,配有王世貞、茅坤、徐中行三人所寫的序。王世貞是擬古派後七子的中心人物,徐中行也是後七子之一,茅坤則是唐宋派古文家之一。擬古派原本以"文必秦漢,詩必盛唐"的口號爲人所知,此派重視秦漢古文,王世貞則特別看重《史記》。

　　王世貞(1526—1590),字元美,號鳳洲、弇州山人,太倉人。嘉靖二十六年考中進士,官至刑部尚書。是擬古派後七

---

① 高津孝:《明代評點考》(1997 年,《創立五十周年記念東方學論集》)。
② 古典研究會:《和刻本正史・史記》(1972 年,汲古書院)。

子的中心人物。王世貞在《王氏金虎集序》中講到"《書》變而《左氏》、《戰國》乎，而法極司馬氏矣"。在《史記評林叙》中又說，過去最尊崇《史記》的是唐宋人，但知與力均不逮，祇停留在表面的模仿上。到了明代"北地(李夢陽)而後，乃始彬彬。蓋至於今而闖闖其書。操觚之士，腹笥吻筆，亡適而非太史公"。也就是説，對《史記》的高度評價，是在明代，從擬古派的中心人物李夢陽開始的。在他們看來，《史記》不僅是史書，而且是文章的範本。因此，《史記評林》與一般的歷史注釋書不同，不僅有訓詁注釋的一面，還有文學批評的一面。

比如，以《項羽本紀》爲例，眉批共一百五十四條，編者按四十八條，其他則爲諸名家的評點。名家評點中，茅坤最多，爲十二條，其次王維楨九條，唐順之、劉振翁、董份八條。眉批幾乎都是明人所作，約占全部的90％。其中，指明表面叙述背後伏綫的評點引人注目。項羽在櫟陽被捉時，得獄掾司馬欣救助，這部分的旁批爲"爲後項王信任張本"，指出了後來司馬欣被封塞王的伏綫。另外，陳勝被滅之後，項羽採用召平之略，率八千人北渡長江，這部分的眉批曰"案此伏八千人案，爲後以八千人渡江，及與亭長言，江東子弟八千人張本"，點出了著名的烏江亭一幕的伏綫。此外，所謂"伏案"、"伏後案"之類的旁評還有多處，均以點出伏綫爲任。

對於書中描寫部分的評點，有以下若干。項羽年少時，不習文字，不練劍術，專喜兵法，但最終却没能完成霸業，這一段的旁批爲"如在目前"。項羽用項梁的計謀，斬殺會稽郡守一段的眉批曰"茅坤曰，叙倉卒起釁處如畫"。至於鴻門宴前沛公與張良之間那場緊張的對話，眉批這樣寫道"唐順之曰，叙問答處，使百世之下如目見之"。關於鴻門宴的場面，眉批是這樣的，"凌約言曰，上已紀坐次，至此猶不脱'西向立'三字，

非特照應有情,描寫當日光景,宛然在目。何等針綫";"王維
楨曰,叙噲入衛沛公狀如見,一字不可少"。以上所有眉批,都
認爲書中描寫栩栩如生,如在眼前,評價很高。

關於叙述本身,有下述評點。卷頭叙項羽家世出身部分
的眉批是"唐順之曰,不藉年月,一滚叙去,絶佳"。著名的垓
下之戰一段,眉批爲"唐順之曰,叙事,何等節奏"。垓下一戰
大敗,敗逃中,遇到眼下作爲敵手的昔日老友吕馬童,項羽慨
嘆"若非吾故人乎",吕馬童則呼"此項王也",項羽進退無路,
爲了成全吕馬童,悲壯自决,這一場面的眉批爲"田汝成曰,觀
其所以謂吕馬童者,至是亦可悲矣。叙事得人情,且動人"。
除此以外,作爲旁批,還附有"提""結""連""接",對叙述的構
成加以分析。

這裏所引用的評點中,既没有考證式的訓詁注釋,也没有
從政治倫理側面對歷史事實的評論。自然,並不能説完全没
有那一類的評點,但評林本的明人評點,有相當一部分近於文
學批評。對明人而言,《史記》並不是單純彙集事實的史書,還
具有强烈的文章範本的意義和文學意義。這與我們對叙事文
學的態度,並無多大差異。

在這裏,一個是文學式的閱讀史書的意識,另一個就是可
以使這種意識變成現實的文本——《史記》。

四

關於現代歷史學與希臘、羅馬古典歷史學的根本差異,意
大利的歷史學家金斯布爾格提出了"真實效果"這一見解。所
謂"真實效果",即保證真實性,近代的歷史學家通過"引用"這
一手段,來賦予歷史記述以"真實效果"。即,以運用證據的論

證,賦予近代歷史學家的叙述以真實性。可是,希臘、羅馬的古典歷史學家們,却使用不同的手法給予他們的歷史叙述以真實性,這個手法被稱爲"展示"。具體説,就是力圖歷史記述能給人以栩栩如生、如在眼前的印象,並以此來保證事實性。

概觀中國歷代的正史,自唐代之後,多數正史都是由複數的編纂者共同完成的,並以各朝代的實録爲基本資料,在某種意義上,是官僚性作業的産物,也許表面上並不明顯,但實際上運用的手法是"引用"。另一方面,唐代之前的正史,多由個人編纂,像《史記》那樣生動的描寫隨處可見,展示性之手法十分明顯。正是由於這個原因,到了明代,人們才用評點的方法,文學式地閱讀《史記》。

假若歷史與虛構的二元對立是可能的,那麽在中國,歷史與虛構尚未分化的時代,史書裏充滿了"展示"性的描寫,到了歷史與虛構分化爾後,史書中"展示"的記述消失了,轉而由虛構的文藝承擔"展示"的功能。不過,在中國,怎麽做到通過虛構來區别歷史呢?説到中國的正史,保證其真實性的是後代的王朝這一政治權力。至於前代的正史,也是以追認王朝的正統繼承關係的形式而獲得承認的。也就是説,由王朝系統所産生的"真實性"的積聚,即是正史。支撐傳統的士大夫的集體思考,則爲正史真實性的根據。《史記》、《三國志》的真實性,可以説是由士大夫這一文化保持系統所擔負的。

一旦抛棄歷史與虛構對立這一近代的尺度,中國的歷史與文學之間的距離,便立刻驚人地縮短了。

（潘世聖譯）

各篇原名與最初發表書刊

○　宋初行卷考

　　　　　　人文學科論集（鹿兒島大學）第36號　1992年10月

○　北宋文學の發展と太學體

　　　　　　鹿大史學第36號　1989年1月

○　論唐宋八大家的成立

　　　　　　『首屆宋代文學國際研討會論文集』　2001年6月

○　蘇軾の藝術論と場

　　　　　　『一九九七東亞漢學論文集』　1998年1月

○　宋元評點考

　　　　　　人文學科論集（鹿兒島大學）第31號　1990年3月

○　科舉制度と中國文化—文化多樣性の拘束—

　　　　　　東洋文化研究（學習院大學）第7號　2005年3月

○　中國の山水詩と外界認識

　　　　　　田中邦夫編『パラダイム論の諸相』

　　　　　　鹿兒島大學法文學部　1995年3月

○　明代評點考

　　　　　　『東方學會創立五十周年紀念東方學論集』　1997年5月

○　明代蘇学と科舉

　　　　　　九州中國學會報第39號　2001年5月

○　按鑑考

　　　　　　鹿大史學第39號　1992年1月

○　琉球詩課と試帖詩

鹿大史學第 43 號　1996 年 1 月

○　中國的歷史與故事的距離

漢學研究第 1 集　中國和平出版社　1996 年 9 月

後　　記

　　本書主要收録了我研究宋代文學的論文，其中也有數篇
所論述的是其他相關時代的文學。這些論文的寫作、成書和
出版有幸得到諸多先生的教誨和幫助。在這裏，我首先想向
讀者交代一下這部論文集的一些背景情況。

　　我畢業於日本京都大學文學部，學生時代師從清水茂、興
膳宏、小南一郎、尾崎雄二郎和都留春雄諸先生，接受了中國
文學、中國語言學的學習和研究訓練。我的第一篇變成鉛字
的論文於 1985 年發表在《東方學》第 69 號，内容是關於名古
屋市立蓬左文庫所藏《王荆文公詩箋注》的幾個問題。這篇論
文便是遵照清水茂先生的提議和指導所進行的學術調查的一
個結果。後來，王水照先生對這一文本進行了更爲詳盡的探
討。京都大學有這樣一個教育特徵，就是，即使在中國文學專
業，也要進行經學以及清朝考證學的訓練。我曾參加尾崎雄
二郎先生的關於清朝考證學者段玉裁《説文解字注》的研討
課，達五年之久。也是由於這個緣故，我有幸承擔了《訓讀説
文解字注》(即《説文解字注》的翻譯注釋)系册的六篇上(東海
大學出版會，1989 年。)另外，我還參加了由當時已從京都大
學退休的小川環樹先生主持的閱讀蘇東坡詩作的研究會(每
月兩次)，包括中間去中國留學，一共有七年的時間。藉這個
機會，我接受了有關蘇東坡詩研究的學術訓練。現在我可以

就蘇東坡的詩發表一些見解,完全歸功於小川環樹先生。

從 1985 年到 1987 年,我赴南京大學留學。由清水茂先生介紹,進入程千帆先生的門下,從學習生活到學術研究,蒙程先生給予諸多指點和指導。此外,我還獲得了與程千帆先生的博士生進行交流的寶貴機會。遵照程千帆先生的指示,博士生蔣寅長期爲筆者的中文學習及研究提供全盤的支持和幫助;程章燦將筆者留學第一年的研究報告《論查初白〈詣獄集〉》(《南京大學學報》1987 年 1 期)以及回國後完成的《北宋文學史的展開與太學體》(《古典文學知識》第 35 期,江蘇古籍出版社 1991 年)翻譯成中文。收入本書的《宋初行卷考》(1992 年)則接續程千帆先生的名著《唐代進士行卷與文學》(1980 年)之後,以柳開《河東先生集》爲中心,考察了宋代初期行卷消亡時期的情況。還有,筆者曾發現偶然在日本的舊書店買到的《説文釋例》一書中有被他人移録的黄侃的批點,遂寫了《關於黄侃批點〈説文釋例〉》(《鹿大史學》第 39 號,1992 年)一文加以介紹。身爲黄侃弟子的程先生得知後非常高興,還就以往並不明了的黄侃與第一次移録者徐恕、第二次移録者謝善詒的關係問題,給予教示。回國後,筆者在鹿兒島大學就職,但所屬並不是中國文學而是中國史學。爲此,有機會與專攻中國史的先生們深入交流,爲中國史專業的本科生和研究生授課、指導論文,並深入接觸了與文學、語言學完全不同的學術領域。筆者的論文中存在着一些社會史或歷史性觀點,正是上述狀況的一種反映。還要提到的是,關於西洋學術的整體情況,有幸從柏拉圖研究者田中邦夫先生那裏得到許多指教,促使我開始思索學問本身的存在和成立的基礎問題。其後,與爲進行中國現代文學和日本現代文學的比較研究而來到鹿兒島大學留學的潘世聖相識,彼此就日本與中國的近代文學研究進行過不少有益的切磋交流。本書大部分篇章的翻譯得到他的協助，正是因爲有上述緣份的存在。回想起來，可以说，在學術研究方面，筆者實在是從諸多師友那裏得益受惠良多，我深切期望以本書的出版來表達我對諸位師友的深深謝意。

　　在中國的留學結束之際，程千帆先生爲我題寫了《離騷》的名句"路曼曼其修遠兮，吾將上下而求索"，至今我依然時時以爲自勵。留學歸國後，十八年的歲月逝去，深感在學問的世界裏尚需不斷求索和努力。此次本書出版之際，得到復旦大學王水照先生、朱剛先生、早稻田大學内山精也先生的鼎力幫助，實在是感謝之至。

鹿兒島大學

高津孝

2005.4.24